中国现当代文学史论

魏丽／著

上海三联书店

目　录

第一辑

鲁迅研究

第一章　鲁迅与《小约翰》的精神相遇

《小约翰》是 19 世纪末 20 世纪初荷兰作家弗雷德里克·凡·伊登（鲁迅译为拂来特力克·望·霭覃）的童话著作，鲁迅翻译成中文，1928 年 1 月由北京未名社出版。鲁迅在他的日记里记载了 1906 年他与《小约翰》最初的相遇。鲁迅青年时代在日本东京留学，经常在神田区一带的旧书坊淘书，在财力有限的窘困中，却也享受着精神的滋养，发展着对于文艺的爱好。他从《文学的反响》杂志了解新出版的书和各国文坛的消息，"偶然看见其中所载《小约翰》译本的标本，即本书的第五章，却使我非常神往了"。① 经过一番不懈的购求，在大约三个月后，辗转购得《小约翰》德译本。从此鲁迅一直怀着翻译《小约翰》的念想，到 1926 年开手翻译，念兹在兹了二十年的时间。这本书有鲁迅的青春记忆，贯穿着鲁迅的生命历程，如同《小约翰》里向火的小金虫一样，反映着鲁迅向着精神的烛火始终如一的飞舞。

和民间童话的模式化、传奇性不同，《小约翰》对"能够带来大幸福、大太平"的人类之书的寻找，对"人性和他们的悲痛之所在"的艰难道路的选择，决定了这部童话是个人的童话，思想的历险，心灵的史诗。鲁迅称之为"无韵的诗，成人的童话"。②

一　个体精神成长的寓言

《小约翰》的主题是立人，童话带有很强的寓言性。小约翰从一个儿童到成人的过程中，与旋儿、将知、荣儿、穿凿、永终遇合，这些遇合构

---

① 鲁迅：《小约翰·译者序》，《小约翰》，译林出版社 2016 年版，第 130 页。
② 鲁迅：《小约翰·译者序》，《小约翰》，译林出版社 2016 年版，第 131 页。

成其个体生命精神成长中的阶段性。

小约翰有着丰富的内外两面的生活,与父亲、一只狗、一只猫生活在荷兰乡间有着大花园的老房子里,小约翰将之视为全世界,游弋其中,自得其乐。他敬畏生命,与天地万物精神往来,由此他与自然的精灵"旋儿"相识相知,能够深入动物、植物的灵魂和生活,听懂万物的语言,还从妖王那里得到了据说能够打开世界幸福之箱的黄金钥匙。

小约翰以其敏感、活跃的心灵体会万物的灵性,他能聆听火萤的恋爱悲剧,赞和它对于星光的向往;能参加兔洞里的舞会,枕着野兔酣眠。小约翰秉持众生平等、万物有灵的视角,对人类的理性优越感,人类自我中心的自大报以嘲笑,因而招致老师的惩罚、同学的孤立、家人的监视,人类社会对于小约翰成了隔绝自然的监牢。旋儿以人类为恶劣的开端,动物们以人类为最危险、无能的动物,小约翰为自己生而是人感到惭愧,也对与自然为敌的人类感到悲哀。

但是,我们也看到,小约翰对宣扬以吃为生活本分,将生活的要义阐释为大嚼的金虫,把扬尘当成生活的最高目的的地星,把"毒"当成操守的蘑菇,以及以消灭其他蚁类为使命的"和平蚁",显然是存疑的。就像小金虫有追求光的本能,小约翰也有追问"意义"的本能。旋儿引导他与自然为一,但小约翰却充满了问题,"为什么人类是这样子的? 为什么他应该抛掉他们而且失了他们的爱? 为什么要有冬天,为什么叶应该落而花应该死?"[①]这些对价值意义的疑问使小约翰和旋儿分离,和自然分离,走向"将知"启发的知识求索。

掌握知识的小鬼头"将知"树起了能致大幸福、大太平的永恒的人类之书的憧憬,对于小约翰成了蛊惑,使他对于生命中的残缺、创伤、恶意更为难耐。而这种对于造化的怀疑和追问,对于永恒宁静、幸福的憧憬追求,使小约翰失去了童年的乐园,从自在自足的自然界进入黯淡忧

---

① [荷兰]拂来特力克·望·霭覃:《小约翰》,鲁迅译,译林出版社 2016 年版,第 52、53 页。

患的现实世界,小约翰的心灵由烂漫的春天进入严酷的冬天。

小约翰在失去旋儿的失落中,在期盼旋儿复归的等待中,偶遇同样穿着蓝衣裳有着金黄头发,有着旋儿眼睛和声音的小女孩荣儿。小约翰升起了新的希望,他希望能够借助荣儿,找到终极的幸福。

然而荣儿和旋儿似是而非,荣儿引导他去寻的是已有的圣经,而非未来之书。当小约翰说"上帝是一盏大煤油灯,由此成千的迷误了,毁灭了",①这种对圣经的大不敬触怒了众人,小约翰遭遇了寒冷和敌视,被放逐于众人之外。荣儿伙同众人疏远了小约翰,这是对但丁《神曲》的一个反讽,荣儿不是天使,小约翰要寻求的也非上帝。荣儿不是小约翰的知己,她只是个普通的女孩,众人中的一个。爱情变幻无常,不能解决小约翰的思想问题。

失去旋儿,被放逐于自然;失去荣儿,被放逐于众人之外,小约翰落入嘲笑和否定的精灵穿凿手里了。穿凿被描述为"一个黑的小男人","有一个大头带着大耳朵,黑暗地翘在明朗的暮天中,瘦的身躯和细细的腿。从他脸上,约翰只看见细小的闪烁的眼睛"。② 这是个"鬼多于人"的可怖的形象,和宫崎骏导演的动画片《千与千寻》的无脸男相似,只是穿凿是恶意的嘲谑的,无脸男是绝望的无聊的。

穿凿驱使小约翰否定旋儿、将知的存在,不做梦,而是"工作,思想,寻觅",像号码博士把科学视为最高的尊荣那样,以追求"强"的名义牺牲天性和情感,生命沉沦为一个抽象的数字符号。穿凿能洞穿人类快乐中的嫉妒、虚伪、无聊,带领小约翰直面人生的残酷和短暂,将他人之死和小约翰自己之死指示给小约翰,揭露造化神奇中的漏洞百出,指出人类的轮回的愚昧,否定一切价值、意义的追求和因果逻辑。在穿凿的解剖刀下,生命失去光,人被物化,一切价值追求虚无化。

重返家园的小约翰发现他对过去的生命的怀念,一如对于坟的吊

---

① 〔荷兰〕拂来特力克·望·霭覃:《小约翰》,鲁迅译,译林出版社 2016 年版,第 73 页。
② 〔荷兰〕拂来特力克·望·霭覃:《小约翰》,鲁迅译,译林出版社 2016 年版,第 76 页。

暗;他怀着对于父亲的爱的归属的需要,却亲眼看到父亲的死,这种宇宙的黑暗和痛苦,构成小约翰生命的至暗时刻。外界自然生命的蓬蓬勃勃和所爱的父亲的生命黯然消失同时来到,使小约翰灵魂错乱而幽暗。

穿凿既不相信旋儿的歌唱的生活,又以小约翰父亲的死为平常事。穿凿的解剖一切的小刀,成了对生命和死亡的双重亵渎。当穿凿的解剖刀伸向小约翰父亲时,激起了小约翰的反抗,对人类的尊严的捍卫、对人类的爱战胜了知识的麻木冷漠。小约翰重新认识了永终,不再惧怕死,他发现永终温和的悲痛的眼光里,指示着"人性和他们的悲痛的路"。

小约翰对生命的求索始于旋儿,终于永终,而旋儿和永终却是一条船上两端。小约翰见到了自己的灵魂,这是爱人类、是自己的路。那打开世界幸福之箱的黄金钥匙以及能带来大幸福、大安宁的书只能是源于自性的博爱的行动,而非一切现成的思想。小约翰由死获得爱的入口,他将始终在路上。

二 象征、隐喻与哲思

和一般童话的具象性格的人物相反,旋儿、荣儿、将知、穿凿、永终皆是象征。旋儿代表着小约翰对自然的沉醉,荣儿是小约翰被人类的本能和情感所炫惑和捉弄,将知和穿凿则是知识的无限性和有限性两个方面,永终是死亡。这些象征代表着人类精神的生/死,自然/社会,情感/理性,现实/幻想几个向度,具有普泛性。

金虫、蚁战、蜘蛛的历史皆是隐喻。旋儿所讲的金虫的悲剧,小金虫不肯听从老金虫的大嚼的本分,而服从了奔向光的冲动,落到人手里,被拘禁和摧残,最终被沉重的脚踏碎。小约翰感到自己在知识的求索中,被穿凿拘牵着,亦如小金虫一样无助残废,隐喻知识异化。当知识失去了和人的性灵的关联,人便异化为知识的奴隶、工具,由此带来人格破碎、人性扭曲。好战的蚂蚁奉"和平"之名,摧毁异类,隐喻人类的根植于偏见的战争。十字蜘蛛中的英雄涂鸦泼刺,因着凶心和机巧青史留名,是作者对于人类权力崇拜的反讽。

兔洞、舞场、墓地、太阳皆是心象。在《小约翰》里,主观的情感变幻着景物的色彩,或凄凉或热烈,或灿烂或阴霾。荷兰的沙冈风景,兔洞的自然天成,大都市的荒凉黯败,人类舞场的金玉其表败絮其里,墓地的阴森诡异,太阳的闪烁神奇,都是表现情绪和灵魂的媒介,呈现出心灵视象的特征。

《小约翰》有浓郁的形而上哲思,站在自然立场解构人类中心,质疑人类理性,批判人类求知中的异化和偏至。人类遗忘了生活和健康,与自然隔绝,孜孜以求理性和知识,反而错过了幸福,失去了和谐,使生命支离破碎,人性荒凉贫瘠。

《小约翰》将人的自我发现、认同视为一个探索和反抗的过程,这个过程贯穿着失去、否定、分离。小约翰经历了不断的失去,失去旋儿,失去荣儿,失去黄金钥匙,失去父亲;和自然分离,和童年分离,和众人分离。这些失去和分离给小约翰带来很大的痛苦和孤独,恐惧和绝望,这是心灵的痛史,成就自我个体觉醒和发现的一个个里程碑。

《小约翰》将死亡视为生命的引导,建立生死二元并立而非对立的生命观念。死亡的影子无处不在,旋儿称之为"猫头鹰",穿凿称之为"忠厚的朋友"。旋儿采取的是逃避的态度,穿凿则不无恶意地把死看成是对人类数字归零的解脱。小约翰对死亡经历了从懵懂到认知,从恐惧到对话的过程。"我是那个,那使你为人们哭的,虽然你不能领会你的眼泪。我是那个,那将爱注入你的胸中的,当你没有懂得你的爱的时候。我和你同在,而你不见我。我触动你的灵魂,而你不识我"。"必须许多眼泪来弄亮了见我的眼睛。而且不但为你自己,你却须为我哭,那么,我于你就出现,你也又认识我如一个老朋友了"。① 死亡在小约翰童年逝去、对永恒的幸福幻灭之后陪伴他"向旋儿去","觅得那书儿",死亡孕育滋养着个体精神的诞生和成长。

---

① ［荷兰］拂来特力克·望·霭覃:《小约翰》,鲁迅译,译林出版社 2016 年版,第 128 页。

三　鲁迅与小约翰的精神相遇

鲁迅与《小约翰》的相遇是"小约翰"式的奇遇,连翻译的过程都是一次"小约翰"式的旅程。鲁迅是在厦门、广州的流离中,在"学者"们的围剿里,在沉默的都市的茫昧中,"还有我的生命存在,纵已节节败退,我实未尝沦亡"。这与《小约翰》形成了艺术与现实的互文,《小约翰》对于鲁迅是对现实的黑暗的反抗,是向着生命的精神摆渡。这个翻译的过程,也是译者主体性投入的过程,是心灵的印证。小约翰实在是一个孤独者,和鲁迅笔下的魏连殳、吕纬甫、过客、"黑的人"等一样,来自同一个精神谱系。鲁迅翻译《小约翰》一如创作《朝花夕拾》、《野草》等作品,显示的是自己灵魂的深。甚至,《小约翰》和鲁迅的生命历程又何其相似,鲁迅少年丧父,与死谋面;家道中落,看见世人的真面目;走异路,逃异地,去寻求别样的人;在日本同学的鼓掌欢笑中,深味中国人的耻辱;怀着对辛苦辗转、辛苦麻木的人们的爱,与专制的传统文化战,与取媚迎合暴政的"学者"战……这是一个博爱的灵魂自我塑造的过程,是心灵成长的史诗。

鲁迅把翻译《小约翰》这件事当成自己对于作者和读者"负着一宗很大的债"。在《译者序》里,鲁迅写道:"原作的发表在一八八七年,作者只二十八岁;后十三年,德文译本才印出,译成还在其前,而翻作中文是在发表的四十整年之后,他已经六十八岁了。"[1]这个时间追溯里,有一种惆怅。鲁迅是有"恐鹈鴂之先鸣"的忧惧的,大概也有终能收之桑榆、完成欠债的欣慰。在这个青年时代相遇,晚年实现中文翻译的呼应里,有一种"永恒回归",对青春的初心,对赤子之心的再次确认。或许鲁迅在青年时代,是有着对能求得人类大幸福、大安宁的"人类之书"的追求的,而《小约翰》就闪耀着这样的"人类之书"的光。

---

[1] 鲁迅:《小约翰·译者序》,《小约翰》,译林出版社 2016 年版,第 130、133 页。

第二章 1925年的雪与两位诗人的感兴
——徐志摩《雪花的快乐》与鲁迅《雪》的比较

徐志摩的名作《雪花的快乐》作于1924年12月30日,发表于1925年1月17日的《现代评论》第1卷第6期。有趣的是,鲁迅的散文诗《雪》作于1925年1月18日,发表于1925年1月26日的《语丝》周刊第11期。两篇作品的创作和发表时间是如此地接近,我们不妨这样假设,就是1925年冬天的同一场雪引起了两位诗人的注意,他们都在为这大自然的神奇所感动,在对雪的久久凝视中,进入物我合一的境界。无论是徐志摩快乐的飞扬的雪,还是鲁迅旋转而升腾的雪,都是对于生命的礼赞,在"雪"这个物象上凝结的他们的人格理想,都是诗人自我的象征。但由于二人个性气质、艺术追求、人生哲学的不同,这两篇咏雪的传世佳作表现出迥异的艺术特点和审美风格。

一 意象的塑造: 具象的与抽象的

假如我是一朵雪花,
翩翩的半空里潇洒。
我一定认清我的方向——
飞扬,飞扬,飞扬,——
这地面上有我的方向。

徐志摩的雪花是从无数的雪花中撷取的"这一个",是寄托着诗人性灵的唯一一朵,因而具有诗人的风度气质。"翩翩"、"潇洒"正是对于一个青年男子美好形态的模拟。徐志摩直接运用第一人称将个体的情感、情趣、理想投射于这朵雪花,这朵雪花就与其他雪花不同而具有了

"性灵"。

> 不去那冷寞的幽谷，
> 不去那凄清的山麓，
> 也不上荒街去惆怅——
> 飞扬，飞扬，飞扬，——
> 你看，我有我的方向！

　　其他的雪花是茫昧的，它们是被动的、不自觉的、随意地飘落，可能落在冷寞的幽谷，可能落在凄清的山麓，而这朵灵性的雪花是不同凡俗的，像诗人一样是精神的贵族，有着精神的追求，因而有灵敏的嗅觉，能够循着"朱砂梅的清香"去寻找花园里的"她"。香草美人在古典传统里就是一种高洁的人格和理想的象征，徐志摩在"她"的意象创造上沟通了传统的以爱情隐喻理想的寄托手法，因而赋予诗歌明朗的意义和优美的格调。

　　《雪花的快乐》跟随着抒情主人公的动作和精神指向，是单线条的，因而是明朗、轻快的。徐志摩的雪花也遵循着雪花物理上的特性，如"凭借我的身轻"、"娟娟的飞舞"，极言雪之轻盈、摇曳，"飞扬，飞扬，飞扬"的动作极具节奏上的韵律，徐志摩的雪花是为读者所熟悉和亲切的可触可感的一个具象。

　　鲁迅对北方的雪的描写是建立在与南方的雪的比较上的。在他的笔下，江南的雪是"滋润美艳之至"，"隐约着青春的消息，是极壮健的处子的皮肤"。江南的雪也不寂寞，"雪野中有血红的宝珠山茶，白中隐青的单瓣梅花，深黄的磬口的蜡梅花；雪下面还有冷绿的杂草"。这几乎带给人一种春意的幻觉了。南方的雪吸引着孩子们的亲近，在雪地里游戏，总之是充满希望和快乐的。但鲁迅下笔的重点还是在朔方的雪上。南方的雪如同朝花夕拾，是故乡的、记忆的雪，而与现在他的灵魂息息相关的是他所身处的北方的雪。北方的雪是怎样的形态呢？

> 朔方的雪花在纷飞之后，却永远如粉，如沙，他们决不粘连，撒在屋上，地上，枯草上，就是这样。

鲁迅在这里是用第三人称旁观者的眼光来看这场雪，但在描述中不自觉地仍然加入了他的眼光和理解。"决不"、"就是这样"表现了一种主观的意志和选择。北方的雪不是徐志摩的"一朵"，一个人的舞蹈，而是一个整体，它们虽然如粉如沙但决不粘连，各自保持着独立性，他们不择地而栖，无论是屋上，地上，还是枯草上，旷野和天宇是他们的生存空间。相对于徐志摩贵族式的作着向花园美人飞翔的温和的美梦的雪，鲁迅的雪则更表现出一种孤绝、凄冷的精神气质。它们对于幽谷或山麓、人家的花园没有理性的区别，落在哪里就是哪里。

从雪花的动势上，徐志摩的雪花"飞扬—飞扬—飞扬"，一波三折，一唱三叹，但仍然有着明确的方向和路径，是为飞向她而蓄势。鲁迅的雪则是：

> 在晴天之下，旋风忽来，便蓬勃地奋飞，在日光中灿灿地生光，如包藏火焰的大雾，旋转而且升腾，弥漫太空，使太空旋转而且升腾地闪烁。

鲁迅笔下的雪旋转而且升腾的狂飙的动势成了一种抽象的图势，一种漩涡的力量，将天地宇宙卷入漩涡的动势中。鲁迅对雪的"灵魂的凝视"达到了物我两忘的境界，雪已失去它的形体，也没有南方的雪的繁复美丽，没有色、味、声音，只有一种动势和飞扬的力量，使整个宇宙为之动荡不安。

鲁迅的雪是陌生的，很难像徐志摩的雪一样能产生让读者灵魂化身为雪的性灵之舞的摇曳，获得心灵的和谐和净化。鲁迅的雪是使人惊悚的，凌厉狂暴的，使读者感到震惊、战栗，因此产生内心的紧张。

二 情感的传达： 浪漫的与表现的

徐志摩在《志摩的诗》里对自己的诗有这样一种评价："大部分还是情感的无关拦的泛滥，什么诗的艺术或技巧都谈不到。"①徐志摩在诗中的确做到绝无依傍，他关心的是诗里的情感，感情郁积于胸中不可不发，他是一位任才使气的诗人。《雪花的快乐》是以快乐为基调的生之颂歌，诗人陶醉在雪的世界里，灵性随雪花飞扬，灵感突然而来，"假如我是一朵雪花"，正像天真的儿童每每以幻想为真实，由现实而生幻想，"假如"一词正是儿童语言和思维里从现实世界向幻想世界跳跃的桥梁。诗人将自然界的物理的雪花俘获为传情达意的抒情形象，"我一定认清我的方向"、"我有我的方向"，一种情感的明晰和选择的坚定，"飞扬一飞扬一飞扬"，既有追求的急迫，又有自信的从容。他认为人生不能在冷漠的幽谷、凄清的山麓自怨自艾，人生的快乐是得到爱与美的归宿，在爱与美里自我的融化。快乐是追求的快乐，等待的快乐，同时也是死亡的快乐。诗人在他的《猛虎集》序文中写道："诗人也是一种痴鸟，他把他的柔软的心窝紧抵着蔷薇的花刺，口里不住地唱着星月的光辉与人类的希望，非到他的心血滴出来把白花染成大红他不住口。他的痛苦与快乐是深成的一片。"这朵雪花的快乐正如要将那白色的蔷薇变成朱砂梅而融化了的自己，这快乐之所以不浅薄，之所以能唤起那么多青年的共鸣恐怕就在于这是一种"死的快乐"。雪花为爱与美而死，由死而完成爱，对"消融"没有一丝的犹疑和畏惧。雪花对爱而痴，徐志摩歌唱的是痴情的纯真，把读者引入一种寻得依托的无我之境，以生命的完成、献身的喜悦而圆满这快乐、恬静柔婉的美感。

鲁迅的"雪"是"孤独"的，孤独是一种强烈的主体的精神性。鲁迅的雪没有一个理性的方向可以追寻，也没有一个清幽的去处让它去依

---

① 徐志摩：《徐志摩全集》(第1卷)，广西民族出版社1991年版，第181页。

托,孤独可以说是雪的命运。鲁迅是"处在压榨、逼拶和无情的烈火焚烧中,灵魂全神贯注的人",他创作野草,不再是听将令,而是直接听命于内心的思想和意念,寻找着绝对,反映出由内而外,把忠实于自我的表现化为艺术创造的出发点。鲁迅笔下的雪和过客、死火、黑的人等形象同属于一个表现艺术的世界。这个艺术世界的首要特征是主观情感、情绪的扩张和夸张的表现。我们看到鲁迅的雪中有着火气,"如同包藏火焰的大雾",雪与火本是物理性不相容的,但在鲁迅的艺术图式里,二者却对立共存。我们在他的《死火》等篇章里也会发现同样的艺术表现。死火要在冻灭与燃烧中选择生命形式,同样,雪也以奋飞、旋转和升腾的生命狂舞反抗寂灭的命运。在这种极端的状态下感情得到无限的扩张,扩张到旷野、宇宙、太空这样的广大的空间;心灵的巨大狂喜飞升,在异乎寻常的精神狂喜里达到情感的顶峰。鲁迅将这种冷与热、生与死以一种相冲突的方式包容在一起,表现出巨大的生命与艺术的张力。

上文所提到的鲁迅在创造雪的形象时所采取的抽象的艺术方法也是表现艺术的重要特征。画家克利说:"这个世界愈变得可怕,艺术也就愈变得抽象。"抽象是艺术家精神苦闷的表现,是一些艺术家在"发疯的,失去了控制的荒诞世界获得的生存支点"。[1] 如果我们在徐志摩的雪里听到的是生命的呢喃,那么我们在鲁迅的雪里听到的是雪的无声的叫喊,震撼整个宇宙。

三　生命哲学的分野：希望的与绝望的

胡适曾言徐志摩"他的人生观真是一种'单纯信仰',这里面只有三个大字:一个是爱,一个是自由,一个是美。他梦想这三个理想的条件能够会合在一个人生里,这是他的'单纯信仰'。他的一生的历史,只是

---

[1]　徐行言、程金城:《表现主义与20世纪中国文学》,安徽教育出版社 2000 版,第 54 页。

他追求这个单纯信仰的实现的历史"。①

徐志摩在《新月的态度》表达的也是他的生命态度。"生命从它的核心里供给我们信仰,供给我们忍耐与勇敢。为此我们方能在黑暗中不害怕,在失败中不颓丧,在痛苦中不绝望。生命是一切理想的根源,它那无限而有规律的创造性给我们在心灵的活动上一个强大的灵感。它不仅暗示我们,逼迫我们,永远望创造的、生命的方向上走,它并且启示我们的想象。……我们最高的努力目标是与生命本体相绵延的,是超越死线的,是与天外的群星相感召的。……"回到生命本体中去!"要从恶浊的底里解放圣洁的泉源,要从时代的破烂里规复人生的尊严",这正是徐志摩最高的诗歌理想。

徐志摩出身优裕,幼年几乎未曾有什么挫折,不像鲁迅是经历了过早的世态炎凉,由小康坠入困顿,看清世人的真面目。徐一生乐于交接名流,有梁启超、罗素、泰戈尔等良师益友,因而会对爱和美有永恒的憧憬和追求,不失赤子之心。即使在出国留学之际,英国的绅士风对于他而言,也是如鱼得水。康桥的风景和英国的生活艺术使他张开了诗人的想象,若干年后,在遭遇种种挫折之后回到康桥仍然对他的精神有一种洗礼的力量。如他在《再别康桥》里表达的,康桥是他的青春和梦想的圣地,因而他"不带走一片云彩",永保这片圣地的完满。而鲁迅在日本留学时所感受的却是弱国子民被歧视的心理危机。徐志摩身边永远不少朋友,而鲁迅却始终是孤独的。尤其是在轰轰烈烈的"五四"文化运动退潮之后,他更是寂寞,"后来《新青年》的团体散掉了,有的高升,有的前进,有的退隐,我依然在沙漠中走来走去",而《野草》散文集正是寂寞情怀的流露。

此时的鲁迅"见过辛亥革命,见过二次革命,见过袁世凯称帝,张勋复辟,看来看去,就看得怀疑起来,于是失望,颓唐得很了",②于是他产

---

① 胡适:《胡适文集》,人民文学出版社 1993 年版。
② 鲁迅:《〈自选集〉自序》,《鲁迅全集》(第 4 卷),人民文学出版社 1996 年版,第 456、455 页。

生了以希望为虚妄的情绪,但同时他又无法证明绝望不是虚妄,因而要"自己来一掷我身中的迟暮"。的确,在鲁迅的这篇《雪》里,有着浓厚的"向死而在"的意识。正如在野草《题辞》里所表述的"过去的生命已经死亡。我对于这死亡有大欢喜,因为我借此知道它曾经存活。死亡的生命已经朽腐。我对于这朽腐有大欢喜,因为我借此知道它还非空虚"。在野草将死亡而朽腐之时,"我坦然,欣然。我将大笑,我将歌唱"。在《复仇》里,神之子被钉杀之时,感到的却是"欢喜","突然间,碎骨的大痛楚透到心髓了,他即沉酣于大欢喜和大悲悯中"。《雪》这首散文诗,同样渗透有浓厚的死亡意识。

　　在无边的旷野上,在凛冽的天宇下,闪闪地旋转升腾着的是雨的精魂……

　　是的,那是孤独的雪,是死掉的雨,是雨的精魂。

　　雪在必然的消失的命运之下,但它的生命经过了质的转化。雨死掉了,但没有消失,又以雪的形态展开又一生命。在这种生命的转换中,鲁迅的"历史中间物"意识,这种生命的不停转换和循环使他相信雪也将会以一种新的生命形式回归。而这种新的生命形式就发生在每个读者受到震撼的精神世界中。

第二辑

周作人研究

第三章　2001—2015 年周作人与中国传统文化研究述评

新世纪以来,周作人与中国传统文化研究向多维度深入开展。周作人与中国传统文化、传统文人的关系,尤其是周作人文学思想与中国古代文学的复杂联系开始受到越来越多的重视,并取得了一批值得关注的成果。其中,周作人与儒释道思想研究是热点与重点,周作人与地域文化、民间宗教研究也均有收获。周作人与孔子、孟子、老子、庄子研究,周作人与更广层面的中国古典文学研究,周作人与中国传统艺术研究,未来可期。

一　周作人与儒家思想

周作人与儒家思想研究是周作人与中国传统文化研究中的一个重要课题。在对周作人与儒家思想关系的考察中,研究者梳理了周作人的中庸范畴论、探讨了儒家思想对周作人的影响、论述了周作人的儒家言说。

1. 周作人的中庸范畴论

"中庸"是儒家思想的重要范畴之一,也是周作人思想的基本范畴和特征之一,突出表现在其 20 世纪 30 年代的思想和创作中。然而,大多数人只是把"中庸"作为一个既定的概念拿来使用,似乎有意忽略了周作人思想自身的语境。因此,胡辉杰发表了系列论文来探讨这个问题。其《贵族与平民——周作人中庸范畴论之一》①选取周作人中庸范畴中三组具有代表性的概念:贵族与平民、载道与言志、人情与物理,尽

---

① 胡辉杰:《贵族与平民——周作人中庸范畴论之一》,《鲁迅研究月刊》2008 年第 4 期。

可能把它们还原到具体的历史情境中去予以分析,力图阐明周作人对何时提倡贵族的或载道的文学、何时倡导平民的或言志的文学,如何看待人情与物理等,是一个有意识的策略性的运用过程。周作人在文学观念上的随时屈伸,更多地是基于一种针对当时流行文学观念的补偏救弊的考虑,其最终价值目标依然是在不断偏离中回归中庸的平衡和节制,坚持文学精神的贵族性和平民性的均衡与合一。在周作人眼中,理想的文艺,无疑是平民的贵族化,凡人的超人化,偏执于一端的纯粹的贵族化或平民化都是不可取的。《载道与言志——周作人中庸范畴论之二》①从中庸的角度探讨了周作人对文艺作品的载道与言志观。论者认为,周作人将文学看成国民精神的寄托,看重文艺"言志"的功能,并将其看成是纠正"艺术派"与"人生派"偏执的对症处方。他的这种文艺批评思想既合乎他的中庸艺术观念,也合乎艺术自然发展的规律。与此相对,周作人反对"载道"说,崇尚个人主义,坚信个人主义文学是文艺的正路,文艺的生命在于自由而不是平等,所以,他对于主张普遍、统一、唯我独尊的"道"痛恨到无以复加的地步:崇"道"的必然结果就是排斥异己,形成专制思想。所以,"载道"派的文学实际上只能是一种"遵命"文学。周作人对朱熹、韩愈等的批评也是因此而来。但周作人在提倡文艺的宽容的同时,却也让自己卷入到时代的纷争中。但是,周作人并不真的反对"载道派",他之所以先扬文艺的言志抑载道,后一反前说,其实是在当时的历史语境中努力实践中庸的结果。《人情与物理——周作人中庸范畴论之三》②从中庸的角度探讨了周作人的人情与物理观。论者认为,周作人主张人情与物理合一的智慧观,并将其当作判断检验一切事物的唯一标准;而这种标准的本质其实是一种中庸思想。周作人对物理,即知识特别看重,是因为他痛感于中国传统文化中的缺陷和中国国民思想中充斥着封建礼教因素,故而欲借助科学知识,

---

① 胡辉杰:《载道与言志——周作人中庸范畴论之二》,《鲁迅研究月刊》2009 年第 1 期。
② 胡辉杰:《人情与物理——周作人中庸范畴论之三》,《鲁迅研究月刊》2009 年第 2 期。

改革国民思想；他对情也特别看重，认为离开情，理就失去了存在之本。周作人把人情物理的标准，用来实践在他为人为学、品物论世的各个方面。周作人对文艺批评的实践、对待鬼的态度等方面即为例证。周作人的人情与物理观之所以能够调和，是因为其立足于"个人主义的人间本位主义"。也因此，周作人批评假道学，并在自我言说园地中突出其所钦敬人物的理不碍情的一面。在周作人思想研究中，很多学者会直接套用一些约定俗成的概念术语，而不考虑这些概念术语与研究对象是否完全契合的问题，未能进行相应的调整，难免有所"隔"。所以，胡辉杰的研究显示了一种可贵的努力，有助于祛除周作人头上的一些流行的成见。

2. 儒家思想对周作人的影响

以下几篇文章专门从儒家思想的角度论析周作人附逆的原因与附逆时期的思想，尤其关注到儒家"气节"范畴与周作人附逆的关系。范历《新与旧的矛盾和冲突——周作人儒家入世哲学在现实中的尴尬和悲剧》①指出，周作人与祖父周介孚有着明显的相似性：他们同是封建科举制度的信徒与反叛者，他们生根在儒家的入世哲学中，时时想入世，却时时仕途不顺。周作人成长于新思想新文化崛起的新时代，但无论他怎样紧跟时代潮流，他所做的人生抉择都符合儒家入世思想的规墨。他身上的封建传统文人性格与时代发生了偏差，他的儒家入世哲学在现实中也难逃尴尬和悲剧的境地：青年时期他希望通过科举走上仕途施展抱负，两次应试落第使他梦想破灭；社会变革中他积极投身到思想革命中去，1920 年的一场肋膜炎让他从浪尖跌到谷底；日军占领北平后，他出任伪职，在仕途上"前进"了一步时，却在道德上出现了"全线崩溃"，汉奸的骂名从此伴随余生。周作人一生都在寻路，他找到的入

---

① 范历：《新与旧的矛盾和冲突——周作人儒家入世哲学在现实中的尴尬和悲剧》，《鲁迅研究月刊》2006 年第 4 期。

世哲学,特殊的时代现实,却只给了他一场尴尬的命运悲喜剧。范文从一个平凡人的角度切入,把这个具有类型典型性的文化人放回当时动荡不安的社会环境、思想文化新旧交替的大背景上考察,从其思想、心理上的种种冲突入手,探讨其内心深处的痛苦历程以及由此造成的变幻起伏的命运,以期能从中得到一些新的启示,丰富研究视野,引起人们对社会变革、文化重建中知识分子的存在方式、存在价值以及历史地位等问题的再思考。

儒家思想特别强调忠孝节义,讲究气节问题。关于儒家"气节"范畴与周作人附逆的关系,其中,"道义之事功化"可被视为周作人的气节思想的代表性的表达,与其附逆有着明显的关系。韩靖《周作人"道义之事功化"思想探析》①认为,周作人的"道义之事功化"思想以生命关怀、个体关怀取代传统气节思想的"民以奉君"观念,把保护个体生命的自然进行,防止因政治、战争等社会原因造成"未完成的生活之破坏",从而"博得国家人民的福利"的"事功"作为衡量知识分子的"道义"和气节的标准,带有个人主义伦理观的色彩。作为一种人格评价标准,周作人的"道义之事功化"思想体现了对于知识分子存在境域的关注和对于独立不依的人格形态的呼唤。然而周作人的"道义之事功化"思想也有局限性。它仅以满足人的自然层面和情感层面的需求作为最高的价值追寻,而无视人的社会归属和社会情感的需要,在现实实践中未必能给人带来真实的幸福,有时可能还会是灾难。抽象的生命关怀、个体关怀的道义追求并未带给周作人所期望的事功,却让他成为了自己个人主义的伦理思想的牺牲品。符杰祥《成也气节,败也气节?——周作人救亡时期的气节思想与失节问题辨正》②则认为,周作人的气节观念与失节问题都需要以求知的态度来检讨与面对。周作人的"失节"不可否认,但并不意味着其气节观念的价值可以被完全否认。在救亡热情高

---

① 韩靖:《周作人"道义之事功化"思想探析》,《绍兴文理学院学报》2008 年第 5 期。
② 符杰祥:《成也气节,败也气节? ——周作人救亡时期的气节思想与失节问题辨正》,《同济大学学报》2010 年第 5 期。

涨的年代,周作人的气节观念显示了自己独特的理论思考与问题指向。一方面,他极力呼吁国人要以"真气节"承担起救国的责任;另一方面,他并没有因此放弃批判气节的启蒙责任。周作人从一开始关注的重点就不是文学的形式问题,而是人的道德问题。他将自己的道德理论进一步概括为两个"反对",两个"梦想"。前者着眼于传统道德问题的批判,后者着眼于现代道德学说的建设。周作人批评气节,指向的是八股化问题,不是否定气节本身。他的气节批判是从"伦理自然化,道义事功化"的观念出发的。其目的是为了救亡,也是为了启蒙。如果说,同时代的人是在以鼓吹气节的方式来抵抗日本对中国的侵略,周作人则是以批判气节的方式揭露日本对世界的危害。周作人的失节问题不在于他的气节思想,而在于他未能真正履行自己的气节思想。

万杰[①]从遗民文化的角度关注周作人的气节问题。遗民常被看作是民族气节的符号,20 世纪 30 年代周作人写有不少谈遗民的文章,在民族命运面临深重危机的情境中,周作人与遗民文化的此番对话别具深意。万杰的《解读二十世纪三十年代周作人的遗民话语》认为,周作人的遗民话语呈现了遗民思想与生存的真实性、复杂性,他肯定的是思想通达而兼具民族气节的遗民,对历尽劫难仍保有闲适情趣的遗民深具同情。在遗民、忠义、降节者几种乱世人生选择中,周作人对遗民式生存有所肯定,然而其"以气节为时俗"和"苟全性命于乱世"的思想观念又使他对遗民式生存进行了价值颠覆。

3. 周作人的儒家言说

周氏曾指出:"我自己承认是属于儒家思想的,不过这儒家的名称是我所自定,内容的解说恐怕也与一般的意见很有些不同的地方。"那么,周氏所自定的是怎样的一种儒家? 其解说的内容与一般的意见到底有何差别? 这些差别与周氏自身思想的发展又具有怎样的内在关

---

① 万杰:《解读二十世纪三十年代周作人的遗民话语》,《社会科学论坛》2012 年第 8 期。

联？林分份《知识者"爱智之道"的背后》①从辨析 20 世纪三四十年代周作人对儒家思想的相关言说入手,探讨了其儒家论述的独特性与复杂性。首先,周氏以"爱智者"的姿态言说儒家"情理"、"中庸"和"事功",不仅与其思想构成有关,而且与其自我更新及自我辩解有关。周作人接受儒家思想是从孔子"重知"的态度入手的,推崇儒家重视"人情物理"的态度,一再肯定"古来的儒家"或"粹然儒者",以及非正统派的儒家,而与"后世的儒教徒"即正统派儒家异途。周作人不仅将"中庸"视为中国国民思想和处世态度的核心,而且将其转化为衡量个人言行与实践的道德伦理标尺。"七七事变"后,周氏鼓吹儒家"事功"思想,将儒家的"仁"落实在为宗族乡党国家臣民上,突出孔孟在"事功"方面的一致性。而"事功"思想的政治哲学色彩与此前的"情理"、"中庸"等深具认识论与伦理学色彩的儒家明显有别,显示了周氏不同时期对儒家思想重心的不同选择。其次,周氏的儒家论述融合了古希腊、现代科学以及道家、释家等古今中外多种思想资源,表现在其将孔子"重知"态度等同于希腊古哲的"爱智之道",将儒家"饮食男女"与西方生物学的"求生意志"沟通,将儒家"人情物理"与西方"科学精神"相提并论,借西方现代科学的理性烛照、古希腊的"中庸之德"重新阐释儒家的中庸思想,强调大乘佛教的救世弘愿和儒家事功思想在自我身上的呈现。从思想史角度看,周氏儒家论述中所持"人情物理"与"科学精神"的标准,及其"寄托于由复古而获得再生之构想的中国自身的现代化理想",与"五四"以来各种批判儒家的激进思想和文化保守思潮多所不同。周氏带有"寻求差别"意义的儒家论述,建构起非"正统派"儒家的自我形象,为其在文化场域中争取到更多象征性资本的同时,也呈现了动乱时代知识者思想言说的复杂性。然而周氏执迷的非"正统派"儒家及"唯理主义"、"爱智之道"未能使他做出符合儒生道义、民族气节的选择,反而一

---

① 林分份:《知识者"爱智之道"的背后——一九三〇、一九四〇年代周作人对儒家的论述》,《文学评论》2013 年第 2 期。

定程度上成为其走向"附逆"深渊的借口,其言说层面的理想自我与行为层面的历史实践之间的断裂,暗示了一种悖论乃至反讽。

二　周作人与道家思想

关于周作人与道家思想的关系,研究者主要围绕周作人的道家立场以及道家思想对周作人的影响等问题展开了分析和探究。

1. 周作人的道家立场

周作人与道家思想的关系一直缺少专门的研究,他的道家立场很少引起人们的注意,通常人们只是在分析他的散文风格时提到道家的影响,但也大多语焉不详。哈迎飞《论周作人的道家立场》①认为,"五四"新文化运动以来,庄子一直受到主流思想界的激烈批判和否定,但周作人认为庄子的无君论、天道自然论和齐物论思想等对儒家思想的现代转型和现代中国思想的建构具有重要的参考价值,不宜全盘否定。在"五四"作家中,周作人对老庄道家的态度是相当严肃而别致的,虽然他的道家立场常被他的儒家身份所遮掩,但把他对道家的好感简单地等同于消极隐逸,甚至视为他附逆的主要原因,显然是极大的误解。周作人虽然喜欢道家,但对道家绝不是毫无批判地完全认同。他对道家的欣赏更主要的还是为了纠正、补充传统儒家思想之不足,并促成其现代转型。周作人的附逆落水与他的道家立场没有直接的关系,而且落水期间,他的道家立场也没有什么变化。准确地把握周作人的道家立场是深入地分析他的儒家思想及其附逆时期精神状况的前提。探讨周作人偏爱道家的原因,能对周作人后期思想研究有所帮助。

2. 道家思想对周作人的影响

关于道家思想对周作人的影响,研究者主要关注的是道家隐逸思

---

① 哈迎飞:《论周作人的道家立场》,《贵州社会科学》2008 年第 7 期。

想对周作人文学创作与人生道路的影响。

"隐逸"是道家思想的重要范畴之一,也是周作人思想的基本范畴和特征之一。它不仅影响了周作人的文学创作,也影响了周作人的人生道路。席建彬[①]认为,20 世纪 20—30 年代,随着"五四"的落潮,周作人的文学重心从社会性的人生关怀转向了个体性的人生关怀,表现了浓重的隐逸气。然而"隐逸"并不意味着作家就离弃了现实和"人的文学"观念,他的所谓"隐逸"其实是在既有"人的文学"观念框架内作出的一种调整,思想的实质倾向了"理想生活,或人间上达的可能性",仍沿续着"为人生"的文学轨道。这一变化的产生不仅和其"人的文学"观念的丰富性有关,还涉及周作人现代和传统的二重人格以及这一时期社会境况变化的影响。许海丽《论周作人的隐逸倾向及其影响》[②]认为周作人是现代文学史上一个复杂的存在,他曾经有过近似"隐逸"的经历,在他的作品中也流露出一种"隐逸"的理想和精神。他提出了"生活的艺术"命题,逃遁到个人的艺术世界里。佛教的价值观念、思维方式渗透进他的生命体验之中,对他的人生理念、心理情感以及生活方式产生了复杂而深远的影响。对于道教,周作人虽颇有批评,然而观其隐逸,却带有很深的老庄道家色彩。道家的自然观和个人主义文学精神在他身上得到了体现与张扬。他所具有的佛禅道的意识在不知不觉中渗透到他的创作中,融合为一种隐逸的文学品格。隐逸的最大价值在于,丰富了文艺体式,提升了文艺境界,促进了中国传统审美文化的发展和进步。周作人的这种隐逸倾向影响了同时代甚至当代作家的创作,因此探讨周作人的"隐逸"是有必要的,也是有意义的。高传华、许海丽《周氏兄弟的担当和逃离——从隐逸看鲁迅与周作人的人生和创作道

---

① 席建彬:《"隐逸"的一种限度——试论 20 世纪 20—30 年代周作人的"隐逸"转向》,《连云港师范高等专科学校学报》2007 年第 1 期。
② 许海丽:《论周作人的隐逸倾向及其影响》,《泰山学院学报》2010 年第 5 期。

路》①认为,周氏兄弟作为中国现代文学史上的双子星座,各以其独特的贡献和成就成为文学史研究无法避开的重镇。周氏兄弟的为人为文有着极为强烈的反差,尤其是在"五四"退潮以后,鲁迅转向左翼,而周作人走向隐逸。但在"五四"新文学革命前,周氏兄弟都过着隐逸生活,而且经历了相当长的时期。这段隐逸生活对他们后来的文学创作和文学道路产生了直接的导向作用,并影响了他们后来的人生和文体选择。周氏兄弟在不同时期的创作题材、审美风格和情感倾向,都与他们的隐逸有着密切的联系。

三　周作人与释家思想

本时期,关于周作人与释家思想关系的研究颇有进展。研究者探讨了周作人近佛的缘由、佛文化对周作人的影响。

1. 周作人近佛的缘由

在周作人近佛缘由的问题上,学者认为原因有二,一是周作人以释补儒;二是周作人苦质情结的佛学底蕴。"半是儒家半释家"的周作人,以现代眼光重新解释了中国传统文化基础的儒家思想,并以此构建起一个融合了中西文化而以儒家人文主义为核心的文化理论框架。但在这一文化理论框架中,周作人为什么要以佛学义理作为儒家思想的最主要补充?顾琅川②注意到上述问题,并对之进行了研究和阐释。他认为,上述问题和周作人以释补儒,以佛学对儒家思想进行纠偏补缺有关。具体说来:释家小乘缘起论为周作人提供了消解儒家天命观的思想力量,并强化了周作人反思想统制的个性主义;佛学以觉为本的立教

① 高传华、许海丽:《周氏兄弟的担当和逃离——从隐逸看鲁迅与周作人的人生和创作道路》,《江汉大学学报》2014 年第 3 期。
② 顾琅川:《周作人文化性格的佛学底蕴》,《绍兴文理学院学报》2003 年第 5 期。

思想启发了周作人的启蒙思路,形成了他以关注人的精神解放为本的人道主义特征;佛学注重从心性理论入手,重视自身人格意志修养,是周实现以释补儒格局的又一途径,其中佛学"空观"理论与"忍"的精神帮助,强化了周反抗绝望的精神。所以,佛学通过消解、补充儒学而进入周作人的文化性格,并赋予其厚重的佛学意蕴。他的另一篇《生命苦谛的慧悟与反抗——周作人"苦质情结"的佛学底蕴》①认为周作人的身上有一种"苦质情结",即周有一种偏于从悲苦、绝望一面去体悟人生、解释世界的气质特征。而周作人这一气质特征之形成,与佛学苦谛所体现的生命本体观存在着深刻的渊源关系。由此,作者又分别论述了周作人之抗争残虐无道与"佛性说"、历史循环观念与"业力轮回说"、挑战虚空与佛学坚苦卓绝的愍世情怀间的内在因缘,从而具体析离出周作人"苦质情结"中的佛学底蕴。

2. 佛教文化对周作人的影响

周作人作为现代文学史上著名的争议人物,思想纷乱驳杂,其中佛教文化与儒家思想相融合而占据主要地位。李哲、徐彦利②认为,佛教文化对周的影响表现在:与佛教结缘的一生、佛教文学的濡染、禅宗文字观的影响以及其固有思想与佛教精神的契合。周作人对佛教是取舍有度不妄信之,因此他所尊崇的佛教带有明显的个人特征,迥异于教徒的顶礼膜拜,显示出强烈的独特性。周作人对于佛教的态度,也就是他对于一切思想的态度,不偏颇、不迷信、不热衷、不苟同,永远保持冷静而理性的思辨精神,以中庸的思想予以观照。在作者看来,他对佛教的这种似远不远似近不近、槛内看花的态度,可成为一种独特的诗意的在世方式。

---

① 顾琅川:《生命苦谛的慧悟与反抗——周作人"苦质情结"的佛学底蕴》,《绍兴文理学院学报》2004 年第 1 期。
② 李哲、徐彦利:《负手旁立心有鹜 槛内观花在家人——周作人与佛教文化》,《江淮论坛》2004 年第 6 期。

谢友祥①也关注到佛教文化对周作人思想的影响。在林语堂和周作人的传统话语的比较中,作者认为林语堂儒而道,周作人儒而佛,这使两者的人生选择有了差异,其中林语堂活得更加洒脱。但周林二人又都疾虚妄、爱常识、尚中庸,这集中了中国传统的大智慧,对其所在时代有多方面的超越性。

四　周作人与法家思想

周作人是"五四"时期为数不多的几个始终对法家思想保持高度警惕的思想家之一,但周作人的这一立场始终未受到学术界的重视。哈迎飞《周作人对法家暴力文化的批判》②认为,周作人对法家文化的批判首先集中在它的暴力思想上,周作人一生多次提醒世人要注意中国民族的"嗜杀性"。周作人认为在中国,严刑峻法的威慑,一方面使统治者即视民众如草芥,另一方面也使在暴政统治下成长起来的民众见酷而不觉其酷,甚至会踏着残酷前进,比暴君更暴。其次,周作人对法家文化中的君权至上思想、三纲主张以及法家化的"酷儒"进行了深刻的批判,对周作人来说,现代中国思想革命既要深入揭批作为"历代帝王专制之护符"的儒教伦理,彻底解构为君的、为父的、为夫的绝对权威,更要对法家化的"酷儒"保持警惕,并尽快"输入西洋社会国家之基础,所谓平等人权之新信仰"。最后,周作人对法家文化也不是只有批判,没有辨析。周作人认为,法家思想中的无神论思想以及理性务实精神等,对于改造和矫正儒家由于忽视道德是历史的产物而走向伦理绝对主义的弊端,是有意义的,不可全盘抹杀。

五　周作人对中国传统文化的批判与反思

周作人作为从中国传统文化中走出来的知识分子,深受中国传统

---

① 谢友祥:《传统话语下的林语堂和周作人》,《嘉应大学学报》2003 年第 2 期。
② 哈迎飞:《周作人对法家暴力文化的批判》,《福建论坛》2007 年第 12 期。

文化的影响,也最了解其中的糟粕。早在求学时期,周作人便开始批判、反思中国传统文化。黄晓华、卢毅、彭春凌等的文章都是针对此问题而发的议论。他们将周作人置放在周氏兄弟或章门弟子的背景中,从人的解放、思想革命、批儒思潮等方面来考察周作人对中国传统文化的批判与反思。

人是被规训的动物,而社会对人的规训又往往以人的躯体为基点。躯体不仅是各种体制化的权力实现对人的控制的支点,也是各种社会知识实现对人的控制的平台和工具。只有解构了传统对人的控制方式,才有可能实现人的解放,并最终实现民族与社会的现代性转变。黄晓华[1]认为,鲁迅与周作人正是因为意识到躯体与人的解放的重要关系,才力图解构传统以躯体为基点实行对人控制的模式,并借此将人的解放推上了一个新的高度。所以,周氏兄弟关于传统礼教对人的躯体的规约和以中医为中心的人的躯体知识体系的批判,深入剖析了寄寓在躯体上的种种隐晦的权利关系和神秘信念。其中,鲁迅着重于解构附着于人的躯体的外在规范,从社会历史的向度切入传统对人进行奴役的权力体系;而周作人则着重从自然进化的向度,切入传统对躯体的内在意识和传统关于人的建构的知识体系。所以,鲁迅与周作人以敏锐的眼光,从由奴隶到人与由动物到人这两个关于"人的解放"的维度,切入躯体问题,并在人的解放问题上实现了交融与互补。

卢毅《章门弟子与五四思想革命》[2]认为,在"五四"新文化派中,章门弟子较早地意识到思想革命的重要性,从而他们将奋斗目标及时转向了伦理道德领域,为"五四"新文化运动的深入发展指明了前进的道路。在新文化运动中,章门弟子等新文化派正是以"覆孔孟,铲伦常"作为自己的首要任务和突破点,从而掀起了一场轰轰烈烈的思想革命。章门弟子受到章太炎"订孔"乃至"诋孔"思想的影响,集中体现在以下

---

① 黄晓华:《躯体的解控与去魅——周氏兄弟关于"人的解放"的一个重要视角》,《鲁迅研究月刊》2003 年第 12 期。
② 卢毅:《章门弟子与五四思想革命》,《广东社会科学》2007 年第 2 期。

几个方面：第一，俗化孔子历来不可亵渎的圣人的形象，打破其独尊地位，并对孔子的人格提出质疑，认为孔子诈取老子藏书而立说；第二，"夷六艺于古史"，对所谓"六经"进行俗化和历史化，强调"经"的最初含义只是指古书的制作材料和方法，彻底剥除了它们的神圣华衮；第三，论孔学"非所以适今"，认为孔子学说固然有一定的历史价值，但并不适合于今日。同时，他们认为三纲五常等封建礼教，严重束缚人性的发展，明确提出了反对"吃人礼教"的思想主张。鲁迅与周作人还在妇女观与儿童观上达成了一致意见，共同号召打破"三纲"中的夫权和父权。

彭春凌的《中国近代批儒思潮的跨文化性：从章太炎到周氏兄弟》①认为，章太炎任职《台湾日日新报》期间，与该报围绕"国体论"的种种舆论展开隐晦而复杂的思想缠斗，在儒学的伦理根底、政治图景与宗教信仰等三个层面上呈现的是双方几乎难以逾越的分歧与鸿沟，他最终创作了《儒术真论》，将康有为的孔教思想与日本吸附进近代国体论的儒学观念嫁接整合，作一体之批判。周作人《语丝》刊文对抗《顺天时报》日人谬论，鲁迅20世纪30年代《在现代中国的孔夫子》透露早年的生命史、《儒术》对儒教决绝的抗拒，显示了寻求民族独立自主的新一代知识人与太炎经验的隐隐呼应，他们甚至选择比章氏《儒术真论》更为极端的方式来拒绝国内外各种"伪"儒术，留下了中国近代批儒思潮跨文化性的进一步延续的烙印。在日本这个他者的反衬下，周氏兄弟亦与康、章为代表的中国近代变革期的儒学思想有内在呼应和承继关系。

六 周作人与中国传统文人

发掘周作人与中国传统文人思想、精神特质之间的联系，是周作人研究中一个重要的课题。关于周作人与中国传统文人的关系，研究者

---

① 彭春凌：《中国近代批儒思潮的跨文化性：从章太炎到周氏兄弟》，《鲁迅研究月刊》2011年第10期。

主要从中国传统文人对周作人的影响、中国文人传统对周作人的影响两方面展开论述。

1. 中国传统文人对周作人的影响

在关于中国传统文人对周作人影响的探讨中,研究者重点关注的是李贽等晚明士人对周作人思想的影响,将周作人对李贽思想的接受过程看作中国文学思想近世化演进中的一个典型个案。许建平、李留分《李贽思想在周作人接受过程的近代演进》[①]通过分析周作人对李贽文学思想的接纳、变异这一个案,探讨李贽思想在被接受过程中的演进轨迹,并认为周作人的文学观来自西学与中国传统,而传统多于西学,传统中又以李贽的影响最为有力。李贽的人学观直接促成了周作人的"人的文学"观;李贽的文学表现童心说,促成了周作人文学是人的自然天性表现、且以表现之自然为美的文学思想。周作人发现了李贽人学思想中的现代性因素,并用西方科学化、人本化融释李贽思想,使之在周作人这里进一步世界化、近世化了。

对于中国传统文人对周作人的影响,还有人注意到了周作人与陆游的关联。张波《周作人视域中的陆游及其他——从1937年的〈老学庵笔记〉谈起》[②]认为,周作人出于对《沈园》二绝句和散文随笔的喜爱,结合时代语境,巧妙传达了自己的好恶和倾向——弃置了先前凭吊式的历史感发,不再过分专注对真性情的感动与对"幽怨之情"的强调;对陆游"国防诗人"的头衔不以为然,实则对"国防文学"进行回应,间接声援鲁迅,展露其一贯的批判立场。

2. 中国文人传统对周作人的影响

与中国传统文人的相通、相连,使得周作人深受中国文人传统的影

---

① 许建平、李留分:《李贽思想在周作人接受过程的近代演进》,《河北学刊》2009年第2期。
② 张波:《周作人视域中的陆游及其他——从1937年的〈老学庵笔记〉谈起》,《宜宾学院学报》2011年第2期。

响与制约。其中,周作人抗战前后的散文创作尤其受到士大夫文人传统的制约。陈文辉《文人传统与周作人抗战前后的思想和文章》[①]、马登春《背离? 还是回归? ——周作人与中国文人传统》[②]是两篇研究周作人与中国文人传统的文章。陈文认为,当时中华民族遭受灭顶之灾的局势,激发了周作人对晚明文化的价值重估,使他在 1933 年之后从对晚明小品的鉴赏转为对晚明士习乃至整个士大夫文人传统的批判,进行了一次类似明清之际实学思潮的转向。他的散文创作随之由标榜"性情的流露"的晚明小品,改而推崇"疾虚妄,重情理"的清代学者之文。这使得周作人的创作道路悖离他曾提倡的"言志",而向他所反对甚至憎恶的"载道"回归。但是这种变迁又完全可以在周作人的性格与早期阅读中——在对题跋文字与箴规家训的偏嗜与迷恋中所表现出来的"才子"与"道学家"的双重倾向——找到发生的内在依据。马文认为,周作人作为中国现代文学史上的一个独特而又绕不开的存在,历来褒贬不一,话题之多或许仅次于鲁迅。周作人及其思想是相当复杂的,儒释道及古希腊、基督教、日本等文化体系都对他产生过影响。但纵观其一生,无论是少年时期的科举之路,还是青年时期的反儒先锋,抑或是中年时期的提倡儒家文明复兴,周氏的思想与创作都与中国文人传统有着密切的联系,也都可以从中国文人传统中寻求解释。事实上,无关思想,起码在文体与文章所表现出的文人气质上,周氏已经开启了一个当代文学中的"周作人传统"。

七　周作人与中国传统文学

本时期,周作人与中国传统文学的研究较为深入、全面地开展起

---

① 陈文辉:《文人传统与周作人抗战前后的思想和文章》,《现代中文学刊》2012 年第 3 期。

② 马登春:《背离? 还是回归? ——周作人与中国文人传统》,《长春理工大学学报》2014 年第 3 期。

来，这是周作人研究又一个引人注目的进展。周作人遵奉六朝文学、晚明文学，在文学上多有与之相通之处。有多篇文章致力于梳理和接通周作人与中国传统文学的关系，而且写得都很不错。

1. 周作人与六朝文学

在中国现代思想文化界，周作人与鲁迅一样，都因曾受章太炎的深刻影响而从魏晋六朝那里借取了许多积极有益的资源。在周作人与六朝文学的研究中，高俊林、王卫平《"在荒野上叫喊"——论周作人的文化思想与魏晋六朝文化之因缘》[①]认为，"在荒野上叫喊"，是周作人对于自己从事思想启蒙工作的一种认识。为此，他从魏晋六朝文化里借取了许多积极有益的资源。周作人对于当时的隐士现象抱着深切的同情态度，这一态度与其本人后来的思想转变及现实人生选择也有着深厚的渊源关系。高恒文《南朝人物晚唐诗——论周作人和废名对"六朝文章"、"晚唐诗"的特殊情怀》[②]发现，周作人对日本诗人大沼枕山的诗句"一种风流吾最爱，南朝人物晚唐诗"十分欣赏，一再在文章中称赏、引述。原因很简单，因为"六朝文章"和"晚唐诗"正是周作人最为欣赏的中国古典文学作品。周作人对六朝文章和晚唐诗的欣赏在京派范围内产生了深远的影响，废名接受周作人的推介，其小说创作受晚唐诗影响，并进而对六朝文章产生了巨大的热情。随后，这一影响又通过废名，先后波及卞之琳、何其芳、林庚、朱光潜等，成为现代文学史上一个重要事件。

2. 周作人与晚明文学

周作人与晚明文学的关系是一个颇值得关注的点。周作人对将晚

---

① 高俊林、王卫平：《"在荒野上叫喊"——论周作人的文化思想与魏晋六朝文化之因缘》，《陕西教育学院学报》2007 年第 1 期。
② 高恒文：《南朝人物晚唐诗——论周作人和废名对"六朝文章"、"晚唐诗"的特殊情怀》，《汉语言文学研究》2013 年第 1 期。

明文学思潮与"五四"文学运动联系起来研究,有首推之功。周作人有言:晚明时期的散文颇多佳作,"说理的"散文"理多正确"。周荷初①认为,周氏之言"说理的"散文是指晚明文人的论说文。但以艺术散文的标准来衡量,此类散文却可能让人感到情趣稍逊,其价值主要在于思想,而不以文章见长。作者认为,周氏之称赞公安、竟陵派的说理文"理多正确",至少包含两方面的本意:一是思想观念上的反礼教,二是文艺主张的反道统。这正是明代文艺新思潮的鲜明特征,也是周氏与晚明作家思想情趣上产生感应共鸣的内在契机。尽管周氏常引晚明文人之语为同调,但周氏之说却是集合了中外新旧思想,具有现代文化品格的学说。所以,周氏对晚明文学观的言说,尽管有着某种程度的谐和,但也有其内在的差异。另外,就周氏其他文字资料看,周氏首倡小品"美文"时,并未直接受晚明小品的影响,而是取法英法的随笔;他对公安、竟陵两派的赞同是有限度的,比如对他们散文的语体风格,周氏就持保留态度,甚至有所批评。但顾琅川②认为,周作人在 30 年代对明末性灵小品推重有加,并非旨在评价公安派及其发动的文学运动,而是别有目的在:周作人首先是为 30 年代风行文坛的闲适、幽默小品的出现,寻求文学史的依据,从而为反击左翼文坛的批判取得一个坚实的理论立足点;其次是出于对公安三袁处世态度、情感思想的认同,并兼有争取知识分子读者群体的策略考虑。

八　周作人与地域文化

地域文化对周氏兄弟的影响关系具有重要的研究意义。关于周作人与地域文化,研究者主要关注的是吴越文化、北京文化对周作人的影响。在研究方法上,研究者多运用比较的方法,通过对周作人与鲁迅对

---

① 周荷初:《周作人与晚明文学思潮》,《鲁迅研究月刊》2002 年第 6 期。
② 顾琅川:《向历史寻求理论支撑点——30 年代周作人推重明末公安派性灵小品原因考察及其他》,《绍兴文理学院学报》2002 年第 3 期。

待地域文化方面异同的比较来探讨地域文化对周作人的影响。

1. 周作人与吴越文化

中国的传统文化还包括各式各样独具特色的地域文化，吴越文化就是其中重要的一支。鲁迅与周作人是现代文学史上的代表人物，作为相同环境、相同文化熏陶下成长起来的同胞兄弟，他们在很多方面表现出截然不同的精神风貌和价值取向。束景南、姚诚[①]认为，周氏兄弟个性的不同，造成了他们对吴越文化中"激烈"与"冲淡"两种不同的人文精神承传与吸收的差别，由此形成了他们为人为文的迥异。对吴越文化精神内涵的不同接受，使周氏兄弟在早年性情的形成之初就开始有所分歧，表现为鲁迅的"刚中带柔"和周作人的"柔中带刚"两种性格。对吴越文化的接受亦经历了不同的认知、体验与吸收的过程，鲁迅的接受是单向的"接受—沉入—浮出"，周作人则走了一段"接受—沉入—浮出—再沉入"的循回路线。周氏兄弟对吴越文化接受角度的差异表现在批判和楔入两个方面：首先，周作人表现为对民俗文化，尤其是吴越民俗的研究和从其散文中流露出的对故乡诚挚的怀念和喜爱，而鲁迅则注目于吴越民俗消极落后的一面，尽力发掘，并将其作为批判传统文化和国民性的起点；其次，还表现为二人对复仇意识和"名士"心态的不同取舍。

2. 周作人与北京文化

周氏兄弟与北京的关系，是一个有趣的话题。孙郁《周氏兄弟笔下的北京》[②]认为，北京对鲁迅与周作人的文学创作与学术活动都有着很大的影响，北京的存在对二人成了一种参照，潜在地制约和丰富了他们对乡村中国的文化想象。倘若没有北京的生活经验，鲁迅的乡下小说图景不会呈现出浓厚的地域色彩；而周作人关于江南民俗的勾勒，也会

---

① 束景南、姚诚：《激烈的"猛士"与冲淡的"名士"——鲁迅与周作人对吴越文化精神的不同承传》，《文学评论》2004 年第 3 期。
② 孙郁：《周氏兄弟笔下的北京》，《北京师范大学学报》2009 年第 3 期。

缺少对比的色调。鲁迅与周作人对北京文化的态度是不同的,鲁迅对北京文化始终持有一种批判态度,而周作人则对北京文化从批判逐渐走向欣赏。打量周氏兄弟与北京文化的关系,可以感受到现代文化中的分合兴衰。周氏兄弟留给北京的,远不是文学上的花絮,而是关于知识分子自我选择的文化难题。研究周作人与地域文化可以窥见现代思想者与地域文明复杂的文化纽结,现代意识的增长点有时与此种文化碰撞不无关联。

3. 周作人与地域文化研究中的问题

徐翔《"隐喻模式"及其潜在阙失——"地域文化与周氏兄弟"维度考量》①认为,关于地域文化对鲁迅及周作人的影响研究,其中较普遍地存在着一种"隐喻模式",即在研究的方法论和范式上,潜藏着一些常被忽视的阙失,这主要表现为影响模式向基于相似性的隐喻修辞的简化。亦即这种影响关系的确证其方法论理据在于两者在气质、内涵特征等方面的相似性。它不是对影响过程的历史考述,而只是对两种文化载体间的隐喻修辞;不是辨察影响作用的具体性和复杂性,而只是根据相似性原则对它进行隐喻化的审美深描。它把对影响来源的学术考辨变成了寻找"文化喻体"的文学修辞。它在研究范式上的潜在阙失在于:内在逻辑的自我矛盾、因果关联的主观建构、影响来源的话语表征。

九 周作人与民间宗教

在中国现代文学史上,周作人是为数不多的始终对民众宗教意识和宗教情绪予以高度重视的作家之一。哈迎飞②认为,周作人对中国民

---

① 徐翔:《"隐喻模式"及其潜在阙失——"地域文化与周氏兄弟"维度考量》,《社会科学论坛》2010 年第 9 期。

② 哈迎飞:《论周作人对中国民众宗教意识的考察——周作人的宗教思想研究之一》,《鲁迅研究月刊》2005 年第 3 期。

众宗教意识的特点、成因及存在状况的考察和对巫术传统的重视,在理论与现实上均有重要的意义。作者发现,周作人认为国民的思想里法术(或巫术)的分子比宗教的多得多,且该思想不仅没有退出现代人的头脑,反而根深蒂固地隐伏在现代人的生活里。具体来说,周作人认为中国民众的宗教意识和宗教情绪主要有以下几个特点:首先,万物有灵的观念普遍存在,民间鬼神信仰发达;其次,迷信法术,轻信奇迹,巫术意识根深蒂固;再次,禁忌繁多,神秘心理严重;最后,符咒心理普遍。而对中国民众宗教意识的考察,则使周作人深刻地认识到形形色色的迷信思想正是阻碍国人思想觉悟和社会进步的主要障碍,其中"神道设教"和民众的鬼神信仰是典型代表。"神道设教"和儒学的宗教化是其重要原因,而其引起的结果则表现为王权合法化和儒士的道士化,以及由此引发的对中国民族所产生的更加恶劣的深远影响。对于前者,周作人在将其置于与希腊文化的比较视域的考察中找到了出路,即提倡科学、普及教育等;对于后者,周作人在将其置于与日本文化的比较视域的考察中看到了中国民族的希望之光,即重政治而非教化。

十　亮点与建议

新世纪以来的周作人与中国传统文化研究确实取得了令人瞩目的成绩,从数量上来看,超过了以往任何时期,在质量上也有着长足的进步。其亮点主要有:

1. 从研究内容上看:(1)胡辉杰的系列文章从周作人自身语境出发对于周作人中庸范畴论所作的梳理,有助于祛除周作人头上的一些流行的成见。(2)从儒家思想之于周作人的影响看周作人附逆的思想原因,尤其是对周作人"气节"问题的探讨,深化了周作人思想研究。(3)哈迎飞对周作人道家立场、法家立场的探究,打破了学界于此鲜有关注的局面,拓宽了周作人思想研究。

2. 从研究视角上看:(1)从"躯体的解控与去魅"这一侧面看周作

人对传统文化的反思与批判，为周作人与传统文化研究开展了一个新视野。（2）从地域文化的角度分析中国传统文化对周作人的影响，为周作人与中国传统文化研究提供了新的可能。

未来的周作人与中国传统文化研究，将可能在如下几个方面展开或深化：

1. 周作人与孔子、孟子、老子、庄子研究。周作人与孔孟老庄都是中国历史上著名的文化名人。如何理解他们之间的思想关系，如何对待他们的文化遗产，现已成为吸引并困扰我们的一个重要问题。周作人从孔孟老庄那里吸收了许多营养资源，他们之间既有思想的通连性，也有重大差异和根本分歧。研究周作人与孔孟老庄的关系，通过对原典的重新解读，进而发掘出他们对于同一问题的相同或相异看法，力图为周作人与中国传统文化研究拓展出新的空间。

2. 周作人与中国古典文学研究。其一，目前的研究者大多集中在对周作人与六朝文学、晚明文学的研究，既缺乏对周作人与其他时期文学的研究，也缺乏对周作人与中国古典文学发展脉络的整体性研究；其二，对于周作人与王充、傅青主、李贽、俞正燮乃至严复、林纾、梁启超、章太炎等的研究，亦须进一步拓展。

3. 周作人与中国传统艺术研究。周作人与艺术研究无疑是整个周作人研究家族中的重要成员。周作人有着十分丰富的艺术活动，他与中国传统艺术渊源甚深，在童年时期就接触到了民间年画与地方戏曲。然而，在几十年的周作人研究中，这一领域的研究最为薄弱。周作人与中国传统绘画、中国书法、中国戏曲等的关系都亟需梳理与探讨。研究周作人与中国传统艺术，还原一个作为艺术家形象的周作人，将有可能开拓出一块新的研究空间。

第四章 2001—2015 年周作人与外国文化研究述评

2001—2015 年,周作人与外国文化研究稳步推进、全面展开,逐渐走向成熟。其中,以周作人与日本文化、古希腊文化的研究最为丰硕,蔚为大观;周作人与基督教文化、英国文化的研究也取得了较为突出的成绩;周作人与德国文化、印度文化、俄国文化、韩国文化的研究均有收获;周作人与东欧文化、北欧文化研究,周作人与日本浮世绘研究,周作人与外国文化的总体性研究,未来可期。

一 周作人与日本文化

关于周作人与日本文化的关系,研究者主要从日本文化对周作人的影响;周作人的日本文化研究及其局限性;周作人与日本文学家、思想家的关系;周作人与日本文学的关系;周作人的日语观等五个方面展开分析。

1. 日本文化对周作人的影响

日本文化对周作人的影响,首先体现为对周作人的生活趣味、"人情美"等的影响。鸟谷真由美①以周作人三篇以"饮食"为题材的文章为例,以周作人为何批判北京饮食文化而赞美日本饮食文化为问题,围绕周作人与日本文化的关系,尝试探讨了周作人的生活趣味形成的一个侧面。作者认为,周作人对北京文化的批判,是用"记忆"时空中具体的茶食来批判"现实"生活背景的茶食这一方式来完成的。而其赞美日本

---

① [日]鸟谷真由美:《周作人与日本文化——以饮食文化为中心》,《鲁迅研究月刊》2005年第 12 期。

文化,是因为日本茶道文化喜爱自然的精神内涵和周的生活趣味观相一致。所以,周作人对北京文化的批判,与其"日本记忆"有关。刘伟①认为,周作人的"生活之艺术"思想中内存着对日本文化的长期体验和深刻认识。日本的"生活之艺术",构成了这一思想形成的感性土壤和现实印证,成为他反观中国文化,思考中国文化和改造人的精神的参照和借镜,为他倡导"生活之艺术"提供了现实依据和思想动力。在周作人看来,"生活之艺术"包含着"新的自由与新的节制",体现了一个民族的精神健全。他提倡"生活之艺术"实质就是提倡健全的人性和"把生活当做一种艺术"的"人"的生活;其中包含着周作人对人的问题的深刻思考,这和他的人学思想是一致的。

周作人将同时包含理想性与事实性的"日本文化"形象概括为"人情美"。李雅娟②认为,周作人从自身的日本文学体验中发现的"人情美"构成了他的近代自我想象的重要因素。周作人从广义层面上致力于"人情美"的日本文化的研究和译介工作,其范围则不限于近代,而是包摄古典文艺作品和民间文艺、通俗文艺形式,确保"人情美"能够始终参与近代自我的形塑。这一爱憎分明的态度"超越了思想变迁"而持续其终生。可以说,"人情美"既是周作人从日本文艺体验中提炼出来的一个日本文化相,也是他据以确立近代自我的重要资源。

日本文化对周作人的影响,还体现为对周作人附逆的影响。有几篇文章专门从日本文化的角度解读周作人附逆的思想原因。刘伟、柴红梅《日本文化情结与周作人的附逆》③认为,在周作人的内心深处有一种日本文化情结。周作人的日本文化情结是长时间被扭结的抹煞了民族界限和剔除了正常理性的特殊精神—心理现象,它是周作人在民族危亡时的民族立场的迷失和在人生道路上误入歧途的内在情感因素和隐形动因。具体说来,周作人的日本文化情结以强烈、巨大和持久的日

---

① 刘伟:《周作人"生活之艺术"思想与日本文化》,《沈阳师范大学学报》2011年第2期。
② 李雅娟:《周作人与"人情美"的日本文化像》,《鲁迅研究月刊》2012年第5期。
③ 刘伟、柴红梅:《日本文化情结与周作人的附逆》,《东岳论丛》2004年第6期。

本文化情感为核心,包含着复杂的多重思想内涵:一是对日本文化的认同,即体现为对民风民俗、日常生活等的喜爱;二是对同为"东洋人"的文化身份的确认和对"中日文化共同体"的想象。所以,我们不能回避也无法否认日本文化情结与其附逆的必然逻辑关系。

汪注的系列文章对此表达了相同的看法。其《周作人对日态度的转变——兼谈周氏对日本文化的偏执化认同》①认为,周作人虽在前期连续撰文对日本侵华行径作了针锋相对的揭露、批驳,然而却在北平沦陷之后投身敌营,沦为文化汉奸。究其原委,周作人对日本文化的偏执化认同难辞其咎。在周作人的一生中,日本文化始终受到他的由衷偏爱。对他来说,以"人情美"、诗意、幽默感见长的日本文化堪称完美。其《周作人对日本文化的偏爱及其检讨》②认为,正是这种偏爱使周作人放弃了知识分子不可或缺的文化辨识力与批判力。面对日本帝国主义实施文化侵略,大肆诋毁中华文化的严峻现实,周作人从最初的慷慨陈词、仗义执言转变为三缄其口、退避三舍。最终,周作人放弃了民族气节,沦为文化汉奸,并因此受到了历史的审判与惩罚。

2. 周作人的日本文化研究及其局限性

在中国现代作家中,很难找到像周作人那样对日本文化保持密切关注的人。从早年留学东京始到晚年翻译《平家物语》止,日本文化研究已成为周作人创作和学术活动不可或缺的一个部分。由此出发,研究者对周作人的日本文化研究展开了分析和探究。木山英雄③首先按照时间的先后,就周作人对日本的若干议论作大致的概括。认为在中国的文学家中,周作人与日本及日本文化关系是最紧密的。周作人的民族意识显示出一种"自我谴责"倾向,即强烈的民族自我批判意识,这

---

① 汪注:《周作人对日态度的转变——兼谈周氏对日本文化的偏执化认同》,《江西广播电视大学学报》2010年第4期。

② 汪注:《周作人对日本文化的偏爱及其检讨》,《楚雄师范学院学报》2011年第2期。

③ 〔日〕木山英雄著,刘军译:《周作人与日本》,《鲁迅研究月刊》2003年第9期。

一点也越发加深了周作人对于日本文化某方面的个性上的爱好。但周作人关于日本及日本文化的议论,却贯穿于好意与非难之间,而且这两方面常常相互抵触,呈现复杂之态。

周作人主要是从民俗入手研究日本文化,其研究的广度和深度都少有人比。蔡长青《周作人日本民俗研究管窥》①认为,周作人的研究并非仅仅出于兴趣,在其背后有着更为深远的思考。周作人希望通过对日本民俗的考察和研究来挖掘其中的有益因子,从而为构建中国人理想的生活方式提供借鉴。

关于周作人的日本文化研究,更多的文章看到了其中的局限性,这是一个颇值得关注的地方。周作人在 20 世纪二三十年代中日关系日趋紧张时期,曾发表了大量日本批评和日本研究的文章,这些文章体现了其日本认识。许宪国《论周作人日本认识的局限性》②认为,周作人执着于对日本文化的喜爱,往往从文化的角度来寻找对日本的政治行为的解释,这使他的日本认识显示出文化批评视野的局限性。这局限性主要体现在两个方面:一是周作人始终无法摆脱文化视野的局限,在日本批评中时时受到日本文化的困扰,企图对日本入侵亚洲的罪行进行超越政治的文化批评和解释。因为过于执着于文化的批判,他有意无意间忽视了日本的政治行径所包含的军国主义思想,他对日本行径的批判和解释成为"自欺"而又"欺人"的"文化清谈";二是在周作人内心深处,一直存在着"东亚命运一体"的思想和"东洋人的悲哀"的情感,这在一定程度上影响了他对日本的认识和态度。这不仅消弭了民族立场和日本立场的矛盾,更消弭了民族之间的界限,为他后来的"附逆"埋下了隐患。

于小植③同样谈到了周作人日本认识的局限性,即周作人对日本文

---

① 蔡长青:《周作人日本民俗研究管窥》,《合肥师范学院学报》2010 年第 4 期。
② 许宪国:《论周作人日本认识的局限性》,《商丘职业技术学院学报》2008 年第 3 期。
③ 于小植:《重菊轻剑:谈周作人对日本文化的挚爱以及批判意识的缺失》,《鲁迅研究月刊》2009 年第 6 期。

化批判意识的缺失。认为周作人对日本文化态度是"重菊轻剑",即周作人重视并挚爱日本富有人情和世俗的一面("菊"),但却对日本文化中的军国主义的一面("剑")缺乏批判精神。前者表现为周作人在日本有着愉快的经历,对日本的衣食住行方面能够完全融入,喜爱日本的俳谐文体和浮世绘,喜爱日本民间的落语和狂言;后者表现在他对日本文学作品有所选择的翻译中。事实上,周作人对日本军国主义的野心并不是视而不见的,但是他的纯文人心态,使他试图从文化的角度来揭示日本侵略中国的原因,甚至将之归结为日本受汉文化压迫的结果。应该说,周作人对日本文化的这种态度和周作人的落水附逆有着潜在的联系。

3. 周作人与日本文学家、思想家

在周作人与日本文化的关系中,几个未曾受到关注或受到关注甚少的文学家、思想家开始进入研究者的视野。他们分别是柳田国男、竹内好、吉田兼好、厨川白村、永井荷风与夏目漱石。

(1)周作人与柳田国男

柳田国男是日本现代杰出的思想家,在推动日本民俗学的草创与发展方面贡献卓著,而作为日本通的周作人在日本留学期间曾接触过柳田国男的著作。赵京华①认为,在日本众多的学者、作家中,周与柳田国男的关系最为深刻。周柳二人虽为异国人,且一生不曾谋面,但作为同处近代历史转变期的东亚知识人,他们在通过民俗学来思考民间传统、现代化以及固有文明传承等问题上,存在着诸多相似的认识,柳田之于周作人不仅仅构成一种民俗学上的影响关系,而且还有一种深层思想精神上的共鸣关系。故而,作者认为,代表日本民俗学最高水准的柳田民俗学思想,是在20世纪二三十年代,经周作人的介绍才在中国民俗界得以传播的;同时作为中国民俗学拓荒者之一的周作人自身亦

---

① 赵京华:《周作人与柳田国男》,《鲁迅研究月刊》2002年第9期。

受到其影响,并促进其形成了民俗学的观念与方法。这一方面显示了柳田学说的价值与影响力,另一方面又暗示着同为东亚国家的民俗学有着某种与西洋文明相异的共通性。

(2) 周作人与竹内好

丸川哲史《日中战争的文化空间——周作人与竹内好》①就日本侵华期间出任伪职的周作人和在北京从事文化工作的竹内好对"中国的思想问题"展开探讨。周作人认为,汉文在时间空间上有甚大的联络维系之力,是联系东亚文化圈的不可少的中介。无独有偶,竹内好在北京滞留期间向日本人推行学习中文的行动,试图以汉字为媒介,在兵刃交锋的日中战争舞台上,推行相互文化理解的增进,但这都是在战争未来不明朗的背景下提出的。在历史潮流的裹挟中,两个人都遭到了失败:周作人"汉奸"与竹内好"丧失党派"的尴尬身份丧失了话语的可靠性,连同他们"大东亚文化"的构想,都添加了极端"败北主义"的色彩。

(3) 周作人与吉田兼好

周作人曾译介过日本古典随笔作家吉田兼好的《徒然草》中的部分篇章。余文博《周作人与吉田兼好比较论》②对他们的文章创作进行了比较:他们的文章都显现出了趣味性和常识性,但周作人在乱世谈闲适,心境全然不及吉田兼好那般徒然;人生的无常使他们的作品包含了隐逸思想,吉田兼好规劝人们及早遁世修行,周作人则袒露了选择隐逸生活的无奈情怀和悲观主义情绪;周作人与吉田兼好的作品在选材、记述故事、语言表达方式中都体现出了佛禅意识。可以说,20 世纪 20 年代中期周作人对《徒然草》的部分译介,正是他的文学主张与创作风格于 1928 年前后发生转变的一个前奏。

(4) 周作人与厨川白村

在中国现代文艺理论发展史上,日本学者厨川白村是一个不能绕

---

① 丸川哲史:《日中战争的文化空间——周作人与竹内好》,《开放时代》2006 年第 1 期。
② 余文博:《周作人与吉田兼好比较论》,《哈尔滨学院学报》2006 年第 11 期。

过的存在，他对中国现代文艺理论的建构产生了很大的影响。作为中国现代文学史上重要的文论家，周作人的文学观念就受到了厨川白村的启发。但是，就目前而言，学界似乎还没有系统地梳理周作人的文学观念与厨川白村之间的关系。黎杨全《论厨川白村对周作人文学观的影响》[①]认为，日本文艺理论家厨川白村对周作人的文学观产生了一定的影响，在"灵肉一致"的理想人性、个人与人类的统一、"苦闷的象征"以及小品文理论等四个方面，周作人受到厨川白村的启发，但也有自己独特的思考。例如，在"灵肉一致"的现实指向上，厨川白村以现代人为现实蓝本，周作人则以中国的孔孟时代为历史依据；在对实现"灵肉一致"的"节制"的认识上，厨川白村受到西方现代文论的影响，周作人则受到中国传统文化的启发；在对文学作品是"苦闷的象征"的认识上，周作人前期观点和厨川白村一致，后期却发生了变动。

（5）周作人与永井荷风

周作人与永井荷风分别为中日文坛之代表，他们之间影响关系的存在，已经是学界公认的事实。赵春秋[②]对两人关系之发生及表现进行了再探究。作者认为，周作人心仪荷风散文，首先是一种审美趣味的接近，即渴望创造一个脱离俗世的美文世界，并在超然物外、淡然旁观的闲适中，深藏无法离俗的韬晦。上述两人的这种超越离俗之精神，可归结为一种"贵族精神"。而与之相对应的，是两人同时具备的"平民趣味"，这是他们相遇的必然。而1935年周氏之艺术道路的转变，则为周重新认识永井荷风提供了契机。

（6）周作人与夏目漱石

周作人极佩服日本明治文坛巨擘夏目漱石，从其《与谢野先生》、《明治文学之追忆》、《闲话日本文学》等文可窥见。肖剑南《周作人与夏目漱石

---

① 黎杨全：《论厨川白村对周作人文学观的影响》，《南京师范大学文学院学报》2005年第1期。
② 赵春秋：《周作人与永井荷风——美与趣味的契合》，《日本研究》2001年第1期。

"余裕"论》①认为,周作人深受日本夏目漱石"余裕"论影响,论者多认为周氏闲适文学观即明证;其实,周氏"自己表现"散文观和舒徐行文艺术更得"余裕"论神髓,他对"余裕"论偏执理解,则消极地影响了他的散文创作。

4. 周作人与日本文学

梳理和打通周作人与日本文学的关系,是周作人与日本文化研究的一个重要的课题。本时期,对周作人与日本文学关系的解读主要是在两个层面展开的:一是一些研究者把周作人置于中国现代文学的背景上来考察日本文学对中国现代文学的影响;二是通过对周作人相关作品的分析探讨日本文学对周作人文学观、文学创作的影响。

李怡与李国宁分别把周作人置于中国现代文学的背景上来考察日本文学对中国现代文学的影响。李怡《1907:周作人"协和"体验及与鲁迅的异同——论1907年的鲁迅兄弟与现代中国文学之生成》②认为,1907年前后,周作人与鲁迅在日本的异域体验已经预示了中国文学现代演变的重要新质。如果说,鲁迅以其"入于自识"的选择标示出了这一年中国知识分子的思想高度,那么周作人的日本"协和"体验则导致了他对于这一异域文化更深入的理解和认同,除了作为中国文学发展的比照之外,周作人与鲁迅的不同也在某种程度上埋下了未来兄弟殊途的线索。当然,无论鲁迅、周作人兄弟的日本体验有多大的差别,在当时却都较一般的留日中国学生更为深刻和更有远见,因此这些出现于1907年前后的文学活动(包括《新生》的尝试)实际上包含着他们对中国文学现代转换的深刻认识。李国宁《论日本文学对中国文学的影响——俳句与周作人》③一文以俳句与松尾芭蕉、俳句与周作人以及俳

---

① 肖剑南:《周作人与夏目漱石"余裕"论》,《宁波大学学报》2011年第3期。
② 李怡:《1907:周作人"协和"体验及与鲁迅的异同——论1907年的鲁迅兄弟与现代中国文学之生成》,《贵州社会科学》2005年4期。
③ 李国宁:《论日本文学对中国文学的影响——俳句与周作人》,《日本问题研究》2006年第3期。

句对周作人文风及创作的影响等三个方面,探讨了日本古典文学对中国近现代文学的影响。文章认为:第一,松尾芭蕉将俳句由卑俗提高到了清新且严肃的艺术境界;第二,周作人赴日期间由俳句进入了日本文化的殿堂,并颇有研究,他对日本俳句的翻译,在社会上产生了很大影响;第三,俳句的简洁凝练、高远清雅与淡泊平定的"苦涩"之味都对周作人的文章创作产生了或浅或深的影响。总之,俳句作为日本文学的典型代表,对中国新文学的产生与发展都起到了不可忽视的作用。

从周作人相关作品出发,分析探讨日本文学对周作人文学观、文学创作影响的主要有方长安的《形成、调整与质变——周作人"人的文学"观与日本文学的关系》[①]和石圆圆的《"风物"的怀念和演绎:论周作人对日本地方文学的寄情书写》[②]。方长安认为,由日本获得的崇尚自然的文化观,是周作人倡导、建构"人的文学"观的内在驱力与基本原则。它决定了周作人对厨川白村灵肉调和论的成功阐述并符合周作人心以为然的个人与人类关系的新村主义,促使周书写并认同《小说神髓》,进而形成了"人的文学"观。"五四"后,周作人将其"人的文学"观的关注重点,由"写什么"转移到"怎么写"上。他自觉告别新村,对"人的文学"观的内在结构进行了调整,并使之有两个特点:第一,将"人的文学"观的核心从人类意志与个人意志的和谐、统一调整转换为单一的个人意识与趣味;第二,为"人的文学"观引入贵族文学精神,使其贵族化。但他未意识到,他是以更地道的新村方式告别新村。于是,其调整后的文学观着上了更深的新村主义色素。而当他以调整后的文学观,整合夏目漱石、有岛武郎的文学论及短歌、俳句、川柳等诗体,其"人的文学"观也由此而发生了质变。石圆圆从发掘"风物"这一文化符号的角度入手,阐述周作人和日本地方文学之间的关系。尤其是通过叙述永井荷

① 方长安:《形成、调整与质变——周作人"人的文学"观与日本文学的关系》,《文学评论》2004 年第 3 期。

② 石圆圆:《"风物"的怀念和演绎:论周作人对日本地方文学的寄情书写》,《中国比较文学》2010 年第 4 期。

风对江户文化和风物的追逐和强调,来比照周作人的风物观和对地方文学的文化诉求。文章认为,周作人对日本地方文学的"寄情书写"不仅是指描日本的风物,而且是把风物观贯穿到对中国地方文学和本土文化的发掘和创建中来,试图通过启发个体的艺术感受力,从而使民族的文学和文化传统焕发活力。

5. 周作人的日语观

周作人是现代中国大学日语教育的重要先驱者,但是其日语学习者、教育者的身份却在众多"宏大叙事"中被无情忽略、遮蔽,其日语观的研究也因此乏人问津。王升远《从本体趣味到习得训诫:周作人之日语观试论》①以此为着眼点,对周作人的日语观进行了研究。论者认为,周作人早期的日语观,是在救亡图存的时代背景和留学日本优游读书的生活背景之下形成的。此时期的周作人只是将日语作为学习异国文学的"敲门砖"。后来,随着异域生活的变动,须在异域独立处世的周作人,其日语观也开始发生变化:周作人开始由关注书面日语,转而接触现实生活的日语,并在关注日本的俗文学的同时,发现了日本语言文字中的谐趣,周作人的日语观也由"外在工具论"转为"本体趣味说"。这种观念的转变又使周作人对"和文汉读"的日语学习方式进行了批判,这对于中国日语教育史具有重要意义。但是,其"述而不作"的局限,却降低了周在中国日语教育史上原本应发挥的作用。王升远的文章显示了一种新的进展,这是拓宽周作人与日本文化研究的一个突出表现。

二　周作人与古希腊文化

在对周作人与古希腊文化关系的考察中,研究者主要探讨了古希

---

① 王升远:《从本体趣味到习得训诫:周作人之日语观试论》,《鲁迅研究月刊》2009 年第 7 期。

腊文化对周作人的影响以及周作人与古希腊文学的关系。

1. 古希腊文化对周作人的影响

　　研究者多视角地探讨了古希腊文化对周作人的影响，强调了其着眼于文化复兴与国民性重建的文化策略。庄浩然《周作人译述古希腊戏剧的文化策略》①认为，周作人是我国译述古希腊戏剧的拓荒者与奠基人之一。周胸怀世界文化的宏大构想，以创建中国新文化、改造国民性为最高鹄的，奉行两个"三角塔"的独特的文化艺术观，不仅翻译了古希腊的悲剧、喜剧及拟曲等一批传世之作，而且全面地考究、评述了古希腊戏剧的生成、发展、兴衰及其代表性的作家作品。周的译述的文化策略凸显出孤标特立、卓然不凡的文化品格，对于推进新世纪中外文化交流，缔建现代的民族新文化，有重要的历史价值与启迪意义。蒋保《周作人之古希腊文化观》②认为，周氏研究古希腊文化的最终目的是对中国传统文化进行系统地鉴别和批判，并期借此能改造提升国民文化素质。通过与中国传统文化的比较研究可发现，周氏关于古希腊文化的"现世"、"爱美"、"中庸"和"明其道不计其功"的"好学"特征的论述，在今天的中国仍然具有重要的学术价值和现世意义。冯尚《周作人的神话意识与对现代性建构的自省》③集中讨论了周作人在汉语文学现代性建构活动中的"历史情结"，指出他在致力于文学现代性理论建设的同时，不断翻译介绍古希腊文学元典，尝试为现代汉语文学寻找自异乡"源头"涌出的泉水。作者认为周作人进行这一工作的动力源自儒家文化的熏陶更大于时代的影响。在周作人看来，"爱美"与"好学"是希腊文明精华之所在，这也是华夏文明所缺乏的精神，由此提出了希腊文明的当代意义。在希腊文学中，周作人毕生执着于"疾虚妄"讽刺性作品的译介，而他晚年嘱咐《路吉阿诺斯对话集》是自己唯一文学遗产的提

---

① 庄浩然：《周作人译述古希腊戏剧的文化策略》，《福建师范大学学报》2003 年第 4 期。
② 蒋保：《周作人之古希腊文化观》，《社会科学评论》2004 年第 3 期。
③ 冯尚：《周作人的神话意识与对现代性建构的自省》，《文学评论》2006 年第 3 期。

法遮蔽了希腊文学的诗性本质,也动摇了周作人思想鼎盛期的真知灼见。杜心源《文化利用与"国民意识"的文化重构——对周作人的古希腊文学研究的再探讨》①指出,周作人的古希腊文学研究不是一种静观的学术工作,而是他对中国现代思想进行反思批判的成果。他对希腊文学尤其是对其中神话和拟曲的译介实质上是对现代中国的国民意识建构的灵活参与,以阐释希腊为文化策略,周作人一方面从国族社会的压抑中解放出"人"的自然天性,另一方面希求激活中国民间传统的伦理性,使之成为现代民族主义的文化资源和表意工具。这一传统通过他的想象加以转化和重构,超越了狭隘的地方性范畴,具有了"世界主义"的合法地位。黎杨全《文化复兴与国民性重建——论周作人对古希腊文化的误读》②则指出,在认为中国与古希腊都存在现世主义与中庸两种文化特质的基础上,周作人展开了中希文化进程的同构性想象,并企图复兴中国"孔孟时代"与古希腊相似的"灵肉一致"生活,重建国民性。然而,由于文化的误读与虚构,这种文化复兴与国民性重建的"宏伟构想"最终陷入了理论与现实的困境。于小植《文化挪移、心性体验与精神重构——周作人与古希腊文化的精神逻辑》③从文化挪移与精神释意、文学翻译与精神对照、文化杂糅与精神重构等三方面论述了周作人与古希腊文化的精神逻辑。周作人通过大量的介译古希腊文学作品传达古希腊文化均衡和谐、爱美求知的精神,批判中国文化里的伪神崇拜。周作人认为古希腊的人本主义是欧洲文艺复兴运动的源头。崇尚理性、个人主义是周作人一生信奉的基督,他的文学创作、文学翻译、生活态度、政治选择都受到了他终生信奉的"个人主义的人间本位主义"的深刻影响。

---

① 杜心源:《文化利用与"国民意识"的文化重构——对周作人的古希腊文学研究的再探讨》,《华东师范大学学报》2007 年第 2 期。
② 黎杨全:《文化复兴与国民性重建——论周作人对古希腊文化的误读》,《江西社会科学》2007 年第 9 期。
③ 于小植:《文化挪移、心性体验与精神重构——周作人与古希腊文化的精神逻辑》,《文艺争鸣》2012 年第 9 期。

此外,曾涛①进一步探讨了周作人思想中充满光明与活力的一面,以及其中所反映出的希腊精神的重大影响。他认为,周作人对于文学上滑稽因素(包括诙谐、幽默)始终抱着赞赏和提倡的态度,对于文学中恐怖成分则持反对态度。这其中鲜明地贯穿着一个主题,即对于健全充沛的生命活力的赞赏与向往,统一于对中国社会缺乏生命活力的认识,由此希望文章中有一种自由大胆的活力。对中国社会种种病态的观察,无疑是构成周氏这一思想的重要来源,但是,从思想的角度来看,我们却不能忽视其中所表现出的希腊文化和精神的重大影响。理性、充满欢乐、生机、光明与活力的希腊精神在周作人的整个思想中占据极为重要的地位,从根本上影响了周氏对滑稽和恐怖问题的理解。作为"五四"时期重要的思想家,周作人深受当时西方方兴未艾的文化人类学的影响。曾文所作的努力,为了解周作人这位极其复杂的历史人物提供了一个新的角度。

对周作人与古希腊文化问题作出解读的还有止庵的《记新发现的周作人〈希腊神话〉译稿》②等。

2. 周作人与古希腊文学

古希腊文学因其闪光的精神特质而保持永恒的艺术生命。围绕周作人与古希腊文学的关系,研究者论述了古希腊文学对周作人思想的影响,解读了周作人的希腊神话情结,评述了周作人古希腊文学接受与译介思想,这是对周作人与古希腊文学研究的深化。

关于古希腊文学对周作人思想的影响,张积文《论周作人与古希腊文学》③认为,思考中国文化的周作人在对古希腊文学的大量接触与研究之后,以启蒙者的眼光发现了古希腊文学中蕴涵的卓越精神,认为这

---

① 曾涛:《滑稽与恐怖——论周作人思想的一个独特侧面,兼及其文化精神》,《江淮论坛》2008 年第 4 期。
② 止庵:《记新发现的周作人〈希腊神话〉译稿》,《现代中文学刊》2012 年第 6 期。
③ 张积文:《论周作人与古希腊文学》,《哈尔滨学院学报》2004 年第 12 期。

种精神对中华文化来说有很大的补充和裨益。周作人文化精神的重要内容,如人道主义、自由观念和"中庸"思想等,与周作人自己所推崇的古希腊文学蕴涵的精神特质有密切关系。耿传明的《周作人与古希腊、罗马文学》①以对周作人翻译作品的剖析展现周作人所推崇的古希腊、罗马思想所展现的永恒价值以及在中国土地上的价值与意义。文章指出,古希腊文学是周作人进行文学、文学批评的评价标准的主要来源,他以希腊文学为标准来衡量后世文学。周作人的希腊文观主要包括:他强调希腊文学中的"人性自然"与"中和之德",并以此来进行中国的"人的启蒙";他在对希腊文学的翻译工作中加以主观评判,发表个人意见,并将希腊文学视为抗衡宗教的"美的宗教";他重视"理性"、"爱美"与"自由"的希腊精神;《路吉阿诺斯对话集》表现出周作人唯理主义伦理观与犬儒主义关联。

关于周作人的希腊神话情结,黎杨全认为周作人与希腊神话的关系理应引起学者们的注意和探讨,但从他搜集到的资料来看,这方面的研究基本属于空白。由此出发,其《解读周作人的希腊神话情结》②从影响研究的角度,对周作人的希腊神话情结进行了解读。文章指出,周作人之所以终其一生对希腊神话感兴趣,是因为希腊神话中表现的希腊思想,如现世主义、自然人性、爱美的精神及节制之德契合了其社会理想、文学理想与人生追求。周作人推崇希腊神话中的"现世主义"和"爱美精神"。前者表现为"神人同形同性",后者表现为自然人性。后者是前者的成因,其本质上是人本主义思想,并和周作人的思想相契合。而希腊神话中的节制之德,则因其本质上也是一种"美化"观念,可以对现世主义起到过滤、节制及提升作用,使人在满足自己正常欲求的过程中不至于走向恶俗化,故亦为周作人所钟爱。

---

① 耿传明:《周作人与古希腊、罗马文学》,《书屋》2006 年第 7 期。
② 黎杨全:《解读周作人的希腊神话情结》,《海南大学学报》2005 年第 4 期。

关于周作人古希腊文学接受与译介思想,刘全福①指出,周作人开古希腊文学在我国接受和译介的新纪元,在希腊文学中发掘了现世主义与美的境界,批评"文以载道"的传统观点,强调文章"主美"与"移情"的作用,为古希腊文学作品重新建构了前人所消解的艺术审美价值,促成了中国传统文学同古希腊文学现代意义上的互动与对话,从而为中国新文学的健康发展注入了一定的活力。

三　周作人与基督教文化

哈迎飞研究周作人与基督教关系用功最多,成绩斐然。关于周作人与基督教文化,她的主要关注点在于基督教文化对周作人早期思想以及文学观的影响。

基督教对周作人早期思想发展影响极大,尤其是它的"博爱的世界主义"价值取向和非暴力思想,通过陀思妥耶夫斯基的小说对周作人早期的世界观、人生观、价值观以及社会改造思想、人道情怀和温雅如铁的坚毅个性等影响极深。在以往的研究中,陀思妥耶夫斯基的影响一直被人们所忽视,哈迎飞《"爱的福音"与"暴力的迷信"——周作人与基督教文化关系论之一》②以陀思妥耶夫斯基作品中的人道主义精神与周作人所推崇的基督教的"博爱"、"非暴力"的关系为切入点,指出陀思妥耶夫斯基作品(尤其是《罪与罚》)中所显现的基督教义的"爱之精神"对周作人思想发展影响极大,引发了周作人对中国民族"嗜杀性"的反思与对"无我爱"、新村式的"非暴力革命"和"爱之福音"文学的关心和提倡。"五四"时期这种看似脱离现实的乌托邦的文学诉求,有着周作人对历史的深刻洞察和对传统中国式暴力革命及民众造反运动的合理性

---

① 刘全福:《"主美"与"移情":周作人古希腊文学接受与译介思想述评》,《解放军外国语学院学报》2006 年第 4 期。

② 哈迎飞:《"爱的福音"与"暴力的迷信"——周作人与基督教文化关系论之一》,《福建师范大学学报》2006 年第 5 期。

与合法性的理性思考。她的另一篇《论陀思妥耶夫斯基"非暴力"思想对周作人的影响》①从宗教文化的角度,深入探讨陀思妥耶夫斯基对周作人的影响这一问题,可以使被传统研究模式所遮蔽的周作人思想从一个新的角度更生动、更具体地浮现出来;从比较研究的角度探讨这一问题,可以弥补周作人早期思想研究之不足。

在周作人早期思想研究中,罗素的影响一直未能引起人们的注意。哈迎飞《罗素对周作人"非宗教"思想的影响》②详细地考察了罗素的"非宗教"观、自由教育思想以及闲适观对周作人的影响。"五四"时期周作人对现代知识分子非理性宗教情绪的批判、对形形色色宗教或准宗教的意识形态的警惕,以及对自由闲适生活的重视等均与罗素的影响密切相关。深入地探讨这些问题不仅有助于我们更准确地把握周作人的思想,而且有助于我们全面评价和研究他后来的蜕变及思想的复杂性。

关于基督教文化对周作人文学观的影响,哈迎飞《基督教文化对周作人文学观的影响》③分析了周作人"爱之福音"的文学观与基督教文化的关系。周作人认为,文学不仅与宗教关系极为密切,而且文学的发达大都出于宗教,它们之间有很多相同和相通的地方,尤其是近代人道主义思想和文学与基督教的关系更为密切。基督教强调"爱",周作人认为文学的终极价值也是"爱"与"同情",而怨恨与文学的本质根本冲突。首先,在周作人看来,对一切偏见、骄傲、嫉妒、憎恨情绪的否定和超越,正是文学本质力量的体现,因此,他不仅坚决反对一切鼓吹复仇、煽动民族仇恨的创作倾向,而且坚决反对为了反对异族而专门培养国民间的憎恨和敌意,以致养成专断笼统的仇外思想的想法和做法。其次,对"爱"与"理解"的强调是"五四"时期的周作人文艺思想中的一个重要内

---

① 哈迎飞:《论陀思妥耶夫斯基"非暴力"思想对周作人的影响》,《南京师范大学文学院学报》2008 年第 1 期。

② 哈迎飞:《罗素对周作人"非宗教"思想的影响》,《广东社会科学》2008 年第 1 期。

③ 哈迎飞:《基督教文化对周作人文学观的影响》,《武汉理工大学学报》2007 年第 1 期。

容。最后,既不用暴力,又排斥一切阴谋手段,那么剩下的唯一可走的路,实际上就只有自己受苦了。爱就是受苦,这是基督教给周作人最大的启示之一。

四 周作人与英国文化

关于周作人与英国文化的关系,研究者主要考察了周作人与英国文学家、思想家的关系以及英国文学对周作人的影响。

1. 周作人与英国文学家、思想家

在周作人与英国文化的关系中,几个未曾受到关注或受到关注甚少的文学家、思想家开始进入研究者的视野。周作人与英国文学家、思想家的关系是本时期周作人与英国文化研究的重镇。

（1）周作人与蔼理斯

陶丽萍《周作人思想与散文创作的现代源流》[①]认为,作为西方现代文化思潮源流之一的蔼理斯的思想学说对周作人的思想与艺术创作起着主导性影响,表现在:周作人"五四"时期"人的文学"、"平民文学"等大胆激进的观念来源于蔼理斯"生物的"人性的自然观点;周作人对礼教文化本原的阐释则基于蔼理斯的性本能理论;周作人将性心理的精神分析方法运用在文艺批评中;1927年前后周作人反映在文艺思想上的悲观民族主义发源于蔼理斯文艺观的自我表现说;蔼理斯生活艺术化的隐士风度一定程度上使得周作人在大革命失败后的创作走向了闲适。周作人对蔼理斯文学观、性道德观、生活观的为我所用的吸收,在不同的现实条件下,都带来了程度不同的影响。

（2）周作人与斯威夫特

在与周作人有文学关系的西方作家中,英国的乔奈森·斯威夫特

---

① 陶丽萍:《周作人思想与散文创作的现代源流》,《兰州学刊》2006年第8期。

算是较重要的一位。黎杨全《论斯威夫特对周作人散文创作的影响》①指出斯威夫特散文、小说中对人性对社会"掐臂见血"的"极辛辣"的批判激发了理性与宽容的周作人性格中极端、激进的一面,周作人作品中"浮躁凌厉"的杂文正与斯威夫特的辛辣诉求相符。周作人同时对斯威夫特作品中"巧妙的反语"的反讽技巧表示赞赏,在文章中也时常表现反讽的手法。周作人认为,斯威夫特的"辛辣"与"反讽"的奇异结合,正是他理想化的"绅士鬼"与"流氓鬼"的"铁与温雅"的统一,这在根本上契合了周作人的思想性格、人生哲学与文学趣味。从比较文学的角度剖析斯威夫特与周作人之间的影响关系,解读周作人欣赏斯威夫特的缘由,由此反观周作人的思想性格、人生哲学及文学趣味,为我们呈现了一些颇有意味的现象。

（3）周作人与雪莱

周作人是继鲁迅和苏曼殊之后译介雪莱的又一个重要人物。张静《"无抵抗的反抗主义"与"最希腊的英诗人"——周作人眼中的雪莱》②细致梳理了 20 世纪 20 年代周作人对于雪莱的译介活动。论者认为在周作人的翻译作品和纪念文章中,其突出的是雪莱在作品中体现出的"无抵抗的反抗主义",而这正契合了他本人在这个时期所持的政治观点。同时,周作人就雪莱诗句翻译与当时的文人进行了"笔战"。他将雪莱视为"最希腊的英诗人",而这也与他自己对古希腊文学的热爱相吻合。通过仔细检视周作人的译介可以看到,不同的作家在同一个雪莱身上吸取到了不同的营养。可以说,周作人是在借助雪莱,"浇自己心中块垒"。

2. 英国文学对周作人的影响

众所周知,英国文学对周作人的影响主要体现在美文创作方面。

---

① 黎杨全：《论斯威夫特对周作人散文创作的影响》,《孝感学院学报》2006 年第 1 期。
② 张静：《"无抵抗的反抗主义"与"最希腊的英诗人"——周作人眼中的雪莱》,《中国比较文学》2013 年第 2 期。

庄萱《周作人借鉴西方 Essai 的考古探源与历史审度》[1]通过对西方 Essai 文体的涵义及其嬗变的考古探源,论述周作人采择 Essai 中的絮语体随笔,同时融合民族散文的传统,率先提倡、尝试"美文"的多维构因与历史功绩。但其摒弃论议体随笔亦给文体创造与现代散文带来了热衷"小摆设"、肤浅、率意等无法弥补的硬伤。

五 周作人与德国文化

周作人之于尼采,不如鲁迅沉浸之深,一直没有专门的探讨。曾锋[2]论述了周作人思想中与尼采有直接联系的几个命题,如"世事轮回"、"忠于地"、"进化论的宗教"等。此外,他还论述了周作人与尼采可能没有直接渊源关系但却有深相契合之处的观点,如存在主义、审美化的生存、超越伦理等,并对其作了适当引申和平行比较。第一,就"世事轮回"观来看,周作人与尼采都反对目的论,但尼采疑及语言、逻辑和理性,而周作人则停留在社会历史和伦理道德等比较笼统宏观的层次上;第二,就"忠于地"来看,周作人和尼采同是执着于现实,但尼采重在哲学阐释和个人诗性体验,而周作人虽推衍至社会人生,关注颇广,很少形而上兴趣,却在政治、风俗、教育、日常生活等人生各面皆有深刻的看法;第三,就"进化论的宗教"看,周作人和尼采都假定人性是二元的,其中尼采由其西方人的好分析的思维方式常执其一端,并推之极致,而周作人则由其中国人的习于综合的思维方式以及中庸心态总能兼顾二元。

六 周作人与印度文化

在中印两国现代文化交流史上,泰戈尔与周作人曾有过两次神交:

---

[1] 庄萱:《周作人借鉴西方 Essai 的考古探源与历史审度》,《福建师范大学学报》2008 年第 5 期。
[2] 曾锋:《周作人与尼采》,《中国现代文学研究丛刊》2003 年第 1 期。

一次是在中国"五四"新文化运动,一次在1924年泰戈尔访华前后。孙宜学《泰戈尔与周作人》①探讨了在这两次神交中,周作人对泰戈尔的误读的原因及其泰戈尔观的丰富内涵。论者认为,在周作人与泰戈尔的第一次神交中,周作人将泰戈尔当成批判封建礼教的靶子,其原因是因为周作人认为印度文化及其精神与中国封建文化及其精神都属于他认为应该被抛弃的东方旧文化,而泰戈尔却在提倡印度民族精神复兴,所以周作人才否定了泰戈尔;而在周作人与泰戈尔的第二次神交中,周作人却变成了泰戈尔的支持者,原因是周作人从时人语境的泰戈尔之争中看到了非理性的"群众运动"的迹象。但是周作人支持泰戈尔的理由和泰戈尔的思想及文学无关,所以他又并不完全支持泰戈尔。由此可见,周作人对泰戈尔的态度是复杂而多变的。探讨周作人的泰戈尔观的内涵及成因,不但有益于我们认识泰戈尔与中国现代思想文化的复杂关系,而且可以使我们更具体、细致地了解周作人这个中国现代思想文化史上的复杂个体之所以复杂的一些原因。

七 周作人与俄国文化

周作人是"五四"时期著名的俄罗斯文学翻译家。他在20世纪初至30年代译介了俄罗斯文学,平保兴②对之进行了研究,并将之分为三个阶段,即周氏留学日本期间、"五四"时期和"五四"以后。作者认为,周氏对俄罗斯文学的译介有三个特点:一是翻译与介绍并举,既通过翻译转移性情,又通过介绍改造社会;二是倡导人的文学,宣扬人道主义思想;三是主张直译的翻译观,竭力保存原作的韵味。董诗顶③也注意到了周作人与俄国文学的联系。作者认为,在以《罪与罚》为代表的陀

① 孙宜学:《泰戈尔与周作人》,《南亚研究》2013年第1期。
② 平保兴:《周作人与俄罗斯文学的译介》,《俄罗斯文艺》2001年第4期。
③ 董诗顶:《周作人:在陀思妥耶夫斯基的话语活动中》,《徐州师范大学学报》2002年第1期。

思妥耶夫斯基话语活动中,周作人作为接受主体在文本的具体语境中与创作主体产生了复杂矛盾而又极有意义的接触:一方面是共鸣和领悟,另一方面是困惑。作者认为,通过对这个过程的梳理,可以看到周作人复杂的接受表现:一方面是对被侮辱被损害的小人物典型描写手法的崇敬,另一方面则是对陀思妥耶夫斯基现代性话语的畏惧。

八 周作人与韩国文化

在中国现代文学丛林中,有一批颇为特殊的韩人形象作品群,这些作品体现了中国现代文学对特殊历史时期的朝鲜及其国民的注视和认识。吴敏《台静农、周作人笔下的韩人形象》[①]认为,台静农的《我的邻居》和周作人的《李完用与朴烈》,不约而同向国人展示了域外英雄的形象。"我"和"邻居"成为当时中、韩民族不同历史境遇、不同精神状态的写照和象征。作者表达了对浴血抗争的韩民族的由衷敬意,并借此批判了缺乏"血性和勇气"的国人。这种对英雄叙事的热衷,是近代中国知识分子通过塑造民族英雄,实现民族"启蒙"的共同政治诉求的表现。

九 问题与建议

本时期,周作人与外国文化研究在取得丰硕成果的同时,也存在着诸多不足,主要表现在:其一,从整体上看,周作人与外国文化研究中各个专题的发展极不平衡。相较于周作人与日本文化、古希腊文化研究的火热,周作人与德国文化、印度文化、韩国文化等方面研究可谓冷冷清清。此外,周作人极为重视弱小民族的文学,但遗憾的是,周作人与东欧文化、北欧文化等方面研究非常薄弱,周作人与果戈理、迦尔洵、显克威支等人研究似乎还没有进入研究者的视野;其二,单就周作人与日

---

① 吴敏:《台静农、周作人笔下的韩人形象》,《当代韩国》2008 年夏季号。

本文化研究而言,其发展格局亦不平衡。周作人曾在其文章中明确提到他喜欢日本浮世绘,收藏有日本浮世绘画家葛饰北斋、一立斋广重等的作品。但目前的研究者多注意到周作人与日本文学的关系,却很少注意到周作人与日本艺术,尤其是与日本浮世绘的关系;其三,和鲁迅与外国文化研究中的总体性研究相比较,周作人与外国文化研究中的总体性研究尚十分薄弱。与鲁迅相似,周作人也是一位伟大的文学家,仅仅将其和某些作家进行简单的比较是远远不够的,我们还必须将其放在整个世界文学的思潮中进行考察才行。此外,学界似乎尚未关注到周作人对外国文化的影响。

　　针对以上主要问题,提出相关建议如下:一是重视周作人与东欧文化、北欧文化的关系,继续深化周作人与德国文化、印度文化、韩国文化研究,拓宽周作人与外国文学家、思想家研究;二是在宽泛的意义上将周作人视为一个艺术家,关注周作人丰富的艺术活动,进行周作人与外国艺术(如日本浮世绘艺术等)研究;三是开展周作人与外国文化总体性研究,并发掘周作人对外国文化的影响。

第三辑

上海文学研究

第五章 "向诗而在"与"向死而在"
——论张爱玲的存在之思

当时代是这样的贫困与黑暗,在这个虚无荒诞的世界上,孤独无依的个人能够有意义地生活吗？而"在一贫乏的时代里,诗人何为？"①荷尔多林如是提问。海德格尔认为时代的贫乏在于人们没有意识到自身的短暂性,世界之暗的拯救唯有存在的显现,真理的敞开。而"诗人是短暂者。他热情地歌颂酒神,领悟远逝诸神的踪迹,留意于诸神的轨迹,于是为其同源的短暂者追寻走向转变的道路。"②张爱玲即是这样的贫困时代的艺术家,一个诗人哲学家,她要在"有一天我们的文明,不论是升华还是浮华,都要成为过去"的生存大危机、大恐怖里,"描写人类在一切时代之中生活下来的记忆。而以此给予周围的现实一个启示"。并且,"为要证实自己的存在,抓住一点真实的,最基本的东西",③"从柴米油盐,肥皂,水与太阳之中去找寻实际的人生"。④ 也就是说,写作是张爱玲证实自己存在这一人的本质力量的体现,是她探寻存在真实的一次冒险。她为同源的短暂者启示着转变的道路,即是对于日常生活的重新发现,对于人生安稳的寻找。那么,张爱玲是如何在文学作品中表现她的这一生存哲学的呢？

进入这个问题之前,先比较下面两首诗。一首是张爱玲的《落叶的爱》⑤:

---

① ［德］M. 海德格尔:《诗·语言·思》,彭富春译,文化艺术出版社 1991 年版,第 82 页。
② ［德］M. 海德格尔:《诗·语言·思》,彭富春译,文化艺术出版社 1991 年版,第 13 页。
③ 张爱玲:《自己的文章》,金宏达、于青编:《张爱玲文集》(第 4 卷),安徽文艺出版社 1992 版,第 174 页。以下张爱玲文章皆出自同一版本。
④ 张爱玲:《必也正名乎》,《张爱玲文集》(第 4 卷),第 51 页。
⑤ 张爱玲:《中国的日夜》,《张爱玲文集》(第 4 卷),第 242、243 页。

　　大的黄叶子朝下掉;/慢慢的,它经过风,/经过淡青的
天,/经过天的刀光,/黄灰楼房的尘梦。/下来到半路上,/看
得出它是要,/去吻它的影子。/地上它的影子,/迎上来迎上
来,/又像是往斜里飘。/叶子尽着慢着,/装出中年的漠然,/
但是,一到地,/金焦的手掌/小心覆着个小黑影,/如同捉蟋
蟀——/"唔,在这儿了!"/秋阳里的,/水门汀地上,/静静睡在
一起,/它和它的爱。

另一首是著名的存在主义诗人里尔克的《秋》[①]:

　　叶片在落,像从远方落下来,/仿佛遥远的花园从空中凋
零;/它们落着用手势说"不"。/而夜间沉重的地球,/从所有
星辰落进了寂寞。/我们都在落。这只手也在落。/请看另一
只手:它在一切手中间。/但有一个人,用他的双手,/无限温
存地捧住了这种降落。

这两首诗的诗情源于相同的情境——秋天,落叶。两首诗也都超出了
一般的悲秋模式,而凸显了沉思生命的方向与存在的意义。他们有着
相近的感兴,把落叶比拟为人的手掌,而这两首诗内在的情感节奏亦有
相似的韵律,表现为下落与承担的张力。里尔克的双手捧住的动作将
诗形成一个动感强烈又十分稳固的结构;张爱玲的落叶捕住了它的影
子,静静地睡在地上的动作,亦是对下落的制衡,都承担起了下落(死
亡)的命运,达到了一种生死统一的和谐。

　　叶落而知秋,叶子经过萌发时的清晰,夏日的肥绿,但"时间到了"
(T. S. 艾略特),它们无法逃脱命运的归宿,在秋天凋零。里尔克笔下展
现一幅宏大的图景,承载着树叶、人类的地球也在落,在宇宙的浩渺星

---

① ［奥］里尔克:《秋》,冯至译,《名作欣赏》2000 年第 6 期,第 70 页。

汉之间,地球孤独地旋转着,旋入夜间不可知的黑暗,它因而是寂寞的。人作为个体偶然的存在,与一片小小的树叶和巨大的地球一样,面临着晦暗不明的命运,人们身不由己,下落亦是人的命运,人即是在生与死之间的短暂者。"下落"将人的被抛的生存状况明白无误地昭示出来。它昭示着一种距离:人与本源、无限、永恒的距离。在本源、无限、永恒面前,人与一片叶子并没有什么不同。

里尔克的落叶用手势说"不",它们边落边拒绝着那不可知的虚无,它们以拒绝来坚持自身的存在;张爱玲笔下的落叶则"极慢极慢地掉下一片来,那姿态从容得奇怪。"张爱玲揣测它是"装出中年的漠然",这种从容的姿态与拒绝的手势是对"下落"的缓冲。里尔克的落叶的手势很容易使人联想到张爱玲的著名的"苍凉的手势",里尔克的这首诗是对张爱玲文学的一个形象的注解。张爱玲赞扬倪弘毅的《重逢》("你在同代前殉节/疲于喧哗/看不到后面,/掩脸沉没……")用现代画幻丽的笔法,表现出了"宛转的绝望,在影子里徐徐下陷,伸着弧形的,无骨的白手臂。"[①]伸出的手是拒绝,还是呼救?是抓取,还是放弃?凡此种种可能性,都是对于下落的命运之无奈而徒劳的挣扎。

空间的"下落"表现为时间的"过去"意识。"时间快速的劫毁,人事播迁的无常,是她念兹在兹的主题"。[②] 张爱玲的小说里,充满了时间的影子。作为女性作家,张爱玲从女性身体看到时间这把小刀无情的雕刻。年轻美丽的少女川嫦被卷入生老病死的漩涡,"她的肉体在他手指底下溜走了。她一天天瘦下去。"她的生命在"一寸寸地死去"[③];七巧"摸索着腕上的翠玉镯子,徐徐将那镯子顺着骨瘦如柴的手臂往上推,一直推到腋下"。[④] 在这迟缓的动作中,生命的三十年过去了。张爱玲

---

① 张爱玲:《诗与胡说》,《张爱玲文集》(第 4 卷),第 131—132 页。
② 王德威:《"世纪末"的福音——张爱玲与现代性》,陈子善编:《作别张爱玲》,文汇出版社 1996 年版,第 67 页。
③ 张爱玲:《花凋》,《张爱玲文集》(第 1 卷),第 145、149 页。
④ 张爱玲:《金锁记》,《张爱玲文集》(第 2 卷),第 124 页。

从香的燃烧、酸梅汤的滴落、茶的渐冷、小贩叫卖的呼声、猫的悄悄的脚步里听到时间义无反顾地过去的声音,与人物的沉滞的生命形成对照。太阳在张爱玲的世界里是那么熟悉而陌生。她追求的文学效果是"戏的进行也应像日光的移动,蒙蒙地从房间的这一个角落,照到那一个角落,简直看不见它动,却又是倏忽的"。① 她的作品即演历了时间过去的进程。劫后余生的范柳原与白流苏看见"太阳悠悠地移过山头",②它有它永恒不移的路程,全不管世上白云苍狗的变幻;太阳掉到房顶上,"房顶上仿佛雪白地蚀去了一块"。③ "蚀"将时间的力量表现得如此尖锐,惊心动魄。她写三十年前的太阳,"敝旧的太阳弥漫在空气里像金的灰尘,微微呛人的金灰,揉进眼睛里去,昏昏的"。④ 她看绍兴戏,会为舞台上真实的阳光所吸引,"戏台上照着点真的太阳,怎么会有这样的一种凄哀。艺术与现实之间有一块地方叠印着,变得恍惚起来;好像拿着根洋火在阳光里燃烧,悠悠忽忽的,看不大见那淡橙黄的火光,但是可以更分明地觉得自己的手,在阳光中也是一件暂时的东西……"⑤张爱玲喜欢用日影的晃动表现时间的瞬息变幻,使人们强烈地感受到存在的虚无与"下落"的晕眩。人们把握不住时间,每一现时都在以某种方式在它存在的同时成为过去,人们在生命中时时尝到绝对与暂时的暧昧的混合的苦涩的味道。

面对如此专断的命运,作为瞬息即逝的短暂者如何摆脱生之焦虑与死之恐怖而找到生之意义?两首诗都在敏锐地关注着心灵的方向。里尔克诗中的"有一个人,用他的双手,无限温存地捧住了这种降落",这个温柔的中介者化解了下落与拒绝的冲突,它沟通了瞬间与永恒,有限与无限,偶然与必然,经验与超验,此岸与彼岸,使得人的生存与外在

---

① 张爱玲:《〈太太万岁〉题记》,《张爱玲文集》(第4卷),第262页。
② 张爱玲:《倾城之恋》,《张爱玲文集》(第2卷),第81页。
③ 张爱玲:《红玫瑰与白玫瑰》,《张爱玲文集》(第2卷),第126页。
④ 张爱玲:《金锁记》,《张爱玲文集》(第2卷),第90页。
⑤ 张爱玲:《华丽缘》,《张爱玲文集》(第4卷),第252页。

世界得以和解。张爱玲笔下的落叶则抛弃漠然的伪装,像天真的孩童捕捉蟋蟀一样,捉住了它的影子,"静静睡在一起,它和它的爱"。有别于里尔克诗中浓郁的玄学意味,张爱玲的诗中有鲜明的日常生活气息与情趣,但二者同样具有从日常琐屑事物中体验人生根本与宇宙奥秘的思维特点。张爱玲将落叶下落的过程与方向转变为对自我存在的求证,对爱寻找的过程。如此,落叶与人都不再孤独、死亡,而是在大地之怀抱里安睡,化入无限永恒。克尔凯郭尔认为人要克服焦虑,就必须转向信仰,即增强内向性和确信。内向性即真诚,真诚就是关注自己,在自我的确信中使自己与永恒正确地关联起来。① 永恒也即海德格尔的神圣者。张爱玲推崇神的"广大的同情,慈悲,了解,安息"。她发现了神的女人性和女人的神性,认为女人是"最普遍的,基本的,代表四季循环,土地,生老病死,饮食繁殖。女人把人类飞越太空的灵智拴在踏实的根桩上"。② 地母的精神是绝对的爱,在生与死的永恒轮回中肯定生命。

　　落叶将大地、天空、神圣者、短暂者召唤在一起,它表现了张爱玲存在方式,用海德格尔的语言表述即为"向死而在"与"向诗而在"。死亡不是一个对生存漠不相关的终点。死亡把生命的弦绷紧了,而生命正是由于有终性造成的张力而成其为生命的,这样在生存意义上领会死亡被称"向死而在"。本真的向死而在直面死亡,把自身带入行动,承担起被抛状态,投入处境。张爱玲的"出名趁早"、"想做什么,立刻去做"的领悟体现了生命的紧迫感,她的具有爆发力的文学创造即源于这种向死而在的精神。"向诗而在"是海德格尔晚期提出的美学命题,他认为只有通过艺术,人类才能寻找到精神的家园。通过艺术建构起一个人与天、地、神的和谐世界。张爱玲所寻找的生趣和诗意为人的存在提供了一种栖居模式。

---

① 杨大春:《沉沦与拯救——克尔凯戈尔的精神哲学研究》,东方出版社 1997 年版,第183 页。
② 张爱玲:《谈女人》,《张爱玲文集》(第 4 卷),第 70 页。

张爱玲在一首诗里写到：他的过去里没有我；/曲折的流年，/深深的庭院，/空房里晒着太阳，/已经成为古代的太阳了。/我要一直跑进去，大喊："我在这儿呀！我在这儿呀！"①"在"是她承担起存在的虚无、自我确证的方式。存在首先有一个时空选位的问题。王富仁认为"不论是文化，还是民族和人，都是在其特定的时空结构中显示其存在的价值和意义的。脱离开特定的时空结构，它们的价值和意义就将是模糊的、游移的、不确定的。与此同时，一个思想家将他面对的各种不同事物纳入到怎样的时空结构中来感受、来理解，不但决定了在他的思想中周围世界的性质和作用，同时也决定了他的思想本身的性质和作用"。② 张爱玲思想和创作的独立性是与她的时空观念的独立性密不可分的。张爱玲是在与"过去"、"古代的中国"的争夺中去把握"现在"的。被抛入一个如此沉重的时代，人们纵然对于安定生活充满羡慕与向往，但也只能生活在"现在"，承担起生命艰难。因为只有现在属于自己，投身于处境中才能使自己获得真实的存在。张爱玲和苏青谈起未来的太平世界，对之感到疏离，因为在那个太平世界她们已经迟暮。只有眼前的乱世，是切身的。她表示过："现代的东西纵有千般不是，它到底是我们的，于我们亲。"③张爱玲在把握"现在"之时承担起"过去"。张爱玲喜爱"多少年来井边打水的女人，打水兼照镜子的情调"，她透视到现在社会里到处有的"古中国的碎片"④，这种碎片并不是以古董和文物的形态存留在现代大都市的社会生活中，而是作为现代文明的结构性因素参与到现代历史进程。"多少年井边打水的女人，打水兼照镜子的情调"参与了现代性的美感生成之中，很难厘清这种混合的美感中孰者为旧，孰者为新。张爱玲的文学想象超越了新与旧，汇入具有原型性质的经

① 胡兰成：《张爱玲与左派》，转引自倪文尖：《张爱玲的"背后"》，《中国现代、当代文学研究》1998年第6期，第214页。
② 王富仁：《时间·空间·人（一）》，《鲁迅研究月刊》2000年第1期，第4页。
③ 胡兰成：《今生今世》，陈子善编：《私语张爱玲》，浙江文艺出版社1995年版，第161页。
④ 张爱玲：《罗兰观感》，陈子善编：《作别张爱玲》，文汇出版社1996年版，第256页。

验世界。张爱玲将古人亦视为今人。早期作品《霸王别姬》对一个浪漫的英雄美人传奇作了创造性的重构。美人在张爱玲一个女性视野中，只是"苍白的，微笑的女人"，一个平凡的女人像，对于英雄项羽具有的也只是一切女性共有的母性、妻性，同样因缺少存在的根据，沦为影子般的虚幻的存在。张爱玲将虞姬的自杀阐释为自我的选择，而非历史上的墓志铭——女人为了男人的最完全、最彻底的牺牲。虞姬的死亡是"影的告别"，第一次对自己的存在方式做出的决断，虞姬的死亡意识是现代的，体现了孤独个体通过自由决断使自己的存在获得真实的意义这一存在观念。由此，张爱玲将虞姬从中国传统文化给她塑的永恒的墓中解放出来，还虞姬一个有思想、有感觉的立体的人的形象，一个意识到自身存在的有限性和存在意义缺失的短暂者，从而成为能够与现代人对话的主体，能够给现代人的存在带来启示的存在者，而非传统文化下的被动的客体。张爱玲看《空诚计》，亦是反看"风月宝鉴"，偏从以神奇的智慧战胜对手的几近完人的诸葛亮背后体味他的烦恼和空虚。她看杨贵妃亦能发现她的凡人性的一面，张爱玲的这种独特的解读"使他们亲近人生，使我们千载之下还能够亲近他们"。① 张爱玲的解读源于她的追求安稳和谐的价值观念和参差对照的思维方式。她带着"现在"回到"传统"，重续现在与传统的血脉，使古老的文化获得再生。

张爱玲的空间选位是上海，中国。张爱玲选择上海有一个参照空间，即香港。香港对于张爱玲是一个"华美的但是悲哀的城"（《茉莉香片》）、"夸张的城市"（《倾城之恋》）。张爱玲有一个念念不已、耿耿于怀的梦，梦境即是在香港求学时遭遇的难堪。深夜、大雨、孤独贫寒的张爱玲渲染出强烈的漂泊流落之感，舍监对她的冷漠和对阔客的热情衬托出寄人篱下的自卑感。这个梦揭开了张爱玲受到的心灵创伤。香港对于张爱玲始终是他者的城市，而上海则给张爱玲以家的感觉。《沉香屑·第一炉香》的上海女孩在香港濒临存在深渊时怀念起上海的家，那

---

① 张爱玲：《我看苏青》，《张爱玲文集》（第4卷），第237页。

里有"人生中一切厚实的,靠得住的东西",这也是张爱玲对上海的感情。上海人是张爱玲创作中的隐含读者,她宣称"我为上海人写了一本香港传奇……写它的时候,无时无刻不想到上海人,因为我是试着用上海人的观点来察看香港的。只有上海人能够懂得我的文不达意的地方。"张爱玲期待用文学创作建立起与上海人的对话关系,她认同上海人的智慧,上海人的处世艺术。"上海人是传统的中国人加上近代高压生活的磨练。新旧文化种种畸形产物的交流,结果也许是不甚健康的,但是这里有一种奇异的智慧"。① 这智慧就包含着世故、亦有性灵和对世界的亲切感。这是在伪东方与伪西方文化杂交的香港所缺失的。在上海,张爱玲找到了自我,她是用创作来建筑、用诗意的发现来居住的诗人。通过上海,张爱玲建立起对整个中国的认同感。相比起整洁、宽敞的德国和干净优美的加拿大,张爱玲认为活在中国更为可爱,"脏与乱与忧伤之中,到处会发现珍贵的东西,使人高兴一上午,一天,一生一世"。因而她"舍不得中国——还没离开家已经想家了"。② 张爱玲的根是扎在中国的土地上的,她在上海——中国这个空间中做出自己的文化选择,以创造性行动来承担这个空间的有限和残缺,来增强自己在这个空间结构中的独立性和主动性。这个空间关系到她的根本存在。张爱玲用她的史笔与诗笔留下的"四十年代上海"的背影,永恒屹立于时间之流中。王富仁认为,"一旦你的存在价值和意义不是首先对这个空间结构的价值和意义,一旦你不再承担这个结构对你的束缚也不再在它的发展中感到欣悦,而是站在与自己无关的地位上从外部对这个空间结构进行温情的抚摸或激烈的撞击,你就不再是这个空间结构的产物,不再是'我们'而是'他们'","我们的'自我'在哪里? 就在这个'位'上"。③ 张爱玲在上海人中间找到了自信,创造着她的自我,由此,她的自我发现的途径是对共在的存在者——人和物发现。

---

① 张爱玲:《到底是上海人》,《张爱玲文集》(第 4 卷),第 20 页。
② 张爱玲:《诗与胡说》,《张爱玲文集》(第 4 卷),第 132 页。
③ 王富仁:《时间·空间·人(二)》,《鲁迅研究月刊》2000 年第 2 期,第 12 页。

张爱玲发现了平凡人是"时代的广大的负荷者"。[①] 穿行在上海都市街道中的小贩即是这样的承担者典型，小贩叫卖的声音亦是张爱玲文学的主旋律。

> 雨仿佛已经停了好一会。街上有人慢悠悠叫卖食物，四个字一句，不知道卖点什么，只听得出极长极长的忧伤。一群酒醉的男女唱着外国歌，一路滑跌，嘻嘻哈哈走过去了；沉沉的夜的重压下，他们的歌是一种顶撞，轻薄，薄弱的，一下子就没有了。小贩的歌，却唱彻了一条街，一世界的烦扰都挑在他担子上。[②]

在小贩与酒醉的男女、女佣阿小与主人哥儿达之间生命形式的比较，含蓄地表现了张爱玲的人生观和生命态度。时代是风雨如晦，暗夜如磐，人人都负担着生存的压力和生命的虚空，面对这样的生之烦恼，仅仅"悲秋"感伤叹息还不够，人们必然要有所作为，做出属于自己的个性选择。男主人哥儿达过着醇酒妇人、及时享乐的生活。这种生活方式在中国土地上如同唱外国歌一样不协调，他的生命是轻逸的，无所承担，自我麻醉了对于空间的感觉，只是在生活的表面滑过去，缺乏存在的意义。孤独的小贩的担子则是沉重的，成为承担的生命方式的象征，和女佣阿小及很多凡人一样，他们对于生活并不采取逃逸或顶撞，而是一种顺从和承担，正是这种顺从、承担使他们投身到处境中。与哥儿达对生活的永无餍足的索取不同的是，小贩等凡人的生活是承受生存压力和伦理关系的诸多烦扰，是一种受难，他们的生命是在不断给予。张爱玲在《草炉饼》散文中说，小贩的呼声是"那时代的'上海之音'，周璇、姚莉

① 张爱玲：《自己的文章》，《张爱玲文集》（第4卷），第173页。
② 张爱玲：《桂花蒸　阿小悲秋》，《张爱玲文集》（第1卷），第191页。

的流行歌只是邻家无线电的嘈音,背景音乐,不是主题歌。"①这一特定时代的苍凉的上海之音回旋于张爱玲的文学作品,直到她定居美国多年,在记忆中,草炉饼、小贩、小贩的叫卖声仍然那么清晰。无独有偶,胡风40年代在上海居住时亦常听到小贩"高亢到近乎凄厉"的叫卖声,他从中感受到一种"生命要求底呼声"。② 诗人们敏感的知觉捕捉到真实的生存者的声音,也即存在的声音。在人烟稠密的城市,人们感到空虚,感到生命的失重的时刻,小贩的担子和他的声音就是一个大的重量,一个沉的负担,使人感到真实,感到生命的分量和继续前进的勇气,从一种非真实的存在状况突破出来走向真实的存在之路。

张爱玲在小贩的形象上透视了生命的重与轻,那么,她在存在者——苏青的个案解读中,则表现了生命的冷与暖。她将苏青比拟为"红泥小火炉",是一个"兴兴轰轰火烧似的人",燃烧是她生命的存在方式。苏青是一个平凡的女性,她所有的常识,对丰富的物质生活的向往,她的世俗,强烈的生命力和为人的亲切,却又能"唤醒了往古来今无所不在的妻性母性的回忆,个个人都熟悉,而容易忽略的。实在是伟大的。她就是'女人','女人'就是她"。③ 从苏青身上,张爱玲把握到对于生命的肯定精神,时代的天气是寒冷的,燃烧是对时代的严寒的一种挣扎。火炉、火盆在张爱玲的作品中出现频率是比较高的,在这些物象里寄予着张爱玲对于人的本真存在的思索和体验。《留情》里在老夫少妻组成的不和谐的家庭中,火盆是一个有意味的道具,"他们家十一月里就生了火。小小的一个火盆,雪白的灰里窝着红炭。炭起初是树木,后来死了,现在,身子里通过红隐隐的火,又活过来,然而,活着,就快成灰了。它第一个生命是青绿色的,第二个是暗红的。"④他们的这第二次婚姻如同炭的生命,没有树木那样充满了希望,但也温暖着各自孤独、荒

① 张爱玲:《草炉饼》,《张爱玲文集》(第4卷),第390页。
② 钱理群:《1948:天地玄黄》,山东教育出版社1998年版,第297页。
③ 张爱玲:《我看苏青》,《张爱玲文集》(第4卷),第226页。
④ 张爱玲:《留情》,《张爱玲文集》(第1卷),第193页。

寒的生命。《道路以目》里有车夫的油灯、烘山芋的炉子、小火炉的白烟,还有卖炒白果的孩子在黑沉沉的长街,守着锅,蹲踞在地上,满怀的火光。这些动人的图画吸引着张爱玲的眼光,留驻了她这个都市游逛者的脚步。张爱玲舍不得弄碎红炭基,因为"碎了以后,灿烂地大烧一下子就没有了"。她从自己的心痛发现了对于有限生命的珍惜。这些火光是从生命的黑暗与寒冷、生命的恐怖的混沌中、从无底的深渊里向人们投射出的生命之光,它们的存在,穿破虚无,坚守着人的精神性的存在,见证人对于生命的炽热情怀。张爱玲的火炉意象与鲁迅的死火意象同样都宣称了人的生命的最佳存在方式是燃烧。鲁迅的死火是非现实性的,是人的内在灵魂的抽象表现,时空亦是抽象的,主观化的。死火与冰之间是强烈的对比,死火在冻灭与烧完之间要做出非此即彼的选择,这种选择"烧完"的决断体现了生命的意义。张爱玲的"火炉"则是日常生活中习见不惊的素朴的物,火的燃烧是一种渐烧渐灭的过程,她表现的是一种生命的挣扎。前者是悲壮的,后者是苍凉的;前者是超人的,后者则有浓厚的人间味。

张爱玲与这些承担着生之负荷之间的人进行着"爱的交往"(雅斯贝斯语),因为"这悠悠的生之负荷,大家分担着,只这一点,就应当使人与人之间感到亲切的罢?"①她对于自己笔下的那些软弱、自私、不彻底的人,"他们有什么不好我都能够原谅,有时候还有喜爱,就因为他们存在,他们是真的"。② 她能够从自己拎着被小贩的唾液粘湿的绊子而没有异样的感觉发现自己的一点踏实的进步,亦从路上行人的口哨声寻觅到知音之感,驱散了孤独的恐怖。她以一篇精粹的散文阐发了"爱"。一个女孩子在年轻时被数次转卖,一生经过无数惊险的风波,但她到老依然记得年轻时与那个男青年的相遇和他的话:"噢,你也在这里吗?"这种共在之间的关情支撑起她的生命,虽历经艰辛仍然保有爱。张爱

① 张爱玲:《〈太太万岁〉题记》,《张爱玲文集》(第4卷),第262页。
② 张爱玲:《我看苏青》,《张爱玲文集》(第4卷),第227页。

玲一生亦饱经患难,童年时母亲的远别,姨太太与后母的统治,父亲的囚禁,生病、濒死的经历,围城战争的恐怖,然而张爱玲叙述的调子是平淡的,并不是时间能愈合旧日的伤痕,而是她用爱承担了苦难,将之化为精神资源。她的参差对照的哲学观使她没有走向善与恶的二元论。她说:"多少总受了点伤,可是不太严重,不够使我感到剧烈的憎恶,或是使我激越起来,超过这一切;只够使我生活得比较切实,有个写实的底子;使我对于眼前所有格外知道爱惜,使这个世界显得更丰富。"①

张爱玲丰富的世界亦包括物。当物从占有的角度来看,物作为对象,它的物性是被遮蔽的。中国文化的和谐之美体现在人与自然之间物我合一的境界,但这种和谐往往以消泯人的主体性为代价。而张爱玲是少有的能够在人工的都市发现物我合一的诗意的作家,她建立了现代和谐美的一种型范。

高楼是都市最典型的景观,在崇尚自然的人眼里,它是水泥钢筋的丛林,对于张爱玲,它具有保障个人隐私和提供观察世界的最佳立足点的双重功能,它满足了张爱玲维持孤独的个体生活和与众人共在的双重心理需求。张爱玲赋予高楼多重诗意和美感。

> 下了一黄昏的雨,出去的时候忘了关窗户,回来一开门,一房的风声雨味。放眼望出去,是碧蓝的潇潇的夜,远处略有淡灯摇曳,多数的人家还没点灯。②

这一段有旧诗的意境,令人想起"高楼望断,灯火已黄昏"的佳句,有清淡而又醇厚悠长的人间情味。

---

① 张爱玲:《我看苏青》,《张爱玲文集》(第4卷),第231页。
② 张爱玲:《公寓生活记趣》,《张爱玲文集》(第4卷),第37页。

　　夏天家家户户都大敞着门,搬一把藤椅坐在风口里。这边的人在打电话,对过一家的仆欧一面熨衣裳,一面便将电话上的对白译成了德文说给他的小主人听。楼底下有个俄国人在那里响亮地教日文。二楼的那位女太太和贝多芬有着不共戴天的仇恨,一捶十八敲,咬牙切齿打了他一上午;钢琴上倚着一辆脚踏车。不知道哪一家在煨牛肉汤,又有哪一家泡了焦三仙。①

这一段市井生活的描写,颇有元代散曲的清脆热闹,充分调动起人的各种感觉和想象力,在这众生喧哗而又互相感应的日常生活里,有生命的简单健康的底子,给予张爱玲无限生趣和踏实感。张爱玲常常写到"阳台",她在阳台上看落日,看月亮,感到自己的思想"一离开那黄昏的阳台我就再也说不明白的"。② 空间纳入张爱玲思想,成为有意味的形式。

　　许子东指出张爱玲"逆向营造"意象的方式。③ 通常的文学比喻,都是从人的主体方位出发,由我及他,由近及远,由室内及室外,由人工到自然。可是在张爱玲笔下,到处都是将自然人工化,将环境物品化,将世界装饰化的绝妙意象。诸如:

　　　　天完全黑了,整个世界像一张灰色的圣诞卡片,一切都是影影绰绰的,……④
　　　　月亮才上来,黄黄的,像玉色缎子上,刺绣时弹落了一点香灰,烧糊了一小片。⑤

---

① 张爱玲:《公寓生活记趣》,《张爱玲文集》(第4卷),第40页。
② 张爱玲:《〈太太万岁〉题记》,《张爱玲文集》(第4卷),第262页。
③ 许子东:《一个故事的三种讲法——重读〈日出〉、〈啼笑因缘〉和〈第一炉香〉》,王晓明主编:《二十世纪中国文学史论》(第2卷),东方出版中心1997年版,第499页。
④ 张爱玲:《沉香屑·第一炉香》,《张爱玲文集》(第2卷),第42—43页。
⑤ 张爱玲:《沉香屑·第一炉香》,《张爱玲文集》(第2卷),第24页。

> 我喜欢听市声。比我有诗意的人在枕上听松涛,听海啸,
> 我是非得听见电车声才睡得着觉的。在香港山,只有冬季里,
> 北风彻夜吹着常青树,还有一点电车的韵味①。

张爱玲的这些独特意象,不仅要在灯红酒绿的背景里才能创造,而且也要在嘈杂市声的氛围里才能欣赏。它适应着都市的物化进程,都市已内化到都市人的生命中成为第一自然,张爱玲对这种都市美感的发现,归根结底是个人存在体验的扩大,对于物的观察与承担,最终是把它们化为自己身内的血肉。

张爱玲是 40 年代上海都市文化的守护者,她用她的作品敞开了一个世界,给予人关于他们自身的视界。这个世界将天空、大地、短暂者与神圣者聚集在一起,宣告了诗意栖居的可能性。张爱玲所创造的物我合一的和谐之美与传统的和谐之美所不同的是,物与我之间是主体与主体间的关系,是主体间的共在,两者之间是对话、交往的关系,而非古代的主体与客体之间的关系。物与我之间的交流是人获得自我意识的永远未完成的过程,因而是动态的,而非传统的静止、凝定的美。张爱玲创造的和谐并不回避生命中的残缺、不完美,生命的有限性、相对性,她的参差对照的观照方式和生命哲学、美感态度就是在相对中看取绝对,在不完美中感受完美。通过这种主观精神的辩证法,她的作品包容了现实生活的多样性、复杂性,而非传统和谐美的将现实单一化、单纯化。张爱玲抓住平凡的、具体的日常生活,抓住"现在",抓住自我现实感觉感受中的空间事物,实际也就抓住了自己的生命,因为此时此地的一切,触发着、表现着自我的生命;而这自我的生命,呈现着此时此地的世界,正是在这相对具体的关系中,张爱玲的生命和她生命中呈现出的日常生活的世界同时获得了绝对性。正如海德格尔所言,"愈是真切

---

① 张爱玲:《公寓生活记趣》,《张爱玲文集》(第 4 卷),第 37 页。

地把握住历史事物的一次性,就愈有力地昭示出了历史的普遍性"。① 张爱玲以她一次性的生命所观察和体验、所敞开的历史启示着人类生存的本质。

①　陈嘉映:《海德格尔哲学概论》,生活·读书·新知三联书店 1995 年版,第 160 页。

第六章　L/Z
——关于施蛰存历史小说《李师师》的阅读符码分析

《L/Z》一文是对施蛰存的历史小说——《李师师》一文的阅读符码分析,同时也是对罗兰·巴特《S/Z》一书的戏仿。L 指的是《李师师》中的"李师师",Z 指的是《李师师》中的"周邦彦"或"赵佶",分别取其拼音的头一个大写字母。

让我们首先运用格雷马斯的语义方阵,对《李师师》这篇文章作一番结构解析。这篇文章总共有 4 个主要人物,即李师师(妓女)、李姥姥(老鸨)、周邦彦(盐税官)、赵佶(宋徽宗),他(她)们之间的关系可以用下图表示:

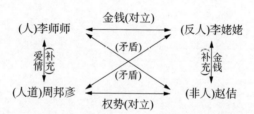

这同时也即是《李师师》的格雷马斯语义方阵图,整个故事的基本情节即按照这个框架来发展、运行。其基本意义是较为显豁的,讲述的是权势、金钱和建立在才华基础之上的爱情的截然对立。李师师和李姥姥、周邦彦和赵佶构成一种对立,李师师和赵佶、李姥姥和周邦彦分别构成一对矛盾,周邦彦、赵佶分别为李师师、李姥姥的一种补充。

应当说,从叙事文本的基本类型上来看,《李师师》属于转喻(其标题即是举隅式),而非隐喻。也就是说现实主义的成分很大。但也并不排除一系列象征、隐喻,在文中不断闪现。下文尝试运用罗兰·巴特的阅读符码理论,对《李师师》进行一番新的解读。

在符号学中,符码就是符号系统中控制能指与所指关系的规则。

所谓符号是指信息的发送者按照一定的规则(符码)把他要传达的意义转换成某种特定的信息,而符号信息的接受者又依据同一套符码把这一信息转换成他能够接受和理解的意义。发送者进行的工作称为编码,接受者进行的工作称为解码。[①] 一般而言,这种转换通常要涉及符号系统之间意义的转换。

如果将这种观念应用于叙事作品的研究,我们必然会得出一种全新的认识。按照传统的观念,在叙事文本中潜藏着一种基本的结构,正是这种结构维系着作品,使它成为一个整体。而从符号学的观点来看,叙事作品并不像一座建筑,具有某种确定的结构,它仅仅是由一些语言和形象的符号所构成,它的所谓结构仅仅是符号之间抽象的和概念化的关系,这种结构其实就是某些符码的纵横交织,是由多种符码,多种参照系构成的,这两种结构的涵义完全不同。罗兰·巴特在《S/Z》一书中着重强调了二者的区别:

> 在事实上,我们关心的不是显现一个结构而是生产一个结构……因为如果说文本从属于某些形式,那么这种形式并不是统一的、自成一体的、确定不移的,它是断片、残屑、断裂和不断被湮没的网络,一切都处于运动和一种巨大的"分解"变化中,这种分解带来信息的重合和消解。[②]

罗兰·巴特摒弃了传统上"统一的结构"的观念,而把文本看成符码的编织物或网络。尽管编织物与网络仍然只是一种比喻,但它和那种铁板一块、固定不变的结构观念是迥异其趣的。文本成了种种符码的混合与交织,它们时而和谐,时而不和谐,变化不定,多音齐鸣。因此巴特指出,假如说文本有某种形式的话,它就是"断裂和被擦抹的

---

① 罗钢:《叙事学导论》,云南人民出版社 1994 年版,第 236 页。
② [法]罗兰·巴特:《S/Z》,屠友祥译,上海人民出版社 2000 年版,第 84 页。

网络"。

他所采用的符码有五种：行动符码（又称情节符码）、义素符码、阐释性符码、象征符码、文化符码（又称指涉性符码）。① 下面对这五种符码略作解释如下：

1. 行动符码。故事是由一系列事件构成的,这些事件可以构成不同的序列,每一个序列都可以赋予一个名称。行动符码的功用就是赋予叙事以潜力去组织一个故事的序列,确定各种序列的界限和起讫,并为它命名,行动符码"基本上决定着文本的可读性",它是结构分析的基础。

2. 义素符码。一个义素是一个具有特殊内涵的语义单位,它能够利用能指产生"意义的闪现",来揭示故事的主题。在文本中,义素符码与人物性格有着密切的关系,正如行动符码把事件产生的效果概括起来,并赋予它一个名称,义素符码重复闪现"相同的义素",即某种性格特征,然后将其确定下来,成为一种义素群的基本特征。义素是性格编码的最小单位。

3. 阐释性符码。阐释性符码就是故事中有关悬念的符码,它提出故事的最根本的问题,下一步将会发生什么？ 为什么发生？ 这是读者对故事的特殊期待,也是绝大多数读者在故事中寻找的东西。

在文本中,阐释性符码常常渗透到行动符码和义素符码中,如通过一个核心的悬念或谜,阐释性符码将行动符码纳入一个故事的基本结构,而通过揭示人物的某种动机或行为后果,阐释性符码又帮助确立起某一性格特征。

阐释性符码是故事中所有引起问题、制造悬念、提出解答、诠释情节的因素,它既可以是一个公开提出的问题或谜,也可以是潜伏在文本中的某种疑问。

4. 象征符码。象征符码是五种符码中最复杂、最晦涩的一种,和文

① 对这五种符码的具体解释详参罗钢《叙事学导论》一书,第238—242页。

化符码一样，它直接关系到文本的意义，它所依据的是二元对立原理。用巴特的话说，象征符码规划出一种特定的对立，如男女、善恶等等。象征符码通过编码使文本中的二元对立因素确定，又使其播散。

在叙事行为中，象征符码常常与阐释性符码合作，但二者又有重要区别，阐释性符码关注的仅仅是如何解决文本中提出的问题和谜，如何取得最后的结果以结束全书，而象征符码却注意揭示出文本的多重性、可逆性。

叙事作品中的象征符码可以作更加宽泛的理解，在故事中，许多人物、事件、意象都具有象征功能，都表示出一种比自身更大、更普泛、更重要的意义，它们都应该被包括在象征符码中。

5. 指涉性符码。指涉性符码为文本提供各种各样"关于某种科学或知识系统的指涉"。这种指涉带给我们一个十分熟悉的现实，因为引用的大量信息会带给我们一个包括多种文化知识的背景，这些文化知识包括医学、法律、宗教、道德、心理、历史、科学、文学、哲学等，此外还包括共同信仰、谚语、格言等等。因此，所谓指涉性符码，正像它的名称所暗示的，其功能是为特定的文本提供一个文化参考构架。

与其他文化符码相比较，文化符码是由各种符码交织而成的一种互文性。此外，它也是属于历史的，是随着历史发展而变迁的，读者在不同的时代阅读同一文本会留下不同的印象，就是因为同一个文化符码作为互文的参考构架并不总是有效的。由过去文化所指涉的那种意义是永远无法复原的，因为它不可避免地要和当代读者的参考构架产生融合、交织，并随之而发生变化。从这个意义上说，一个文本的能指永远是一样的，而它的所指却由于各种文化符码的改变不断地发生变化。

接下来，我尝试运用这五种符码对施蛰存的历史小说《李师师》一文做一下罗兰·巴特式的阅读符码分析。

1. "李师师"

"李师师"这个词首先暗含了一个谜，这是哪个文本里的李师师？《水浒传》里的，《三言二拍》里的，还是别的什么文本里的？阅读下文，我们知道是施蛰存这个独特文本里的李师师,而非别个,于是就有了一个阐释性符码。还有一个文化符码,即古有的李师师的形象——在读者阅读之前就已有了的形象,得以和施氏文本的师师形象发生冲突、融合。

2."一缕阳光穿过了绮窗和锦帐,恰照在李师师的脸上,于是她惊醒了。"

"一缕阳光"是个隐喻,喻指太阳神——统治者阿波罗,强大的阳刚之气,男性气息。和被"惊醒"了的李师师形成对比,暗示女性在男性暴力面前的惶惑、不适,形成贯穿全篇的男/女之间基本对立(象征符码)。

罗兰·巴特非常强调男/女之间的基本对立,他采用了一个"生殖力"的概念,它不是指字面意义上的男性生殖器,而是一种权力和力量的能指。在象征符号中,人们往往根据是否拥有生殖力来表示性别。"男性"意味着拥有"生殖力",而"女性"则意味着缺乏"生殖力"。不过,在中国文化中,男女之间的关系可以用阳刚阴柔来代替。"阳刚"往往意味着君王的暴力统治,法家文化;"阴柔"则意味着中国的艺术精神,老庄禅宗,道家文化等。

3."惺忪的眼第一瞬就看到了那个并枕着的夜来的新客。"

"新客"是谁?又是一个谜,一个悬念,下文围绕"新客"产生很多事端,最终谜底托出,竟是当今天子宋徽宗赵佶(阐释性符码)。另外,"新客"和妓女相对照,构成一个二元对立(象征符码)。"第一瞬就看到"(行动符码),其决定着文本的可读性。

4."看着他这样痴呆地沉睡着,打着雷震般的鼾声,嘴角边淌着好色的涎沫,又想起了昨宵他那种不惜挥斥数万金的缠头,以求一亲芳泽的情形,实在觉得铜臭薰人欲呕了。"

"痴呆地沉睡着,打着雷震般的鼾声,嘴角边淌着好色的涎沫","不惜挥斥数万金的缠头,以求一亲芳泽",喻指凡夫俗子,亦或暴发户。同令人望而生畏高高在上的天子形象形成对照(象征符码)。又暗示了师师对金钱的厌恶(义素符码)。

5. "这时,那巨商赵乙的嘴唇牵动了一下,喷喷地咽了一口唾涎,身子便跟着蠕动起来。"

"蠕动起来"暗指虫子,种种丑态在师师眼里更加不堪,不雅,粗俗(象征符码:虫子)。

6. "李师师轻轻地翻了个身,往里床睡了,闭着眼睛,调和了鼻息,只装作睡熟着,好像还没有醒过来似的。"

假寐:行动符码。

7. "但他觉得他坐起来,撩开帐子一望,便匆匆地穿着衣裤,把床震得吱吱地响。"

"吱吱地响"暗指像老鼠一样,形象愈加鄙陋(象征符码:老鼠)。一假寐,一匆忙起床,暗示李师师不愿送客。这里出现很多描写师师慵懒、傲慢的语词,不断利用能指产生"意义的闪现"(义素符码:傲慢、慵懒、骄纵)。

8. "一会儿,又觉得他好像正在看着自己,他的鼻息渐渐地凑近来,终于他在她脸上闻了一下。"

窥伺:行动符码。"新客"未示恶感,同下文相呼应。"闻了一下",像一朵花草一样,将师师视同尤物(中国古典文化:视漂亮女人为玩物,文化符码)。

9. "于是他下了床,从衣橱上取过长衣和丝绦,结束停当,轻声地开了房门,出去了。"

出门:行动符码。

10. "这些动作,灵慧的李师师非但能够用听觉一点不错地辨别出来,并且她又能够凭着她的幻想的视觉仔细地看出那巨商赵乙在做这些动作时候的神情来。"

经验在这里发生作用。李师师生活在妓院(文化符码:妓院),也可以说阅人(嫖客)多矣,可知她老于此道。这一次巨商赵乙的离去,同以前客人的离去并无异样(义素符码:皇帝同于俗人)。

11. "这里,著者用了'幻想的视觉'这个名词,并不是意在指示这宋朝名妓李师师真有着一种通灵的魔法。所以，如果让我们说得质直一些，那么我们可以说李师师是完全凭着她以前丰富的经验而毫发不爽地想象出来的。"

著者插入此语，以作说明。一个小小的阐释性符码，用以解释盘旋在读者心中的疑团。

12. "即使那样地豪富，即使随时都小心着，一个市侩总无论如何是个市侩。"

出现一个"市侩"，文人/市侩对立中的一极（象征符码），同时显示李师师的好恶（义素符码）。

13. "李师师对于每一个来到她家的商人的观念是这样的。所以这赵乙给予她的印象也并不是例外。"

出现"商人"，文人/商人对立中的一极（象征符码）。著者的直接说明（阐释性符码），用以解释上述师师的傲慢、骄纵（义素符码）。

14. "听听房内无人，李师师才回转身来，懒洋洋地支起身子，倚着床栏干拥衾而坐。"

起床：行动符码。"懒洋洋"（义素符码），"倚着床栏干拥衾而坐"，联想起杨贵妃的"侍儿扶起娇无力"（文化符码）。

15. "她不禁慨叹起自己的贱业的不幸来了。"

"贱业"，李师师对自己奴隶地位的清醒的自知。贵贱二元对立中的一方，天子是贵，妓女是贱，然而却不期然走到一块，混为一体。让读者发生怀疑：何者为贱，何者为贵？（象征符码）

16. "为什么我不能拒绝一个客人呢？无论是谁，只要拿得出钱，就都有在这里宴饮歇宿的权利；无论是丑的美的，老的少的，雅的俗的，我全没有半点儿挑拣的份儿。"

妓院（文化符码），在这里，妓女出卖肉体，嫖客付出金钱，这是他（她）们之间的契约。暗示师师哀惨的内心。一种女性的自觉开始觉醒，不愿任人玩弄。

17. "况且自己所最最嫌厌的，便是那些蠢俗的市侩，而偏偏每天来的客人中间，十有九个是市侩，这不是一种很明显的恶意的讥讽吗？"

又出现"市侩"，文人/市侩二元对立中的一极（象征符码）。

18．"这样想着，李师师大大的感动起来了。"

感动：行动符码。触景生情，感怀身世（文化符码）。

19．"她回想从前父亲因犯罪入狱，自己无家可归，便流落得被李姥姥养大。原想好好儿嫁一个丈夫，有个依靠，不想李姥姥因为要从她身上收回一笔养育费，便教给她百般的歌舞弹唱，接客卖淫，虽然自己不愿，也是无法可施。退一步想，只指望在这烟花溷中早早碰到一个温文尔雅的如意郎君，能够替她赎身脱籍，下半世便也有了着落。却不想到这行业一做六七年，虽则是门庭若市，名满京都，但每天的来客，不是獐头鼠目的纨绔子弟，便是脑满肠肥的富商巨贾；一个一个的结纳过来，简直没有看得中意的人物，教人心里悲痛也不悲痛？"

揭示命运对师师的蹂躏，使师师不断处于一种两难选择之中（象征符码）。这里还有中国的贞操观念（文化符码）。

20．"李师师一边这样地自己悲叹着命运，一边便结束下床，外面早有女侍进来簇拥着她进浴室去，给本日的客官预备一个美艳的商品。"

"商品"，触目惊心，被著者着力点明。日复一日，师师不过是把自己当商品出售（象征符码：商品）。

21．"这时，李姥姥也擎着一杯杏酥进来伺候李师师。她看见师师面色不愉，便道：'我儿，那个赵官人怎样？'"

"杏"者，性也（象征符码）。出现老鸨/妓女的对立（象征符码），师师在老鸨的眼中，不过是她发财的工具，一棵摇钱树。老鸨的察言观色，暗示师师的心性大，生意做成了气候，轻意惹不得了（义素符码：脾气大）。

22．"师师正在对着一面青铜古镜梳发，听姥姥这样发问，便看也不看她一眼，没好气地说道：'什么怎样？还不是一样的蠢材！'"

在师师眼里，市侩、蠢材、商贾是一类人，入不得眼。再次和下文呼之欲出的李师师的意中人——周邦彦，形成鲜明对比（象征符码）。

23. "姥姥晓得师师又在闹脾气了,便也不敢发怒,只轻轻用手抚抨着她的黑光如漆的头发,劝道:'儿呀,人家备了偌大的花红礼彩到这里来,儿即使心里不愿意,也就给人家敷衍敷衍,让人家欢喜,不至于说儿脾气古怪了。'"

再次印证老鸨/妓女的对立,和客人的一致,共同压榨、欺蒙李师师(象征符码)。

24. "李师师最恨人家说她脾气不好,现在一听姥姥又这样说,不觉怒火上冲,随手将一犀梳往地上一扔,说道:'已经操了这行业,给人家看贱了,难道还要我见一个爱一个,做那些没骨子的淫妇儿吗?人家自己要来找我,又不是我去强拖人家来的!况且我又不曾怎样得罪过人家,莫不是一定要我整天开着口笑,才算脾气不古怪吗?'"

发怒:行动符码。师师的自我觉醒在这里得到总爆发。她决不甘心于自己的屈辱地位,遵从所谓的职业道德。

25. "说着,她披着一肩散乱的头发,赌气走出外房,在一只椅子上坐了,竟自垂头大哭起来。"

大哭:行动符码。义素符码:脾气人。

26. "于是,因为晓得她每次大哭都要费掉两三个时辰,所以姥姥和侍女们便三三两两地退了出去。"

姥姥、侍女和师师的对立,没有一个能够了解她(象征符码)。

27. "李师师独自在房内,把昨夜那个客人赵乙当作全体的市侩的代表而鄙薄着。想想他夜来那种粗俗的举动,蠢陋的谈吐,卑劣的仪度,全然是个不解风情的东西!人只要埋身在铜臭堆中,就完全没有法子救度的了。"

"赵乙"——全体市侩的代表,其和周邦彦构成鲜明对比,一有金钱,一有文才,引出师师对周的文才的倾心、垂青(象征符码、义素符码)。

28. "因此,她不禁想起近来常在自己家里走动的那个开封府盐税官周邦彦来。毕竟是知书识字的官儿,走近身来,自然而然地有一等不惹人憎的神气。说话又知趣,又会得自己谱个小曲儿唱唱。真是个温柔旖旎的人物。不知怎的,凡是来了个市侩,总觉得房间里一阵昏暗的瘴气,吹得什么东西都沉重笨拙了,而那个姓周的官儿一到,满个小阁儿上都会得飘也飘地,人都如同坐在永远的春风里,温和地不想到邪淫,也不觉得憎,就是自己的灵魂,也会得忘记了自己的身子是做着娼妓,而好像觉得是在一个安逸的家庭里。"

此段终于推出周邦彦——风雅文士的集合。市侩和文士在这里进行大交锋,通过师师对这两个人的感觉,抒发师师情怀。理想/现实,家庭/妓院,"房间里一阵昏暗的瘴气"/"人都如同坐在永远的春风里","什么东西都沉重笨拙了"/"满个小阁儿上都会得飘也飘地"等一系列二元对立(象征符码)。如坐春风,"好像觉得是在一个安逸的家庭里"(文化符码:喻指夫妇之间相敬如宾,和和睦睦)。

29."哎,李师师不觉又叹了口气。"

叹气:行动符码。

30."这是她想到又温雅,又有钱又肯常到妓院里来去走动的,只有周邦彦一人。曾经有过许多自己所中意的客人,不是被朋友牵扯着来过一次之后永不再来的,便是有才情没金银的哥儿们,勉强凑得一夜的缠头资来温存一次,以后就影踪儿都不见的。多才的名妓李师师一边慨叹着世间有这样的不平事,一边便更加思慕起那个以词曲出名的盐税官周邦彦来了。"

思慕:行动符码。再次出现金钱和才情的二元对立,显示周的可人,和赵的可憎(象征符码)。

31."下午,看看天色傍晚,正是酒楼歌馆渐渐地热闹起来的时候,李师师正在半真半假地装着娇懒的姿容,焚起一炉好香,闲倚着窗前小坐。"

"商品"准备就绪,白天/黑夜二元对立,象征妓女生活的黑白颠倒,暗示师师愿望的分裂(象征符码)。"半真半假地装着娇懒的姿容",喻指师师的慵懒、骄纵(义素符码)。

32. "忽然,李姥姥匆匆地走进来,脸上呈现出一种从来没有过的气急败坏的颜色。"

惊慌:行动符码。暗指风雨欲来。

33. "一看见李师师还没有走到眼前,就喘着气说道:'儿啊,大祸临头了,儿啊……'"

嫖客/老鸨的对立(象征符码)。

34. "李师师看她这样惊慌,不知出了什么岔子,也免不得有些失色。"

花容失色,更增美艳(文化符码)。

35. "但是,因为她一向态度庄严,无论如何,不肯露出一些失措的状貌给人看见,所以当下就竭力静止着,将牙齿紧咬着嘴唇,装着一种鄙夷不屑的神情说道:'有什么了不得的事情,值得这样大惊小怪?'"

善于避重就轻,化重为轻,失措/镇定二元对立(象征符码)。

36. "'事情可真不小呢。'李姥姥还是这样吞吞吐吐地说。'却是怎等大事?''就是昨夜那个姓赵的客官,原来,便是当今天子,现今外面街坊上都沸沸扬扬地说着这事,我们却还蒙在鼓里……'"

"新客"的谜底开始逐步揭开(阐释性符码)。师师刚刚倾心于周氏,忽然来了赵氏,状态开始失衡。外面街坊/妓院,"沸沸扬扬地说"/"蒙在鼓里"构成对立(象征符码)。"当局者迷,旁观者清",格言,文化符码。

37. "李师师不觉大笑道:'却不道姥姥这样地伶俐一世,糊涂一时,如今连得那些地痞土棍的话都相信起来。'"

大笑:行动符码。伶俐一世/糊涂一时,正不知何所指,实即师师自身已处安危而不自知(象征符码)。

38. "李姥姥看见师师还是照样地安闲傲慢,不觉得心急起来,皱缩的颧颥边青筋一根一根地绽出着,几乎要赌咒似的说道。"

"赌咒":行动符码。"安闲傲慢"点出师师性格(义素符码)。一安闲,一紧张,鲜明对比(象征符码)。

39．"'咳！儿啊，这是千真万确的事。昨夜御前侍卫在巷口站守了整夜，东边那个磨豆腐的王二，天亮起身赶早市的时候还看见的，直到那个姓赵的客人走出了巷，才远远地跟了去，对面茶坊周秀也说昨夜看见我们屋子上红光冲天，起先道是火起，后来看看没有动静，才放心去睡觉。'"

大凡非常之人常有非常之行，附以灵异之说，中国小说的通常笔法，文化符码。

40．"被李姥姥这样一说，师师心中不免一震。"

震动：行动符码。对天子的畏惧，臣民皆有之（文化符码）。

41．"难道那个姓赵的真就是当今天子吗？这却不是要处！她想到夜来待他冷淡的情状，恍惚他真是很恼怒的。只要一个圣旨下来，立刻就准定有了绞斩的份儿。"

畏惧：行动符码，师师对以法家文化为代表的政治统治的恐惧（文化符码）。

42．"李师师想着这些，不觉沉吟着一时说不上话来。"

"沉吟"：行动符码。

43．"但李姥姥却越发着急了，她恳求似的悲哀地说道：'儿啊，这都是为了你平日价太高傲了，今番却闯了大祸也……'"

义素符码不断闪现：人不能和皇权斗争。

44．"忽然，李师师想起早上那姓赵的客人曾在地脸颊上闻了一下，虽则自己是假装做睡熟着，但他却并未惊醒她。这样看来，也许他并没有恼怒。况且，再说如果要有祸事，则此刻必然已经发作了。到此刻还没有什么动静，大概不至于会有什么意外罢。皇帝为什么要办一个妓女呢？他既然瞒着人到这里来，难道还会瞒着人办我们吗？"

沉思：行动符码。师师的心计，精于应付各种事变，毕竟老于此道，见过许多臭男人的伎俩。

45．"这样一想，李师师便大大放怀了，她微笑着对李姥姥道：'姥姥，休要担惊害怕，即算那人是当今皇帝，也不会有什么祸事的，我又没有怎样的得罪于他。况且他自己也要遮遮掩掩的,难道反而张扬开来不成。'"

分析:行动符码。遮掩/张扬二元对立(象征符码)。

46."李姥姥听她这样说,似乎也颇有些道理,况且她自己也记得早晨这个冒充着富商赵乙的皇帝临去的时候,的确是脸上笑盈盈的并没有什么怒气。"

回想:行动符码。笑盈盈/怒气二元对立(象征符码)。

47."于是她略略地安了一大半心,自己嘴里喃喃地求告着老天爷保佑,走了出去。"

走出:行动符码。临走之时喃喃地求告着老天爷保佑,"平时不烧香,急时抱佛脚",谚语,文化符码。

48."李师师仍旧斜倚着窗槛坐地,看看檐前挂着的笼中的金丝雀,一重幻异的想象升上来了。"

"笼中的金丝雀",暗喻李师师。再美再漂亮,也不过是男人掌中的玩物(象征符码:金丝雀)。

49."曾经侍候过皇帝,这不是已经做了皇后,或至少也是个妃子了吗?操着这样的行业,而居然能被皇帝所垂青了,并且实实在在的曾经做了一夜的后妃,这不是很难得的幸福吗?这是多少光荣的事情啊。皇帝也曾经到过这里,哦,他所坐过的椅子,他所玩弄的东西,从今以后,应当好好儿的用绣着团龙花的幛子给遮起来了。"

沉思1:行动符码。贵与贱、后妃与妓女的二元对立(象征符码)。凡天子所经所用,一律神圣化,文化符码:对皇权的崇拜心理。

50."但是,他究竟是不是一个真的皇帝呢?为什么昨夜我一点也看不出来?皇帝哪有这样凡俗的脸相,这样蠢笨的说话。看来看去,实在是一个铜臭满身的市侩呀!"

皇帝/市侩二元对立(象征符码)。师师理想中的皇帝和现实中的并不一样。

51."哦,也许是为了恐怕给旁人看出破绽来,故意这样地乔装做着的。咳，真是圣天子百事聪明，扮哪等人就像哪等人物。对了，现在回想起来，倒看出来了，平常人哪有他那样长大的耳朵，耳长过鼻，这是主九五之尊的，相书不是这样写着的吗？"

替天子辩护，"为尊者讳"，相书所讲的耳长过鼻，主九五之尊等，皆文化符码。

52. "啊，去做皇帝的妃子是多少幸福呢？多少有味呢？皇帝一定是个顶有风情的人物。从前唐明皇和杨贵妃的故事不是很美丽的吗？春天赏牡丹哩，秋天在长生殿里看牵牛织女星哩，在皇宫里过的是哪一种生活呢？"

由自己和皇帝的事联想到李杨爱情——古来爱情的忠贞楷模，文化符码。理想/现实的冲突，象征符码。

53. "李师师想到这里，不觉回转头去，对着那面青铜镜照了一下自己的脸，伸起手来把鬓角边一支舞凤钗斜斜地安了一安。她觉得自己的姿色是很够得上做妃子的了。"

照镜：行动符码。"对镜贴花黄"展现妇女之美，文化符码。镜子的不断出现（义素符码）。

54. "但是，昨夜那样地冷淡他，不知他真个恼了也不？咳，这是不能怪我的呀，谁教你不让我知道你就是皇帝的呢？现在，即使你不恼我，我晓得你一定不会再来的了……"

沉思 2：行动符码。世上没有卖后悔药的，俗语，文化符码。

55. "即使再来了，又有什么好处呢？他一定仍旧乔装一副市侩相，教人憎不得，欢喜不得。这岂不折磨煞人？我要的是在宫里头的皇帝，但是皇帝会把我接进宫里去吗？不……不会的，从来没有这等事情的！不要痴想，我不过是个妓女呢！"

师师芳心大乱，一个地位极低的妓女，一个高高在上的皇帝，妓女＝妃子，贵＝贱，矛盾相互转化（象征符码）。

56. "打断了她的默想的是一个报说有客来的侍女。"

"有客"，何人，阐释性符码，皇帝乎？周邦彦乎？他人乎？

57. "李师师听说有客,便好像觉得这一定就是皇帝了。"

"说曹操,曹操到",民间俗语,文化符码。

58. "她慌忙站起来,预备迎接圣驾,却不道那客人已经独自个走进房来,原来是那个差不多天天来的开封府盐税官周邦彦。"

迎接:行动符码。来者却是周氏,给人一个意外。"有心栽花花不开,无心插柳竟成荫",文化符码。

59. "周邦彦笑道:'师师,今天却为甚么这样客气?'"

取笑:行动符码。客气/傲慢,前倨/后恭,形成对比。再次表明师师对皇权(暴力)的敬畏(象征符码、义素符码)。

60. "一向矜持惯了的李师师,今日却被人家看见了这种反常的殷勤状态,顿然感觉到好像大大地失了身份似的羞怍。她不言不语地坐了下去,嘴里却说着:'早知道是你这个老奴……'"

羞怍:行动符码。师师的出言不逊,"女子与小人难养,近之不逊远则怨"(文化符码)。

61. "周邦彦不解似的问道:'这样说来,一定有了什么人会使你格外殷勤的了。哦,这个人可也了不得呢。我从来没有听见过有什么人能够赚得你起身来迎接的,没有,从来没有。……'说着,他就在昨夜曾经被那个据说是皇帝的姓赵的客人坐过的椅子上坐了,这椅子,恰巧正对着李师师。"

同一把椅子,不同的人物。皇帝/盐税官、市侩/文人,是这样的矛盾不协调。人生并不是最完美的结合。"正对着"喻指他们是一对天造地设的夫妻(象征符码)。

62. "周邦彦便用一种亲昵的,但是异常温雅的眼光睃着她,微笑着,同时显露了一个高贵的人的严肃和多情两方面的仪态。"

严肃/多情,雌雄同体,奇妙的结合(象征符码)。

63. "李师师对着他凝视好久,不觉脱口而出地道:'哦,为什么你不是个皇帝呢?'"

忘情1:行动符码。周邦彦是师师理想中的皇帝,就像唐明皇一样。理想和现实的冲突（象征符码）。

64."正当一个侍女送上酒肴来，周邦彦一手接着酒盏，听了这样奇突的话，不觉一怔，放下酒盏，问道：'什么？你说什么？……皇帝？'"

惊奇：行动符码。出于意料之外。

65."'是的，我说皇帝。昨夜皇帝在这里，可是他还没有你像样，你才真的像一个皇帝哪！'"

忘情2：行动符码。师师的心里话。真皇帝/假皇帝，"真作假时假亦真"（文化符码）。

66."这些话，直使周邦彦吓了一跳。但立刻就大笑起来：'哈哈，却又是谁不怕头掉下地，接了个课语讹诈的客人冒充皇帝来了，哪有这样的事！皇帝？皇帝会到这里来不成？……来来来，这回就该罚你一盏酒了。'"

道听途说不足于信，"当局者迷"（文化符码）。

67."周邦彦递一盏酒给李师师，一面自己就尽了一盏。从紫檀架上取下他吹熟了的玉笛，悠悠扬扬地吹起他新谱的词儿来了。李师师饮着红色的酒，一盏又一盏，醉眼酡然地坐对着周邦彦。看着他清朗的丰神，恍惚他便是多情的皇帝唐明皇，而自己是身在宫中的贵妃了。没有比这个再幸福的了！皇帝是最尊贵，最富有，并且最多情的人！"

奏曲：行动符码。唐明皇/杨贵妃、周邦彦/李师师、周邦彦/赵佶，一系列二元对立再度重复出现（象征符码）。奏曲喻自然和谐的性关系，如鱼得水，夫妻之间，琴瑟相和（象征符码）。

68."而这时，一个侍女跑进来了，接着那李姥姥也趺趺撞撞地跑进来了，她两手乱摆着，凑近了李师师的耳朵，说了一句在她是以为没有旁人能听见，而事实是立刻被周邦彦听了去的话：'圣驾又来了，快出来！'"

报信：行动符码。惊慌畏惧心理，中国人"畏天畏地畏大人"（文化符码）。

69."完全不管房内多少杂乱，李师师匆急地对铜镜一照，便走出到外房去。"

迎驾：行动符码。又出现镜子，义素符码。

70. "她心里充满了说不出的喜悦。皇帝又来了。他是高贵，富有，而多情的！他会像周邦彦大人一样地懂风情，识知趣。他是唐明皇，他一定会得娶我进宫里去的。因为他今天既然会到这里来，他必然是很宠爱我了。……在这片刻间，诸如此类的思想全都在她的心中闪过。"

阐释性符码，在这里终于揭开悬念，巨商赵乙即当今天子。师师沉浸在痴想之中，完全不顾及入宫当后妃的非分之想（象征符码、义素符码）。

71. "但是，当她一看见昨夜那个富商赵乙由几个同样乔装着的大臣簇拥着进来，而她俯伏在地上山呼万岁接驾的时候，她只感觉到一阵异常的恐怖。她似乎突然得到了一个幻怪的念头：这站在她面前的人，虽然是个皇帝，一定是一切市侩里的皇帝。"

破灭：行动符码。市侩终究是市侩，它永远不能和文人相调和。再次证明人生之不能进行最完美的结合（象征符码：分裂）。

72. "但是他有权力，使她连憎厌都不敢的。"

对权力的崇拜，只有完全臣服（文化符码、义素符码）。

73. "至于她所羡慕的皇帝，那一定就是，刚才在里面饮酒吹笛子，而现在已经不知躲到什么地方去了的，那个自称是开封府盐税官的周邦彦了。"

真皇帝/假皇帝的对立消失，一进来，一躲藏，温文尔雅的文人始终战胜不了大权在握的皇帝（市侩）（象征符码）。李师师在暴力面前仍没有选择的权利，她心中的皇帝灰飞烟灭。这里有女性对男性的失望，有对自身价值的认同。缪斯是艺术女神，周邦彦则是缪斯的代表，师师对周的倾慕，毋宁读作女性对自身的喜爱与怜惜。这同样证明了在男权重压之下女性自我意识的觉醒和幽闭的两个相反相成的方面。

以上即是对《李师师》的阅读符码分析，限于精力、能力，分析比较粗陋。在具体的文本中符码的实际数目还可以增减，叙事符码的复杂性部分地解释了人们对某一特定文本反应的复杂性和阐释的多样性，因为每一个符码的传达者和接受者都是从自己独特的经验出发来进行编码和解码的，因此这些符码的发送和接收多少是相通的，但却不是完全相同的，在发出一个叙事信息的时候，发送者并不能意识到他对接受者所说的一切，或这个叙述信息所负载的一切。两个不同的人在不同的情境中，可以对同一个文本作出不同的解释。我想，假如另外一个人也和我一样作关于《李师师》的阅读分析，其阅读面貌肯定是有所不同的。

第四辑

左翼文学研究

第七章　2001—2015 年聂绀弩研究述评

一　聂绀弩作品研究

1. 诗歌研究

作为 20 世纪中国文坛的一个异数，聂绀弩写于 1958—1960 年的以东北劳改为题材的旧体诗集《北荒草》可谓是一个中国当代文学史现象的奇迹。这吸引了相当一部分学者的眼光，夏中义是其中的代表。夏中义①的研究集中于探究该诗集的诗学诸元素，如题材、结构、创作内驱力、格调等，兼有深究聂诗为时代所热衷的价值缘由。从题材上来看，作者认为聂诗提供了中国田园诗人不曾描绘的农居日常诗意写生，有"动作性"、"特写性"和"在场性"等三个特点。前者在质与量上，使古老的农居日常生活产生了审美动态质感；中者使细节的放大和定格凝结诗意永恒；后者使作者的体悟成为牵动主体内在痛楚或深挚憧憬的生命亲征。而这些特点，在中国诗史上是史无前例的。所以，对聂诗"宜用两只眼睛来读"：一只眼睛看其结构的"显性"层面，看字面上的意象、场景如何活泼流丽；一只眼睛看其结构的"隐形"层面所内蕴的创作动机。解读了如上内容，即可破解该诗集引人关注的谜团：诗人巧妙地在当年"主旋律"框架中植人了"非歌颂"元素，从而让自己在濒临生命绝境时，能通过诗性自慰而暂获心理自救。从世界文学史上看，聂诗的这种风格可认为是有中国特色的"黑色幽默"，或曰"紫色俳谐"，它根于诗人内在的忧惧，其所内蕴的是一种"阿 Q 气"。它凝聚着诗人对"人与体

---

① 夏中义：《"紫色俳谐"与知识界精神之困——聂绀弩旧体诗论》，《上海交通大学学报》2013 年第 1 期。

制"关系的思考,更凝结着知识界煎熬已久的"精神之困"。所以,聂诗又可作为一面隐喻知识界心灵沉疴的诗性镜子。

夏中义①还以聂绀弩等人的作品为中心,讨论了中国当代旧体诗如何"入史"的问题。作者认为,若将中国当代旧体诗现象纳入共和国前三十年(1949—1979)的文学史视野,会发现原来被"一体化"所压抑的"个人化经验"暨"艺术独创",却在聂绀弩等三家旧体诗中保存得极丰赡且极纯粹。其中,聂绀弩的"俳谐荒草"写出了当代文坛难以企及的幽默,诗性地安顿个体尊严于苦难,其亦可视为聂执笔《北荒草》之内驱力。

但是,吕家乡②对此持不同观点。作者看到,在新诗占据诗坛主流地位后,旧体诗仍在延续,且不乏佳作,但近人旧体诗基本属于古典美范畴,即使像杰出的旧体诗人聂绀弩,在取得重大成就的同时也有明显缺陷:长于传达理性深度而拙于表现现代人的丰富内心世界;有诙谐之趣却模糊了悲剧性底色;有古典语言美却难以发挥现代汉语特长。前者体现于聂的旧体诗与现代诗歌的比较上,中者凸显在聂对旧体诗的时代背景的模糊化处理上,后者体现于聂的旧体文言和现代汉语的差异上。造成聂诗局限的原因之一是,旧体诗必须遵守以语音规则为核心的外在律,因而不能不拒斥以诗情的抑扬变化为基础的内在律,聂本人对旧体诗的局限性即有清醒的认识。所以,以聂为代表的近人旧体诗不具有充分的现代性,不宜纳入现代诗歌史。

然而,王学泰③却认为聂的旧体诗可以"入史"。作者看到,在新社会,旧体诗在文学领域一直是"妾身不明"的,所以,聂绀弩的《散宜生诗》的公开出版,对于旧体诗的命运来说,有着标志性的意义:它意味着

---

① 夏中义:《中国当代旧体诗如何"入史"——以陈寅恪、聂绀弩、王辛笛的作品为中心》,《河北学刊》2013年第6期。
② 吕家乡:《再论近人旧体诗不宜纳入现代诗歌史——以聂绀弩的旧体诗为例》,《齐鲁学刊》2009年第5期。
③ 王学泰:《聂绀弩诗与旧体诗的命运》,《读书》2010年第6期。

旧体诗终于被主流社会所承认。作者认为，聂诗写景、写人、叙事都很成功，是"犁然有当于人心"的文学佳作。聂诗不讳之笔，已然超过了"士大夫"情怀；其描绘之景致，都是其复杂心境的投射。聂常用奇思异想的诙谐幽默冲淡悲愤和恐惧，且善于炼句。这对于处于现代汉语的古体诗来说，尤为不易。但聂却以之写出了自己的血泪。聂诗的另一个特点是"以杂文入诗"。这是聂诗在艺术上对旧体诗的重大突破。聂诗中的自我嘲笑，反差极大的对偶，使聂诗更具诙谐幽默之风。

如此来看，聂绀弩与中国旧体诗的命运是尚待探讨的，而探讨的关键是如何更加客观地看待聂绀弩与旧体诗及"史"的关系。对此，武守志①的论述可谓切中要害。作者自述，他选择聂绀弩来谈中国旧体诗，并不是认为他的旧体诗是"古今绝唱，无与伦比"，而是他的诗作能在一个更广阔的背景和更深厚的层面上拉近一个"贫乏时代"与国人的距离，唤醒史学对历史的遗忘，反映人心向人性的趋近：聂绀弩用杂文式的旧体诗留住了一个"贫乏时代"，在使人不要忘记耻辱中看到了人"是其所是"的可贵性和丰富性。聂以漫画自己之幽默，将内在的沉重化为外在的轻快，当他的诗性言说将心灵向"是其所是"敞开而倾听者终于听出了意义时，他终止了言说。而正是在他终止言说的地方，中国旧体诗却遭遇到另外一种沉重。但沉重是压力也是机遇，中国旧体诗不是在这种沉重中死亡，就是在这种沉重中新生。从如上学者的论述中可看到，虽然聂旧体诗入史的问题是尚待讨论的，但聂诗的精神内蕴与其人格特点的相通性，却是为人所共认的。那么，聂的旧体诗究竟是一种什么样的诗体？里面所蕴含的又是一种怎样的精神气质呢？

李遇春②认为，聂体或绀弩体，本质上是一种现代打油诗。聂体打油诗的风骨，含有"三气"：阿 Q 气，离骚气和江湖气。其中，阿 Q 气使聂诗诙谐，离骚气使聂诗沉郁，江湖气使聂诗狂放。阿 Q 气是表，离骚

---

① 武守志：《聂绀弩与中国旧体诗的命运》，《兰州教育学院学报》2005 年第 2 期。
② 李遇春：《阿 Q・屈原・江湖——论聂绀弩旧体诗的精神特征》，《福建论坛》2008 年第 3 期。

气和江湖气是里,前者是邪气(或曰逸气),后两者是正气,前后互为表里,亦正亦邪,恰构成了聂诗"盛气凌人"的独特魔力,也使现代旧体诗(打油诗)别开了新生面。而阿Q式的自嘲、屈原式的忧患、江湖式的狂狷,正是聂绀弩直面人生苦难的三种方式。所以,聂诗的打油是表面的,骨子里是严肃的,在诙谐滑稽的背后隐含着聂在逆境中的不屈人格。李遇春①另有文章探究聂诗的江湖气,并认为其突出地表现在聂诸多的赠友诗中。聂的这种江湖气,往往能够冲决正统儒家道德规范的藩篱,具有惊世骇俗的一面。此外,对于以聂为代表的旧体诗"入史"的问题,作者认为,旧体诗已经是20世纪中国文学的组成部分,没有旧体诗的位置的"中国现当代文学史",是不完整的"虚伪"的文学史。

上述学者对聂绀弩旧体诗的肯定,还可在王尚文②的有关论述中见到。作者专门讨论了聂绀弩诗歌的语言艺术,认为聂绀弩高超语言的过人之处在于,对习见语的创造性改变和创造性组接。其语言艺术,是白话和文言有机化合、烹调得当的结果,可认为是聂绀弩创造的"后唐宋体",对中国古典诗歌的当代发展具有重要价值。作为自成一格的统一完美的生命体,聂的旧体诗总是能够将最恰当的字摆在最恰当的位置。从总体来看,聂诗风格可分幽默冷峻和清雄奇崛两类。后者是聂的气质的诗意表现,其可于意象和对仗等语言层面上得以体现。对于聂与诗歌的关系,王尚文③认为两者是互救的:诗救了聂绀弩,使他超越了功利,成为我国现代诗史上的"诗之圣人";聂也救赎了旧体诗,使其重获青春。聂诗有着两个抒情体:一个是忧国忧民,投身革命的大写的我,一个是因身处劳改农场而不得不妥协的平凡的我。他的诗歌艺术正是两个我成功博弈的结果。

---

① 李遇春:《聂绀弩诗的江湖气》,《名作欣赏》2009年第1期。
② 王尚文:《聂绀弩及其〈北荒草〉(下)——"后唐宋体"诗话·之六》,《名作欣赏》,2011年第13期。
③ 王尚文:《聂绀弩及其〈北荒草〉(上)——"后唐宋体"诗话·之六》,《名作欣赏》,2011年第7期。

　　但王尚文①不同意章诒和关于聂绀弩"若以人生幸福快乐为标准""是个彻底的失败者"的论断,并认为聂诗因苦难而不朽,故而聂是"光荣的胜利者"。在对该诗集中的《搓草绳》解读时,作者不仅不认为其有"遵命文学"的味道,还认为其中的"大我"并未完全为"小我"所败退,而是表现了作者的抗争。虽然这种抗争是"欢畅"的,并在表面上与阿Q相似,但其实质却不同。所以,欣赏、评价聂诗,不能脱离其产生的现实环境。在聂诗中,"大我"、"小我"博弈艺术的最高境界是两者亲密无间,或曰,"大我"常在"小我"的保护下做着淋漓尽致的表演。故聂体之"打油",非"堕泪",实乃"啼血"。

　　从上述学者的论述中可看出,对聂绀弩旧体诗的艺术性及其精神内蕴,学界已有定评之趋势。但在这种趋势下,也有一些学者对此提出了疑问。如姚锡佩②对有关出版社将聂绀弩比之屈原即有疑问。作者自述疑问的来源起于作者和聂交谈时,聂对上述比喻的否定。和此形成佐证的,是聂在《散宜生诗》中对有关屈原的删改。作者推测,聂的做法并非出于"谦逊"或"怕",而是表明他已经走出了屈原的心路。而这样,也更能够使其诗篇符合隐喻其忧伤情怀的"散宜生"诗集之名。再有,作者还叙述了侯井文编撰该书的过程及其成绩,并援引王蒙的序言,对聂旧体诗的成就表示了肯定和赞扬。王蒙的文章见于《〈聂绀弩旧体诗全编〉序》③一文。作者叙述了自己和聂的关系及和聂旧体诗熟识的过程,并认为"庾信平生最萧瑟,暮年诗赋动江关"可为聂的写照,同时还肯定了聂的旧体诗是空前绝后地树立于中文圈子里的一座奇峰。王文可作为对姚文的补充。

　　此外,对聂诗进行研究的还有刘友竹、季堂等人。刘友竹④认为,杜

---

① 王尚文:《聂绀弩及其〈北荒草〉(中)——"后唐宋体"诗话·之六》,《名作欣赏》,2011年第10期。
② 姚锡佩:《读〈聂绀弩旧体诗全编注解集评〉》,《炎黄春秋》2010年第2期。
③ 王蒙:《〈聂绀弩旧体诗全编〉序》,《书屋》2010年第2期。
④ 刘友竹:《属对律切　沾丐后人——论聂绀弩对杜甫对仗技巧的传承》,《成都大学学报》2003年第1期。

甫是对仗的高手，而聂绀弩因以杜为师，方大器晚成。具体说来，聂从连用字对、连用字与数字相对、当句对、虚字对、流水对、借对、成句对、对起对结及全篇皆对等八个方面均对杜甫有所继承和弘扬。后人可从聂学杜有成的经验中受到启迪，在当代诗词的创作中使杜甫"属对律切"这一艺术成就得以发扬光大。如果说，刘友竹是从纯技巧来讨论聂绀弩旧体诗的贡献，那么季堂则是从性格的特异性的角度来解读聂绀弩的旧体诗。季堂[①]认为，聂绀弩旧体诗是心灵的咏叹调。首先，聂绀弩是狂狷之士，他的性格是怪异的，所以他的诗也呈现出怪异的色彩。聂诗之怪，体现在句式、内容和"打油"等三个方面；其次，聂绀弩是幽默诙谐的，他的诗歌语言也有同样的一面。聂诗的幽默，起源于聂的思维的敏捷与机智，聂的诙谐则体现在多方面；再次，聂爱好数字，其旧体诗也常以数字入诗；再有，聂学养丰厚，知识渊博，故其旧体诗多用典故；最后，聂本是杂文家，其杂文情结转移到旧体诗中，特点明显。

但聂旧体诗研究的主流，还是关注聂绀弩旧体诗中的精神气质。寓真[②]认为，聂的旧体诗虽然别开生面，自成风格，但触动作者心灵的并不是诗的艺术技巧，而是聂的人格气节。聂绀弩其人其诗，贵在气节；因其气节，乃将长存。聂诗集中的《瘦石画苏武牧羊图》一诗，即是以苏武牧羊的典故抒郁苦、寓气节的诗，苏武即气节的化身。此外，作者还提及聂的书法经历，之前尚未有人提及；聂在危难之中，投诗怀赠友，亦可见出其气节。

再有，寓真[③]还发现了沉睡在聂绀弩档案中的一些散佚诗句：一为无题七绝（"丁玲未返雪峰穷"），二为七律《吊若海》，三为七律《武汉大桥》。前者和中者分别是作者为怀念丁玲、冯雪峰和黄若海所作，是聂"现行反革命"的"罪证"；后者是作者惬意、昂扬时的诗篇，可反衬时代的荒诞不经。此外，作者还发现聂的《访丘东平故居》和《挽陈毅》很相

① 季堂：《聂绀弩的旧体诗是心灵的咏叹调》，《武汉文史资料》2011 年第 8 期。
② 寓真：《绀弩气节，与诗长存》，《同舟共进》2009 年第 7 期。
③ 寓真：《聂绀弩出狱之谜及其轶诗》，《新文学史料》2003 年第 3 期。

似,并揣测了原因:因关于丘的诗散佚,聂没有及时回忆,后在为陈写挽诗时,感觉原来写丘的诗句亦适用于陈,故对前者作了"移植"。鉴于此,作者建议重编聂全集时,应让"移植"的两诗复归原位,"移植"增写的句子,作为散句另存。至于其他修改过的诗句,作者在文中一一列举,并建议与原稿并存。

另外,聂诗与其注的关系也引起了有关学者的注意。解玺璋[①]发现,聂绀弩一面对胡乔木提到的为其诗加注的意愿不领情,另一面则对朱正的注表示满意。而聂绀弩在注诗问题上的游移,恐怕有深层的考虑:聂希望通过注诗,减少新旧两代人的隔膜,但却不希望年轻人沉迷不适宜新时代的旧诗。但聂的旧诗却恰恰自证了旧诗可以表现新的生活和情感。事实上,读聂诗,是必须依赖注解的。侯井天的注,可证明其为聂的知音。不过,"侯注本"的过繁、过细,特别是他的句解,也在很大程度上局限了聂诗的意味和境界。侯注本最重要的贡献,是钩稽出了每首聂诗的写作年代,这对于读者了解每首诗的历史背景,进而了解作者的初衷,更进一步理解诗人所要表达的情感和思想,是大有裨益的。所以,对聂诗,注而非译,是很可采纳的建议。

事实上,聂古体诗不仅是现有的研究者最为集中的话题之一,同时也是聂绀弩晚年所谈的最为集中的话题之一。舒芜[②]经过整理聂自1976年回京后直到去世前与自己的通信,发现了这一点。通过聂对自己诗作的有力批评,作者推测,聂诗绝不是通常所谓的"打油诗",不是随随便便地耍油腔滑调,而是出自深厚的功力,遵守严格的格律而成的。

和上述学者不同,王存诚[③]以扎实的考据,对聂绀弩的《马山集》进行了评析。作者对聂绀弩手抄旧体诗《马山集》的面貌进行了列表对

① 解玺璋:《聂绀弩的诗与侯井天的注》,《群言》2010年第2期。
② 舒芜:《聂绀弩晚年想些什么》,《新文学史料》2003年第3期。
③ 王存诚:《"我诗非亦非牛"——聂绀弩〈马山集〉评析》,《新文学史料》2010年第3期。

比,并发现《马山集》对编辑聂佚诗的贡献有两个,一个是独立提供了佚诗四首,一个是提供了已收佚诗的异文,使人能够知诗的修改过程。《马山集》题解中的"马"与"牛"非指"马列",而是分别指卑屈压抑和激愤反抗的状态和感情。这两者既隐含了聂隐秘的真感情,又使聂觉得其是易致误解,难容于世的诗篇,但却凝集了聂的复杂心路,标志着聂体的雏形。《马山集》为聂后来的诗,奠定了技术和题材的基础。聂后来的诗,格调的变化体现在以下几个方面:一是对旧作有所扬弃,二是对原有题材进行了扩充,三是开辟了新的境界。《马山集》的序诗表明,聂对待自己的诗是极严肃的。该诗集中的《杯底》和《咏珠穆朗玛》是作者慧眼"反潮流"之作;《赠梅》确是聂赠呆向真之作,但却不一定是"践诺"之作;《自嘲》之所以未收入《散宜生诗》,一方面和作者不愿留下该诗所反映的不成熟的思考有关,另一方面和此篇中的警句已另存他诗有关。

2. 杂文研究

聂绀弩被学界誉为"奇才"、"鬼才"。黄科安①认为,聂的"奇才"、"鬼才"指的是他有特异非凡、机智奇诡的才能。聂的这种天赋可表现在杂文家的思维视角、批判性的内容以及层出不穷的文体创新等诸方面:在杂文内容上,他凸显向鲁迅"立人"思想学习和深化的过程;在杂文思维上,他擅长以逻辑推理的直接形式进行形象化说理;在杂文艺术形式上,他认为杂文可以自由出入自己的疆域,故对相邻的姐妹艺术实行大胆地"拿来",打破当时杂文创作现状的狭隘格局,而这对促进现代杂文艺术形态的多样化发展起到了重要的作用。

姚斌②则通过对聂绀弩杂文的归纳分类阅读,发现聂的文字中,凸现着一个巨大的自由主义者的身影。聂的自由主义精神在其杂文中,

---

① 黄科安:《"成就人间一鬼才"——试论聂绀弩杂文创作的诡异思维特征》,《泉州师范学院学报》2009 年第 3 期。
② 姚斌:《浅论聂绀弩杂文创作中的自由精神》,《学海》2008 年第 5 期。

可体现在三个方面：第一，聂本真自由，常借文字抒发自己强烈的爱憎，表现自己桀骜的性格；第二，聂坚守的理想与自由主义文学思潮一脉相承，其始终坚持用文字记录现实生活，反映社会问题；第三，聂试图借助文字，坚守人格的自由。

《论申公豹》和《再论申公豹》是聂绀弩创作于 20 世纪 40 年代中后期的两篇著名杂文。吴永平[①]认为，这两篇杂文的写作背景都与 1944 年延安指派何其芳等人来重庆宣讲《在延安文艺座谈会上的讲话》这一重大政治文化事件有关：前一篇杂文侧重于批评胡风对延安"文艺特使"何其芳的态度；后一篇杂文侧重于挖掘胡风之所以如此的深层心理原因。

3. 小说研究

聂绀弩是 20 世纪 30 年代初走上文坛的左翼作家之一，人们对他的杂文创作成就都是认可的，但对他的小说成就则言之不多。胡绍华[②]发现了这一点，并认为，彼时作为文坛"新人"，聂承续了鲁迅开创的现代乡土小说传统，在左翼文学支配文坛的历史条件下致力于大众小说创作，并进行了新的历史开拓。聂保持乡土文学写实的优长，舍弃了左翼文学形成之初"革命的浪漫蒂克"方式和"唯物辩证法创作方法"，以革命现实主义的笔触对大众题材和抗战题材进行深入发掘，是"普罗"文学成熟的历史见证。

从总体上剖析了聂绀弩小说的创作特色的，还有姚斌[③]。作者认为，聂绀弩小说内涵丰富，具有鲜明的地域色彩、对个体生命的高度关注和对民族病态心理的洞察等三个特点；在人物形象创作上，善于书写小人物的人生故事；语言表达上，善用口头语和方言；在情节设置上，情

---

① 吴永平：《聂绀弩的〈论申公豹〉和〈再论申公豹〉及其他》，《重庆师范大学学报》2012 年第 3 期。

② 胡绍华：《聂绀弩大众小说创作新论》，《三峡大学学报》2004 年第 1 期。

③ 姚斌：《浅析聂绀弩小说创作特色》，《江苏教育学院学报》2009 年第 6 期。

节简单，人物、场地集中。聂绀弩赋予小说投枪和匕首的功用，始终走在对"人的觉醒"进行启蒙的创作道路上。

4. 档案研究

档案研究是聂绀弩研究中的一大特色。

"运动档案"的个人部分是历经诸种运动，检查、交代、思想汇报一类的特殊文体，在无数人的运用中，已失却了语言的特性，变成了一种足以令人麻木不仁的文字操作，由这类文字寻找作者"个人"本非易事。赵园①深明此意，但却发现聂绀弩"运动档案"（1954—1957 年）至今仍有相当的可读性，很值得品味。聂绀弩的"运动档案"的可读性在于，聂只要认为自己没有错，就直说；想不通就不想，甚至于反唇相讥。聂的这种态度，使他在写"检查"时，或无从隐瞒"自我"，也使其难得救赎。从 1954 到 1957 年的档案来看，聂为自己的辩诬，无不是大实话，"长进"不大。在聂交代自己"批判""右派言论"的未刊文字间，仍然透露着其不同于时论的犀利洞见。虽然聂对自己问题的认识是逐步升级的，但聂对于不能承认的，依旧拒不承认。聂的"认罪"的不彻底，有一个重要原因，是他不能说服自己，而非蓄意顽抗。——聂对以私下言论入罪是有异议的。所以，聂的交代，虽有自我申辩，却更是在向组织陈情，纵然文字不中式，却也是灌注本色，挖空心思所得。关于聂绀弩档案呈现的原因和过程，周健强②有专门介绍。作者认为，聂绀弩的运动档案有"真史"之魅力，其得见世人，足彰显社会之进步。

对于这一点，王文军③对聂绀弩档案研究的价值的言说更具专业性。作者发现，随着中国社会逐渐进入法治时代，公民法治意识的不断

---

① 赵园：《读聂绀弩的"运动档案"》，《书城》2015 年第 3 期。
② 周健强：《〈运动档案〉彰显什么？——谈〈聂绀弩全集〉第十卷》，《全国新书目》2004 年第 8 期。
③ 王文军：《报告文学创作如何规避法律风险——〈聂绀弩刑事档案〉写作的启示》，《广播电视大学学报》2012 年第 3 期。

加强，以纪实为核心文体特征的报告文学开始面临诉讼的风险。报告文学作家因被指作品不真实或虚构而屡遭诉讼的案件不断发生。故如何在报告文学中，规范使用材料，以确保材料的合法性和如何恰当选择材料，规避可能出现的法律风险成为不得不让人思考的两个问题。从这一点来看，署名寓真的《聂绀弩刑事档案》的创作经验可给人们带来诸多启示。首先，在规范使用材料方面，论者不仅用材料保证了其合法性，而且还将其表现在题目、正副卷和解说及结语等方面。如此，便又达到安全转移责任的目的。其次，论者能够公正使用材料，秉持写作善意，少伤害个体。

二 聂绀弩精神特质研究

作为中国 20 世纪的著名作家，聂绀弩孤羁不群、独立特行的精神个性在中国知识分子精神史上风帜独标，具有精神范式的价值与作用。但与此相对照的是，聂绀弩的研究成果集中在非文本的"奇人奇事"，以及杂文和旧体诗的创作上，主体精神研究少。贾小瑞①意识到了这一点，并试图从聂绀弩的政治意识出发，把握聂的思想与精神个性，为聂绀弩研究开辟一片新天地。作者认为，聂绀弩的一生，虽与政治有着深厚的渊源，但是，聂却并不是一位政治家，而是一位"政论家"。聂总是从人道主义情怀出发，首先考虑底层人民的利益，有着"达则兼济天下"的知识分子的政治意识。聂绀弩后期的杂文，就是他的这种政治意识的集中体现。聂的政治视角使其将社会问题的产生，归因于社会制度。但是，这一政治视角也给聂绀弩带来思维和认识的局限，聂的"光明心态"表明他最终没能超越那个时代的政治认知，没有始终坚持不懈地坚守思想文化视角。但聂服膺于政治意识的一系列社会行为，和聂绀弩的独立人格和自由意志是相溶契的。聂的自由意志是聂能够在严峻的

① 贾小瑞：《书生本色：聂绀弩的精神立场》，《文艺争鸣》2011 年第 18 期。

政治形势下保持自我完整的精神个性的重要因素。而对聂自由意志的形成具有决定性影响的，是无政府主义思想。其和聂所具有的庄子的"逍遥游"的个性气质天然地融合在一起，共同构成了聂内在的精神血肉。所以，聂既有以传统的人道主义情怀为支撑的政治意识，又有现代知识分子的人格独立精神，而这正是今人所要寻找的中国知识分子的脊梁。

贾小瑞①另有一文，探究了聂绀弩的精神个性与无政府主义的联系。作者认为，无政府主义的影响造成了聂个性中的孤傲心理和思维判断的特异倾向，这些异端色彩又使其遭受了现实的排斥和攻击，最终经由苦闷的媒介缔结了他与文学的联姻。聂在由无政府主义走向自由意志的行旅过程中，其正义思想中的民族意识、侠义精神中的人道主义情怀，使其自由意志超越了个人精神选择的狭窄界面，而获得社会价值和群体的认可，从而完成了其人格存在的双重忠实：既忠实于自我生命的完整与独立，又忠实于社会环境，把自己纳入群体的参照系中。

对聂绀弩精神特质进行研究的，还有聂的相熟者何满子②。何满子认为，聂绀弩在人世的八十三年，是十分透明的，其做人与作文是一致的，其人格表现在文格里，绝少虚饰和矫揉。绀弩晚年最为人知的格律诗，所呈示的苦味的诙谐，将他的人格和盘托出，毫无阴翳。聂的诙谐好像是聂与生俱来的资质，而苦味则是其生涯中的阅历，尤其凝结了聂后半生艰辛的遭遇，这两者交融并构成了绀弩的人格特征。另外，作者还提到，聂曾在病逝前向其解释胡乔木主动为自己写序，自己"不稀罕"的态度。作者从聂的性格推测，聂绀弩是不需要"大人物"为自己作序的。

---

① 贾小瑞：《自由的行旅——聂绀弩的精神个性与无政府主义》，《烟台师范学院学报》2006 年第 1 期。
② 何满子：《聂绀弩一百岁琐忆》，《文学自由谈》2003 年第 2 期。

三　聂绀弩生平史料研究

1. 生平纪事

聂绀弩是为人所称道,并在小说、诗歌、杂文等领域为人所认可的当代作家,但其一生特立独行的做派和一贯到底的反叛精神,却使自己的大半辈子遭逢不幸。对该段经历的描述,以章诒和①的文章最具分量。章诒和是章伯钧的女儿,其和聂绀弩有直接交往。作者认为,人生成败若以幸福快乐为标准去衡量,聂是彻底的败者。作者自述,其母亲是聂晚期的朋友。聂入狱时,母亲誓言救聂,积极扶助聂夫人周颖,朱静芳即母亲推荐给周的。后,周因聂自感无望,来信言死时,朱静芳积极致信求助亲友,母亲为朱静芳提供物质支持。回信不得,朱带周奔赴山西,见聂所在监狱狱政科长彭元芳。其间,朱静芳积极创造条件,让聂周会见,并请彭元芳救聂。朱周离开后,聂的监禁生活有了明显改善。后,聂回京上不了户口,朱为其解围,聂对之感激,为之写诗相赠。但周在其后,却对人说聂的出狱,得益于“某首长出面”,朱为此对周颇有微词。后经戴浩转述,作者发现聂确用毒语攻击领袖,故当时入狱“不冤”。作者亦发现,聂对其所反感的事物,用语常刻毒。出狱后的聂,在得知母亲扭伤胳膊后,曾请萧军为母亲看病,三人也因此成了朋友。母亲未接当选政协通知气恼,聂赠诗相劝,母亲得诗宽慰。聂一直为女儿自杀之谜心悬。母亲在作者与聂第一次见面前,即嘱咐其不可与聂谈子女之事。但聂曾在谈及女儿自杀时,言词及周。作者曾带丈夫见聂,聂冷笑之,及至深聊苦难,聂才平等待之,并自述其读《资本论》的经历。后戴浩为平反事去聂家“报喜”,反被聂连着周一起冷笑讥讽。聂住院时,曾对看望的母亲自嘲其之所以住好医院,得力于周和周的同事朱学范。后聂在作者探望时,透露周疑似出轨,女儿自杀与周前述行

---

① 章诒和:《斯人寂寞——聂绀弩晚年片断》,《新文学史料》2003年第3期。

为有关。聂晚年寂寞，以读写为庇所，晚年爱金圣叹，谈《金瓶梅》等时，曾论及夫妻的"灵肉"关系。聂晚年与陈凤兮交好，聂的诗集，渗透着陈的心血。陈转述聂的解读，聂诗集以散宜生名之，是表明自己一生的散放状态。聂诗轰动诗坛后，聂曾在来客问及胡乔木序时，对之切齿怒骂。后聂在得知周疏远母亲等人时，强令周登门道歉。聂八十岁生日时，送母亲等人诗，母亲珍藏。聂逝世后，周却未通知母亲参加追悼会。

　　吴中杰[①]也梳理了聂绀弩的晚年生平。建国伊始，聂曾犯了批判运动的流行病，但聂的失误很快被"事实的教训"纠正。聂因胡风运动将卷入"运动"旋涡，即促使聂重新思考生活的重要事件。后聂在北大荒"劳动"，参与全民写诗的歌颂潮，写出了有声有色的劳动题材的诗歌。但紧接着他因"纵火"被投入狱，后再次返京继续搞研究工作。聂返京原因有两种解释，每种解释都与张执一的斡旋和周恩来的批示有关。再后，聂再次入狱，入狱"罪行"一开始却让人莫名其妙。聂在狱中研读了马列书籍；其出狱，与朱静芳的斡旋和当时的"特赦"政策有关。但出狱后的聂，仍抓住机遇，致力写作。其间，聂还曾为胡归京仗义执言。

　　如果说，吴中杰的文章与章诒和的文章形成了互补之局，那么郭力和黎虹的文章与章诒和的文章则有互驳之势。郭力[②]是聂绀弩女儿海燕的前夫，终生与聂绀弩夫妻保持着良好的关系。作者自述，海燕与其父聂虽未有较亲密的联系，但有着深厚的感情。海燕脾气很像乃父，海燕的死亡给聂造成了永久的伤口。而周颖则是个热心快肠、胸无城府的爱党人士。她曾将聂帮助其写材料的事说出，和聂同遭祸患。周曾经与作者谈起，其向周恩来、邓颖超写信求助，聂辗转因"特赦令"出狱的经历，并表示了对邓小平与华国锋的感谢。另外，作者还谈到聂对其因"国民党高级特务"出狱之事，曾拍案恼怒；聂曾对胡乔木有意作序，反应淡然；聂与作者曾经就聂对故人因小事而怒等问题进行过讨论等。

---

① 吴中杰：《晚年聂绀弩》，《粤海风》2011 年第 1 期。
② 郭力：《聂绀弩之死》，《武汉文史资料》2006 年第 3 期。

作者认为,临终前的聂内心是一个矛盾的综合体,里面混杂着自卑与自负等因素。

黎虹①是胡乔木的秘书,其在文章中谈到了胡乔木为聂绀弩作序一事,并对在章诒和文中所提到的聂绀弩对胡乔木作序,作切齿厉骂一说甚感疑惑。作为亲历其事者,作者认为,胡序绝没有搞坏聂的书,聂对胡为其书作序,也绝不会恨之入骨。作者自述,聂与胡曾因聂的诗集有过交往,并曾为作序事与胡通信。聂在信中,表示迫切希望得到胡序排印诗集。胡很快写完,并在序言中对聂诗推崇备至。后聂向胡赠诗集,并由周颖代其为胡写过感谢信。聂周的感激之情是发自内心的,因为胡还曾帮助聂解决过聂亲戚的户口和聂的医药问题,对聂关怀备至。如此,章文有关聂对胡为其作序而厉声痛骂的转述,使人难以理解。

和上述学者不同,王培元②集中对聂绀弩的生平中的"独立王国"罪案的经历进行了叙述。聂绀弩"独立王国"的罪案,始于肃反,终于"整风反右"。聂认为,他的这项罪案,和聂的时任领导王任叔有关。在工作问题上,聂王素有矛盾。肃反运动伊始,王找聂的下属张友鸾谈话,张因受到压力,"揭发"了自己和聂的"独立王国"问题。聂违心承认,但运动最后的审查结论却对聂的"独立王国"问题只字未提。整风运动开始,聂等人的"独立王国"问题再次提出,并依旧和张有关。但运动收场后,对聂的处理意见,依然没有关于其"独立王国"的罪行。而张与聂的友谊,却并未因此割断,而是保持了终生。

寓真③则集中对聂绀弩出狱之谜进行了叙述。作者发现,关于聂的出狱现存两种解释:一说归之为朱静芳的营救,另一说则归之为当时的"政策"和"党委研究决定"。经过考辨,作者认为,按照政策,作为"现行犯"的聂,不在"政策"的特赦之列,朱静芳等人的营救才是主要原因。此外,在聂出狱的过程中还有一个小插曲:周颖为营救聂的信件,曾促

---

① 黎虹:《也谈胡乔木为聂组弩〈散宜生诗〉作序》,《新文学史料》2004 年第 3 期。
② 王培元:《聂绀弩的"独立王国"》,《书城》2010 年第 4 期。
③ 寓真:《聂绀弩出狱之谜及其轶诗》,《新文学史料》2003 年第 3 期。

使当局作出批示，对聂改判有期，但聂却因故迟迟未收到判决书；另，聂的改判，只是减去其"污蔑林彪"一项，并未减去其他"罪行"。由此也愈可见出朱静芳的侠肝义胆，而朱之所以如此，和其原本的诗人身份有关。

此外，寓真①还提到了聂绀弩的焚诗事件。聂绀弩在1965年初，有过一次焚诗的举动，把诗稿都烧掉了。关于聂绀弩焚诗的事，在他本人的著述中并未提到。作者经过梳理聂留下来的一些零碎的资料，发现聂绀弩曾经多次提到，他的焚诗和钟敬文有关。钟曾在"四清"中途回京期间，劝聂焚诗。聂在焚诗后，一再说钟胆小怕事，但从实际情况看，聂的焚诗，和高压的环境有很大关系。但事实证明，诗是焚不掉的，优秀的作品都会流传，聂诗可作如是观。

另外，聂绀弩与《七月》杂志终刊的关系，也引起了学者的注意。吴永平②认为，《聂绀弩全集》中的《聂绀弩生平年表》对聂绀弩与《七月》杂志终刊的表述有很多可商榷之处：事实上，聂与《七月》"延误半年未出刊"事并无直接关系，不应承担其终刊的全部责任。聂与胡风皆有对《七月》终刊的表述，胡认为聂应负责任，而聂则将之归为国民党当局的蓄意打击。经过考证，聂的说法属实。胡曾因《七月》终刊，讽刺过聂。但聂之所以未续编《七月》，和胡没有及时将聂接收《七月》事通知出版商，并办好相应手续，及时交给聂相应的证明文件有关。此外，日本的轰炸也加剧了聂得到相应补寄手续的困难。另外，关于胡风是否有给聂继续编辑《七月》提供必要的条件，胡与聂两人对此也有不同的说法。事实是，胡只是将有关撰稿人的"友人题名录"交给聂，并没有真正介绍其人；而胡留给聂续编《七月》的"可用的稿件"，聂亦因没有胡的亲笔信而无法得到。至于，胡为什么将聂称为"黠者"则有如下几个原因：首先，胡因《七月》终刊，将怨气转移到聂的身上；其次，胡风因不甘久居于

---

① 寓真：《聂绀弩为何焚诗》，《文学自由谈》2007年第1期。
② 吴永平：《聂绀弩与〈七月〉杂志的终刊》，《新文学史料》2007年第3期。

"帮"聂的地位,另起炉灶办刊物,并因之与聂产生过矛盾,争夺过稿件。但对于后者,聂却曾以实际行动对胡表示过歉意。

但谢刚①不同意吴永平关于聂绀弩与《七月》终刊的判定。作者认为,吴文是全盘认可聂的叙述,对胡风则主要持批判态度。关于聂与胡就《七月》交接手续问题的叙述,论者的考证虽表面严谨周密,却只是一种猜测:日本的轰炸对胡为聂补齐手续的阻碍只是可能存在,而不是必然存在。事实上,在此期间,胡聂有通信往来。聂的说辞可理解为聂出现了短暂的困难,也可以理解为聂的抱怨。论者所说的证明文凭一类的手续,并不足以成为聂无法续编《七月》的阻碍。关于论者所说的胡为聂留作续编《七月》资源的撰稿者和存稿的问题,聂完全可按照录致函索稿,且极有可能成功,论者所述,只能说明聂编刊不易,而非不能;至于存稿问题,吴文则对不明底细的读者使用了"障眼法":吴文材料证明中所提到存有编刊底稿的周颖素,乃聂的妻子也,而聂对寄存稿件的出版公司是熟悉的,并不是拿不到稿子,只是需费点周折。吴文对聂的申辩,只可帮其减责,而不应为其免责。事实上,聂弃编的真正原因,和与其有婚外恋情的石联星有关,吴文虽注意到了这一点,却将之作了边缘化处理。关于胡对聂不满原因的探讨,论者所述,会使人感觉胡在"争名夺利"。实际上,胡对聂微词,一者是因为胡视聂为挚友,而聂却不孚所托有关;二者是因为,胡对聂在弃编《七月》时所表现的处世之风不赞同。总之,吴文是不够严谨周密的,其根源在论者先入为主,为聂开脱。

2. 人际交往

作为聂绀弩的熟识者,姚锡佩②认为聂绀弩是识知冯雪峰的,这一点可体现在聂赠冯的诗歌中。第一组诗是聂的《雪峰十年祭(二首)》。

---

① 谢刚:《关于聂绀弩与〈七月〉杂志的终刊——与吴永平先生商榷》,《粤海风》2011 年第 1 期。

② 姚锡佩:《聂绀弩识知冯雪峰》,《炎黄春秋》2003 年第 6 期。

作者认为,其中的第一首诗表达了聂识冯不畏时难,不怕杀头,手写革命文章,即"手仇头"的一个层面;其中的第二首诗,表达了对冯罹祸遭忧的悲愤。第二组诗是《赠雪峰("二首)》之一。该诗是在"两个口号"争论激烈,冯身遭灾祸时,聂对历史的愤慨书写和对冯的鼓励之作。要说明的是,聂正是因为不赞同用"两个口号"的问题打人,所以对冯不落井下石,而深感钦佩,故落绝笔写下第一组诗。聂对冯的尊敬还可体现在第三组诗《雪峰六十(四首)》中的第一首("早抛小布方巾去")、第二首("小帽短衣傲一时")和第三首("荒原霭霭雪霜中")等诗中。此外,聂绀弩还有其他赠送冯雪峰的诗歌。这些诗歌在不同程度上,表现了聂与冯的相交相识,并被作者以聂的生平为纵线加以排列解读。另外,作者还提到,在现已搜集的聂绀弩旧体诗中,有关冯雪峰的诗,在赠友中的数量和内容方面,都是首屈一指的,如此可见二人相交情谊之深厚。

而寓真①则对聂绀弩与邵荃麟的交往进行了阐述,阐述的依据是聂绀弩被举报的关于"写中间人物"言论的材料。"写中间人物"问题,本是文艺批评家邵荃麟出于良好的愿望,提出的创作观点。在材料中,聂认为邵提出"写中间人物",原本是经过一定许可的,但由于没有向"上面"报告,让人扣了"帽子";实际上,邵的提法,是经验之谈,而胡风对一些问题,也是接近真理的;历史上的真实的英雄人物,都是从中间人物发展出来的,真的英雄人物,不是天生的,而是在社会环境中产生的;现在没有人带着真感情写东西了,都唯命是从;其实,文艺是很细致的,不是简单地提一句话就能做定律的。一件作品只要它对社会主义有好处,管他中间人物、英雄人物,都可以写。作者认为聂对"写中间人物"的肯定是正确的。

此外与前者相似,常楠②依靠聂绀弩书赠胡风的一幅杜诗手卷,对聂绀弩和胡风的关系进行了阐述。常楠认为,聂抄录此诗送别老友胡

---

① 寓真:《被举报的材料:聂绀弩关于"写中间人物"的一些言论》,《新文学史料》2007年第3期。

② 常楠:《聂绀弩书赠胡风的一幅杜诗手卷》,《鲁迅研究月刊》2013年第11期。

风,无疑是别有一番寓意的:聂以老杜诗句为酒杯,浇自己心中之块垒,名为抄录古人,实则隐喻现实,字里行间隐隐约约地流露出自己对于人生世事的感慨和无奈。此诗的首联,运用了《庄子》中的典故"樗树散木",暗指胡风才气过人,却一生颠沛流离,不合于世,未能充分施展出自己的才华和能力,直到晚年还要遭受羁押流离之苦。颔联借郑虔的典故,暗合了聂对于胡风含冤苦境的痛惜和感叹。颈联原意说的是继续借用郑虔典故,暗示聂以诗赠别的原因。尾联把悲凉的氛围推向了高潮,既表明了聂对于老友赴川前景的担忧和伤感,又道出了聂胡二人心照不宣的痛楚与无奈。除了与胡冯以诗交际外,聂与李慎之也有一段诗缘。陈章①发现,聂绀弩曾经在其诗序中提到一位和自己有通信却"不认识的诗家"。作者考证,聂所指的"诗家"即李慎之。李慎之曾有诗赞聂,将聂比作拉施德,并赠诗于聂。聂收到李的赠诗后,作《赠李慎之》诗,表达对李的敬重。后聂李二人与 1977 年 5 月经舒芜介绍见面后,聂又作诗赠李,赞李为奇人。但李却表示并未收到此信,并表示"当时四人帮凶焰犹炽","自谓不敢狂言高论"。作者考证,作者对"四人帮凶焰犹炽"为误记,实际情况只是"文革"余毒未清。从作者的此篇文章可看出,聂的赠诗交际,不止限于熟人,其范围是较为广泛的。

　　但有时,聂的赠诗交际却也惹来学者的发疑。沈治钧②认为,周伦玲近作所列三首"聂绀弩赠诗"都有问题。首先,起句为"老至羞谈高与荆"的聂诗七律非赠周汝昌,而是赠肖力的,此诗本身亦无称道周的任何意味;其次,起句为"客不催租亦败吟"的七律与"探佚学"无关,而是聂因"曹雪芹佚诗"案对造假者进行的嘲讽,并兼有对人我处境置换的慨叹;再次,起句为"少年风骨仙乎仙"的七绝《赠周汝昌》非出自聂绀弩之手,应属赝品。所以,不管是从该诗的来历,还是从聂对该诗的否认和不将其收录诗集等方面来看,学界当前将该诗划入聂名下,十分不

---

① 陈章:《聂绀弩与李慎之的一段诗缘》,《博览群书》2003 年第 11 期。
② 沈治钧:《"聂绀弩赠诗"发疑》,《红楼梦学刊》2009 年第 6 期。

妥。事实上，聂氏曾严厉掊击《红楼梦新证》的"辨伪存真"，说它"至少有一半是笑话"，并明确讲："看看也可，无大意思！"此外，聂还说："周汝昌根本不懂《红楼梦》！"凡此均可证明，所谓毛泽东对《新证》有"好评"的那"一句传闻"，绝无可能出诸聂绀弩之口。

除了诗文学术上的交际，聂与他人的日常交际也需人注意。周允中在《聂绀弩与我父亲的交往》①中回忆了聂与其父周楞伽的几则交往逸事。

3. 年谱

聂绀弩年谱有两篇文章值得人重视，其中的第一篇文章，是毛大风、王存诚的《聂绀弩先生年谱(1903—1986)》。② 该文细数了聂一生的经历，间杂评论、补充。其中，年是该文的叙述单位，聂的活动和遭遇是主要叙述内容；聂的心理转变和转变原因，是评论或补充的内容。前者的信息表面琐杂，但细数之下可以发现，聂的童年生活是不幸的，其可用"家贫、母逝、父亡"等字概之；少年时期的聂却是幸运的，因为他赶逢"五四"，并得遇孙铁人；青年时期的聂表现出了"叛逆"的一面，聂的离家、抗婚、读书、入伍、办报等活动皆可显示这一点。但可以看到，聂与革命风潮始终是关联在一起的，其在这一段时期所做诸事，表现出了明显的疏离、对抗国民党，亲近共产党的倾向。此外，聂在此时期，已开始在文坛崭露头角。中年时期的聂，延续了青年时期的活动轨迹，其革命倾向更加明显，聂主办的报纸或刊物，非常之多，创作的作品也陆续集结出版。但是，晚年时期的聂，却遭遇了种种不幸。聂先后因胡风、周颖等问题牵连，后被下放北大荒，再后被判刑入狱。虽然这期间，聂也有一段稍好的时候，但时间却很短。所幸，聂最后出狱，被平反，重登文坛。值得关注的是，聂的出狱和朱静芳等人的营救有关。这篇文章对

① 周允中：《聂绀弩与我父亲的交往》，《钟山风雨》2006 年第 3 期。
② 毛大风、王存诚：《聂绀弩先生年谱(1903—1986)》，《新文学史料》2003 年第 3 期。

聂生平信息的汇总非常全面,可视为聂生平事迹的汇总表。与此相对照的,还有王存诚的另一文章。

王存诚在《聂绀弩生平数事考和旧体诗编年》①中,提到现有资料中关于聂绀弩的信息多有不确之处,故对之纠偏、补正。第一,聂生于壬寅而非癸丑年;第二,聂自述的自相矛盾的成都之行的确切时间是1935年;第三,聂在其人生的重要关口曾六次返乡;第四,聂去北大荒实际延续时间两年或稍多一点;第五,聂在解放后曾有五次南行和两次西行,这些出行在他的一生中颇具特征意义,其中南行大致为五次,其中以"肃反"为转折点,以前三次,以后两次;第六,聂的牢狱生活差不多与整个"文革"共始终。此外,作者还对已知的聂的旧体诗,进行了编年。第一,聂早期的旧体诗皆是严格意义上的旧体诗,且可反映聂后来的诗路;第二,聂的《北大荒吟草》与《马山集》标志着其心路历程的转变;第三,从聂1962至"文革"开始入狱是聂诗地下微吟时期;第四,聂在狱十年中的奇葩之作,当数"武汉大桥组诗";第五,自晋归来,聂有《三草集》、《散宜生诗》和《咄堂诗》等诗集。第六,《雪峰十年祭》为聂的绝笔。此外,作者还提到,聂诗的拾遗较多,《在西安》的题记非聂诗所作。王存诚对聂绀弩生平和诗歌创作历程的阶段性概述,为聂及其旧体诗创作勾勒出了大致的轮廓。这篇文章可与前篇文章共同构成了解聂诗及聂的生平经历的"导游图"。

四　聂绀弩与学术研究

聂绀弩学术研究目前是聂绀弩研究中的弱项和短板。

舒芜②在有关文章中提到,《红楼梦》和庄子是聂绀弩晚年集中探讨的话题之一。首先,聂曾对《红楼梦》有精辟见解。聂断言在中国古典

---

① 王存诚:《聂绀弩生平数事考和旧体诗编年》,《新文学史料》2003年第3期。
② 舒芜:《聂绀弩晚年想些什么》,《新文学史料》2003年第3期。

小说戏曲中,《红楼梦》第一次写了爱情,且这种爱情竟还是西洋小说所未见或要避免的。聂对《红楼梦》还有很多奇论创见,譬如,他曾致信作者,表示自己打算写《紫鹃论》,并认为紫鹃应该教黛玉做"坏事",以成大事。作者细思,聂的"怪论",未尝没有道理;其次,庄子也是聂晚年集中探讨的话题之一。作者认为,聂着迷于庄子有两个原因。第一个原因和庄子自伍于残缺贫贱劳苦人之中,隐含着对劳动人民的认可有关。庄子表面看是有一些矛盾的:首先,庄子又将劳动人民和天下隔离开,这虽隐含着有利于统治阶级的思想,却近乎阶级学说,为马克思以前所难有;其次,庄子提出的上天入地的自由说,虽一则发展为道教的邪说,但另一则却发展为近代科学的发明和发现,代表汉人之于全人类幻想的一端。聂喜欢庄子的第二原因,和庄子书中所叙对象,多为身份卑下者,其或取自现实社会真人有关。聂曾怀疑庄子为漆园吏,漆园或为劳改农场,庄子即为其小吏。还有,聂还致信作者,提到了他曾有意探究庄子生死问题,并将其看作"庄之最要"。作者对聂晚年生活的解读,显示出聂曾从事《红楼梦》研究和庄子研究。

对聂绀弩《红楼梦》研究进行相应探索的,还有胥惠民[①]。作者认为,"周汝昌根本不懂《红楼梦》"是聂绀弩对周汝昌《红楼梦》研究一针见血的评价。周汝昌对神瑛侍者与绛珠仙子转世人物贾宝玉与林黛玉关系的错解,造成了他以后研究《红楼梦》的步步错。企图改变宝玉、黛玉相爱的事实,极尽歪曲"木石前盟"和"金玉姻缘"之能事;曲解《红楼梦》诗词,生硬地把描写人物性格的诗词变成胡适早已批评了的猜笨谜;炮制"一百零八钗"说,把莫须有的东西强加给《红楼梦》;炮制所谓的 108 回大对称结构,鼓吹这个结构论决定一切;加上对主题的误解:这一切无不说明周汝昌根本不懂《红楼梦》,聂对周的《红楼梦》研究的评价是正确的。

---

① 胥惠民:《"周汝昌根本不懂《红楼梦》!"——诠释聂绀弩先生对周汝昌〈红楼梦〉研究的经典评价》,《广西师范学院学报》2011 年第 2 期。

聂绀弩与鲁迅有着非同一般的关系,所以聂绀弩的鲁迅研究也引起学者的关注。巫绍勋[①]认为,作为鲁迅的研究者,聂的过人处在于,他对鲁迅精神有着真切的体验和理解,能够深刻把握和领悟鲁迅作品的博大精神,能够对鲁迅在启蒙过程中所产生的孤独等情绪体验感同身受,故而能提出无人超越的真知灼见。聂绀弩的《鲁迅——思想革命与民族革命的倡导者》和《略谈鲁迅先生的〈野草〉》两篇论文,即为上面论述之一例。和巫的论断相似,耿宝强[②]和杨建民[③]也对聂的鲁迅研究进行了探微,并将关注点共同放在了聂与沈从文鲁迅评议的分歧上。但总体来看,聂绀弩的鲁迅研究仍有很大的开拓空间。

五　亮点、问题与建议

综上所述,新世纪以来聂绀弩研究主要包括作品研究、精神特质研究、生平史料研究及学术研究等四个部分。其中,聂绀弩作品研究又可细化为诗歌研究、杂文研究、小说研究和档案研究等四个方面。聂绀弩诗歌研究是聂绀弩研究的热点和亮点,主要集中探究了聂绀弩晚年的旧体诗歌。该部分的关注点有三个,一是聂绀弩旧体诗的艺术特色,二是聂绀弩旧体诗歌与聂绀弩本人的双向联系,三是聂绀弩旧体诗歌的艺术成就与"入史"问题。这三个关注点,常以互相交织的面貌出现;其中,第一个关注点常作为后两个关注点的基石,并已成为学界之共识。但后两者,却尚未达成一致,尤其是聂绀弩旧体诗歌的"入史"问题,尚有辩驳之声。除了少数纯粹的学理性的分析,该部分研究的总体路径,是紧密结合时代背景和聂的心路对聂诗进行深入解读。

聂绀弩作品研究中的档案研究,是聂绀弩研究的一大特色。聂的

① 巫绍勋:《论旅桂作家聂绀弩的鲁迅研究》,《桂林师范高等专科学校学报》2002 年第 2 期。

② 耿宝强:《沈从文与聂绀弩"评议鲁迅"探微》,《石家庄铁道大学学报》2012 年第 3 期。

③ 杨建民:《沈从文评议鲁迅与聂绀弩的辩驳》,《博览群书》2008 年第 8 期。

档案为聂在特殊的历史时期由本人手写检查或自己口述、他人记录的内容,故可列入聂非正式的作品行列。从目前来看,专注于对聂绀弩运动档案进行解读的文章,并不算多。赵园从聂的个性与聂绀弩运动档案的"可读性"进行的分析,和王文军从法律的角度对聂绀弩档案研究的合法性的言说,非常有学术价值:其不仅较大限度地还原了历史现场,展现了被卷入政治漩涡的聂与其时代的关系,还可以为同类作家研究提供启示。另外,聂绀弩研究中的其他板块的文章,对聂绀弩档案也有所借用。但是,聂绀弩档案研究毕竟是方兴之物,且目前只集中于对档案文本进行解读,档案的书写、传播与接受尚未引起学者足够的重视,涉足者更可称之寥寥。所以,对该领域很有扩展研究的必要。聂绀弩精神气质研究和聂绀弩生平史料研究,可为之提供重要的参照资源。

与上述两者相联系,聂绀弩史料研究的成果最为丰赡。该部分内容分为生平纪事、人际交往和年谱等三个部分,其中前两项内容时有交叉。例如,章诒和对聂绀弩晚年生平的叙述,旁涉了聂绀弩与多人的交往。该部分内容关注的点比较多,讨论得比较多的,有聂的入狱与出狱经历,聂与妻子周颖的关系,聂对胡乔木作序一事的态度,聂与《七月》杂志终刊的关系,聂以诗赠友的活动等。该部分有相当多的内容,是由与聂有交往的人叙述的,故涉及的细节较多,甚至有些或属"秘闻"之列,但却可以成为了解作家的重要史料,对还原真实生活中的聂和解读聂的旧体诗歌,具有十分重要的参考价值。此外,王存诚等人对聂绀弩年谱的梳理,还可以为聂绀弩生平史料研究提供参照。

和上述研究相比,聂绀弩的精神气质研究则逊色很多。目前,该部分最值得关注的,是贾小瑞从政治意识出发,对聂绀弩精神个性的解读,并将其定位为中国知识分子的脊梁。但是,作为一个立体的人来说,聂绀弩的精神气质是可以有多重维度的。所以,该领域依然很有拓展的必要。

另外,聂绀弩最初是以杂文而享誉文坛的,但目前的聂绀弩杂文研究却相当萧条。该部分的研究,主要以黄科安等人的成果为代表,研究路径是由聂绀弩的杂文深入到聂绀弩的创作思维或精神心理。相较聂的旧体诗研究来说,该部分研究可开拓的空间,也是十分巨大的。但比之尤不足的,还有聂绀弩的小说研究和学术研究。前者,仅限于文本特色的解读;后者,缺乏深入的探究。虽然目前也有一些零星的声音,对聂绀弩的《红楼梦》研究、鲁迅研究、庄子研究等学术领域有所言及,但是这些声音,都还没有引起学界的回响。它们构成了聂绀弩研究中的最大短板。

第八章 2001—2015 年萧军研究述评

萧军是中国现代文学史上的重要作家。他传奇式的从文经历,坎坷的人生历程,独特的作品风格,与鲁迅、毛泽东以及萧红、丁玲等人的特殊关系等,无一不吸引着当代研究者的关注。本文将萧军研究分为以下几个部分,分别是作品研究、思想研究、比较研究、生平史料研究和萧军与报刊研究等五个方面。其中,作品研究依据文体,细化为小说研究、散文研究、诗歌研究、戏剧研究和日记研究等五个部分;思想研究根据关注点的侧重,细分为萧军的精神气质研究和萧军与政治研究两个部分;生平史料研究依据题材和所述内容,细分为萧军日记、萧军书信、萧军生平纪事和萧军人际交往四个部分。在本文所梳理的萧军研究中,不同研究者的关注点虽或有交叉,但各有偏重。具体内容评述如下:

一 萧军作品研究

1. 小说研究

萧军曾一度被回族文化吸引,在日记中他反复透露自己着意搜集回族素材,并尝试写作关于回民支队的小说,但最终仅仅留下了一份残缺的创作笔记和日记中散落的关于回族的零星叙事,且由于文本的碎片性,萧军笔下的回族叙事一直未得到研究者的关注。杨秀明[①]注意到了这一点,并认为萧军在日记和《七月的白洋淀》创作笔记中的回族叙事与其他回族、非回族作家的回族叙事相比,是极具个性的,值得深入解读。延安时期萧军曾对书写少数民族产生了浓厚兴趣,并试图创作

---

① 杨秀明:《论延安时期萧军的个性化回族叙事——基于萧军日记和创作笔记》,《延安大学学报》2015 年第 1 期。

回族抗日题材小说《七月的白洋淀》。虽然由于种种原因这部作品没有完成和发表，但是萧军为此记录的创作笔记和日记中的回族叙事呈现了与当时的革命文艺作品迥然不同的文学风格。萧军所喜爱的回族的"信仰的精神"与"强梁的精神"并非专属于"他者"，而是萧军精神"自我"的投射。

对萧军小说进行解读的，还有范庆超[①]。作者认为，萧军作为一个硬汉子，将雄强不屈的"抗争性"人格注入作品，并使其构成了萧军抗战时期小说创作的精神主线。围绕这种抗争精神，萧军描写城市底层人的苦中奋起、铺展民族革命斗争的画卷、透视"胡子"的硬朗人生，表现出对生命强力的高度崇尚，文风也因此显得粗犷、雄浑、强健、刚猛。在粗砺浑莽之间，精细之笔也偶露峥嵘，对人性沦落"层层剥离"式的描绘、对情理"两难"境地的细致透析，都体现出萧军洞烛幽微的能力。

梁京河[②]则对《八月的乡村》的版本进行了探析。作者发现，该小说在 1935 年首次出版，至 1937 年"八一三"后，共再版（再印）七次，后又印了三次，共印了十次；在抗战胜利后，由作家书屋重又再版，并印刷三次；再后，因 1947 年萧军创办了鲁迅文化出版社，再次出版；后，又于 1954 年人民文学出版社出版，但做了大量的修改；于 1978 年 1 月，在香港文教出版社重版；于 1980 年，在人民文学出版社再版；于 1985 年，在上海书店出版原版影印本，同年人民文学出版社再次重版；于 2005 年人民文学出版社再次出版；于 2009 年 1 月，在华夏出版社又获出版。此外，海外多国也翻译出版了《八月的乡村》。

萧军的《八月的乡村》是第一部被翻译成英文并在英美世界获得热烈反响的中国现代长篇小说。吕黎[③]认为，国际形势变化带来的源语国家和目的语国家的利益趋同是该小说走向异域、最终成为我国第一部

---

① 范庆超：《抗战时期萧军小说创作略论》，《临沂大学学报》2012 年第 2 期。

② 梁京河：《〈八月的乡村〉版本初探》，《中国现代文学研究丛刊》2015 年第 11 期。

③ 吕黎：《求同去异之旅——萧军长篇小说〈八月的乡村〉的英译》，《解放军外国语学院学报》2011 年第 5 期。

被译为英文的现代长篇小说的推动力,小说的译介策略及接受也都体现出求同倾向;但原文本中的异质因素在异域之旅中却被译介者和接受者逐层过滤消解。因此,该小说的异域之旅不啻为一次"求同去异"之旅。

此外,对萧军小说进行研究的,还有姜翼飞①、马海娟②、陈娟③等人。姜翼飞认为,《八月的乡村》表现了萧军的生存意识与复仇意识。马海娟等人则在对萧军小说《第三代》的解读中,分别看出了辽宁绿林文化和鲁迅对萧军小说创作的影响。

2. 散文研究

萧军在现代文学史上无疑属于个性凸显的另类作家。陈亚丽④认为,与同时代的其他现代作家相比,他在文学创作上凸显的主观战斗精神以及侠气的文化人格特征,在他的散文作品中表现得尤为明显。萧军的主观战斗精神与他的人生之旅及他所处的时代有着密切的联系。萧军一生都在抗争中度过,他的主观战斗精神是一种打不倒的"硬汉子精神",与鲁迅的硬骨头精神一脉相通。靠着这种精神,萧军顺应了时代的需要,写出了许多笔锋犀利的杂文。同时,这种主观战斗精神,也使萧军的创作充满了"仗剑走天涯"的"侠气"。他的散文因"侠气"而粗鄙,也因"侠骨"而现出"柔情"。萧军所仰慕的是草莽英雄,个人英雄主义是其"侠气"人格类型的具体表现方式。所以,他一反现代作家常有的儒雅,把"戎马"生涯的直接体验赤裸裸地带到了散文当中。从萧军对鲁迅与萧红的书写,以及其与萧红的结合来看,萧军的上述人格特点已暴露无遗。所以,萧军是一个纯粹"生活型"的作家,他倚靠着其独特

---

① 姜翼飞:《一场战争两刃伤——萧军〈八月的乡村〉中的生存意识与复仇意识》,《名作欣赏》2015 年第 22 期。
② 马海娟、冉思尧:《试论鲁迅对萧军小说创作的影响——以〈第三代〉为例》,《延安大学学报》2012 年第 4 期。
③ 陈娟:《萧军的小说与侠文化精神》,《北京大学学报》2005 年第 4 期。
④ 陈亚丽:《论萧军散文中的文艺思想和文化人格》,《中国现代文学研究丛刊》2007 年第 6 期。

的人格，凭着良心写作，也以其人格的独特性，而占尽了风流。

罗爱玲①以萧军《文化报》及其"鲁迅式"杂文被批判的原因、模式、教训为切入点，进行了相关研究。作者认为，萧军的悲剧，从起点来看有着难以避免的主客观因素：萧军《文化报》及其"鲁迅式"杂文都是非文学性的批评，都和政治斗争相联系，并都被按照政治定调、群众批判、行政处理的模式进行了处理，乃至封杀。所以，这是继"王实味事件"之后又一次政治话语权与文学话语权的矛盾与冲突。

宋喜坤②对萧军在《文化报》上的文学创作进行了解读。作者认为，因文学与报刊的同存共生关系，散文成为这一时期萧军的文体选择，因同《生活报》的论争，萧军创作了大量论争杂文。这些杂文既体现了萧军对鲁迅杂文的继承和发展，也代表了萧军杂文创作的最高成就。萧军在《文化报》上的文学创作是东北新启蒙的实践之作，同时也是研究东北"《文化报》事件"的重要文学资料。

3. 诗歌研究

萧军在上世纪 50 年代至 70 年代创作了数量可观的旧体诗。李遇春等人③认为，萧军在这些旧体诗中呈现出或隐含着多重自我身份及其修辞意图。这主要表现为隐士、国士和传道者三种自我身份，而这三种自我身份的文学建构意在实现对"边缘人"、"待罪之人"等现实身份的修辞性转换，以期接通意识形态话语所许可的合法身份。这三种身份彼此联系、贯穿始终，体现了诗人萧军重建自我历史的心理诉求，以及他与意识形态话语之间复杂、隐秘的互动关系。

杨永磊④则认为，旧体诗是真正体现萧军文学才情和文学价值的精

---

① 罗爱玲：《萧军杂文批判反思》，《福建师范大学福清分校学报》2005 年第 4 期。
② 宋喜坤：《萧军在〈文化报〉上的文学创作》，《语文教学通讯》2014 年第 8 期。
③ 李遇春、魏耀武：《萧军 1950—1970 年代旧体诗中的自我修辞》，《江汉论坛》2014 年第 9 期。
④ 杨永磊：《萧军旧体诗的价值及其地位》，《宁夏大学学报》2014 年第 4 期。

华之一。萧军的旧体诗是真性情的结晶,不仅酣畅淋漓,而且凝练精致,蕴含着深刻的哲思。他的七律是旧体诗中的精品。他的诗善于化用古人和用典,却又了无痕迹。它们不仅具有"史诗"的性质,关乎个人和国家,而且促使我们重新权衡萧军及其作品的价值和地位。

4. 戏剧研究

萧军是 20 世纪中国文学史上东北地区代表性的作家。接受了革命战争的洗礼以后,萧军在延安开始了历史剧的创作,刘旭彩[①]认为,萧军的这种做法可视为特殊历史条件下的一种创作转型。作者以萧军的剧本《武王伐纣》和《吴越春秋》为中心,分析了萧军的创作特点和剧中的人物形象,以及他的戏剧革新思想,并认为萧军一生都在追求真理和文艺至上,虽然中年以后的这种创作转型并未成功,但是其为多种曲目相互融合付出的努力功不可没。

5. 日记研究

萧军的《延安日记》中大部分材料未曾披露、足够新鲜,对于通视中共政治文化传统的建立具有不可忽视的重要价值,毕苑[②]对之进行了介绍性的研究。首先,萧军对延安等级文化和不良现象的批评遍及《日记》笔墨。他在日记中记下的这些不满,纯粹是从共产党利益出发,希望帮助共产党人建立德性,改变各种官僚主义习气和不良作风。其次,关于"整风"和"抢救"运动在日记中着墨较多。从总体来看,萧军对整风运动在落实中的表现,是持批评态度的;萧军在"抢救运动"的过程中,经历了从赞同到怀疑、反对和愤怒的心理转变。再次,从日记中可看到萧军的革命观。萧军一面信任、热爱共产党,另一方面却在日记中记载了自己受到的"侮辱"。从情感来看,萧军在延安是不愉快的,他

---

① 刘旭彩:《萧军历史剧本创作的得与失》,《求索》2013 年第 4 期。
② 毕苑:《读萧军〈延安日记〉》,《炎黄春秋》2014 年第 4 期。

"和党几乎是靠理性结合着"。萧军的《日记》,以个人的真实感受为基点,记录了历史,具有重要的研究价值。

梁庆标[①]也从政治的角度对《延安日记》进行了相应的解读。该书的价值和重心,在于萧军如何看待延安和自己的关系:深受鲁迅影响的萧军,以"人性"而非"党性"为基本点,以独立的批判者的姿态,审视了权力被滥用的现象。萧军将延安时代的种种弊病视为人性低劣的表现,他试图超越狭隘的党派与政治权力之争,从普遍的角度探析人的秘密,并对自我进行了解剖,反省自我的劣根性。《萧军日记》确可为人们提供认识延安政治生活的第一手材料,有益于进一步深入探究权力与人性的关系。

叶君[②]认为,参照萧军日记和二萧 1937 年春平沪间的通信,可理性认知二萧真实的情感世界,以及最终分手的原因。作者发现,萧军与陈涓、许粤华等的情感纠葛,不仅给萧红带来心灵巨创,更扰乱了她作为一个痴迷于创作的作家的生活方式。但处于彼时情境中的萧军却对此未彻底反思,常对萧红加以"规训",居高临下地传达自己对萧红的各种"期待"和要求。这使萧红感到痛苦,并在情感上逐渐疏远了萧军。此外,成名后二萧间最为根本的矛盾,还与萧军始终将萧红当作一个"孩子"和自己的追随者看待有关。另外,临汾一别,其实是萧军用一个冠冕的理由与萧红作出的心照不宣的分手。

二 萧军思想研究

1. 萧军的精神特质

萧军在中国现代文学史上具有重要的言说价值。程义伟[③]认为,萧军的言说价值可直接体现于其小说写作姿态所标示出来的绿林文化

① 梁庆标:《权力·人性·人格:萧军〈延安日记〉解读》,《粤海风》2014 年第 3 期。
② 叶君:《萧军日记里的二萧》,《天津师范大学学报》2014 年第 2 期。
③ 程义伟:《东北土匪文化与现代作家萧军的文学创作》,《小说评论》2007 年第 1 期。

上。作者认为,萧军的"土匪气"具有多重而丰富的层面。萧军对"土匪"身份是认同的。"土匪"并不仅是他小说的文本状态,也是他激情写作和人生方式的直接体现,并呈现出一种弥漫性的文化存在。萧军对这种土匪文化的存在,表现出了一种传承的姿态。不管是从人生经历,还是从小说文本来看,萧军所营构和表现的"土匪",都是对其家乡历史上土匪生活状态和显在表征的直接注解。就内涵来看,萧军对于"土匪"的言说,实际上是其人生境遇、生存痛楚和生存困境的本质表现形态。萧军用他人生境遇和小说的描述,演进了东北地域"土匪"的生杀搏斗,在历史的镜像里,提供了前人未曾提供的新鲜的属于"土匪"个体生命体验的东西。

陈夫龙[1]则对萧军与侠文化精神的关系进行了研究。作者认为,作为一个深受侠文化影响和侠文化精神浸润的新文学作家,萧军在现代革命意识指导下,结合伟大的民族解放战争,对侠文化进行了现代性改造和创造性转化。与强悍尚武、敢于冒险叛逆的黑土地文化血脉相通的侠文化精神,不仅熔铸了萧军的人生方式和人格精神,而且也熔铸着他的作品构成与审美追求。他从侠文化中提炼出反帝反封建的精神资源和斗争力量,抒写着民族复仇精神和反抗意志,以此唤醒广大民众的爱国救亡热情,从而使传统侠文化在抗日救亡的时代语境下呈现出新的话语蕴藉,同时,也体现了其个人英雄主义人格追求和自由主义文化理想。和上述作者相似,于宁志[2]也对侠文化和萧军的关系进行了探究。作者认为,民间文学和乡风民俗是萧军接受侠文化的两个途径。侠文化影响了萧军的精神气质,并使其在作品中喜爱描写打抱不平的侠客。

和上述研究者不同,刘忠[3]对萧军的精神肖像进行了描绘。作者认

① 陈夫龙:《民族复仇精神和反抗意志的抒写者——萧军与侠文化精神》,《山东师范大学学报》2011 年第 1 期。
② 于宁志:《侠文化与萧军》,《太原师范学院学报》2007 年第 6 期。
③ 刘忠:《"胡子"行状与"流浪汉"身份认同——萧军的精神肖像》,《中州大学学报》2015 年第 6 期。

为,在萧军的精神世界里,"远方"和"流浪"有着非同寻常的意义。"远方"延伸着萧军的追求空间,"流浪"丰富着他的精神内涵。不管是从东北到上海,从武汉到山西,还是从延安到成都,又从成都到延安,在漫漫跋涉的路上,敢做敢为的"胡子"精神始终伴随着萧军。萧军渴望一种坦诚的交流,一种生命的恣意。在他的身上找不到中国诗教"温文尔雅"的传统,相反,他的豪爽粗犷、重义尚侠,却可让人想起勇战风车的堂吉诃德。

宋喜坤[①]认为"新英雄主义"才是萧军价值体系的核心。它的核心是革命英雄主义,影响着萧军后期的文学创作和社会生活。同时,它也是在特定历史维度和文化结构中,为保持知识分子自由、独立品性和自觉抵制外来侵袭而形成的精神"掩心甲"。萧军新英雄主义的形成经历了思想构建和行为构建两个过程。思想构建是指萧军运用马克思主义和毛泽东思想对英雄主义进行解构、整合,继而形成新英雄主义理论的过程。行为构建则包括"英雄的示范作用"、"英雄行为的模仿"和"英雄角色的扮演"三个实践阶段。这种思想和行为的双重构建彰显了萧军的哲学智慧,透露出"五四"以来新文学中强健而张扬的个性主义精神力量。宋喜坤[②]还探讨了新英雄主义和萧军的文学创作的关系。作者认为,从萧军的小说和散文中可以清晰地看到毛泽东文艺思想和鲁迅精神对萧军创作的影响,以及新英雄主义的发展轨迹。

和前者相似,徐玉松[③]对萧军的"新英雄主义"的内涵及其形成背景进行了探讨。作者认为,萧军的"新英雄主义"在内涵上有"为人类"的远大抱负,强健自己的人生取向和一往无前的斗争精神的三个突出特征。"新英雄主义"不仅是创作思想,同时也是一种人生取向,它在创作上激励了作家用宏大的视野和深邃的历史意识创作史诗般雄浑的作

---

① 宋喜坤:《萧军新英雄主义构建过程评析》,《学术交流》2011年第8期。

② 宋喜坤:《新英雄主义与萧军文学创作》,《北方论丛》2011年第6期。

③ 徐玉松:《论萧军"新英雄主义"的内涵及其形成背景》,《淮北师范大学学报》2012年第3期。

品,刻画民族脊梁般的雄健灵魂,同时形成了萧军在杂文创作中匡救时政、针砭时弊的强烈斗争意识。

　　和上述研究者迥异,阎伟①从萧军的"生性"出发,分析造成其1942年在延安文学处境的原因。作者认为,萧军童年的生活经历,催生了他强悍暴戾的原始本我特性。及至萧军成年,在作为强调独立自由意识的超我形象鲁迅的影响下,逐渐凝固为"恃独"的"生性"。萧军的"恃独"的"生性",逐渐与延安文学场的位置关系与话语规则产生抵牾,并最终影响了他1942年在延安的文学处境。而萧军的生性,也成为了延安众多知识分子品质的表现形态之一。

　　此外,对萧军精神气质进行研究的,还有于宁志②等人。作者以"亮节清风铁骨坚"来概括萧军的品格,并对其文化心理成因进行了探析。

2. 萧军与政治

　　萧军一生两去延安,自身性格的慷慨任侠,思想追求的自由不拘,以及文艺界的宗派旧习,使他一直未能在思想与行动上融入延安。刘忠③对萧军两次去延安的经历和感受进行了详细叙述,并将彼时的萧军定义为"精神界的流浪汉"。实际上,萧军第一次延安之行,正是去寻找和自己气质相和的精神兄弟,但当他再次到延安,却因为当时特殊的管理制度而感到压抑并因而躁动。在延安知识分子中,从言语行动到精神气质,萧军都算得上是一个特立独行的人。萧军在延安是豪爽侠义的,尚侠轻生的"胡子"性格一直伴随其始终,使其成为彼时文艺界的独行侠,精神界的"流浪汉"。不过,与王实味"以文叫板"延安的社会体制不同,萧军虽然也言语卤莽,桀傲不群,但更多的是个体行为,所以,在

---

① 阎伟:《人格三元结构、生性和文学场——1942年萧军的文学处境分析》,《中国文学研究》2014年第2期。

② 于宁志:《亮节清风铁骨坚——萧军的品格及其文化心理成因》,《新余高专学报》2004年第4期。

③ 刘忠:《精神界的流浪汉——延安时期的萧军》,《中国现代文学研究丛刊》2007年第6期。

政治上没有受到大的冲击。

王俊[1]也对延安时期的萧军做了解读。作者发现,当 1942 年毛泽东《在延安文艺座谈会上的讲话》把党的文艺政策作为解放区文艺创作的最高指导原则,并建构起相对完善的规范机制以后,萧军却与延安革命政权/毛泽东话语保持着某种程度的疏离。萧军以鲁迅的战斗精神为基点,坚持将自我定位为革命体制下独立的批判知识分子,并秉承着一种基于尊重和关怀个体生命尊严的人道主义立场。作为个案的萧军,既反映出一部分左翼知识分子在革命体制下如何坚持作家、知识分子、个体的独立性的积极尝试,也极为微妙地揭示了身为左翼作家/革命作家的萧军思想中的个人主义的自由主义成分。

相似的研究,还有游云琳[2]对萧军与解放区主流话语关系的解读。作者认为,萧军之于解放区话语来说,是一种异质而尴尬的存在。萧军从客居进而移居延安解放区时,是毛泽东的"座上宾",受到优待。但好景不长,萧军因"暴露黑暗"、"同情托派分子"和随后的"文化报事件",在被重用之后,又连续两次被主流意识形态所"放逐"。萧军与解放区主流话语的关系,也由此经历了由融合到出现冲突,再到冲突恶化的变化过程。该过程,可以反映出萧军与解放区主流话语的亲疏冷热关系,以及萧军特立独行的风格。

此外,对萧军与延安政治进行研究和描述的,还有潘磊[3]、冉思尧[4]、朵渔[5]等人。

---

[1] 王俊:《革命、知识分子与个人主义的魅影——解读延安时期的萧军》,《中国文学研究》2014 年第 3 期。

[2] 游云琳:《异质的生存尴尬——试论作家萧军与解放区主流话语之关系》,《福建师范大学福清分校学报》2011 年第 4 期。

[3] 潘磊:《延安文艺整风中萧军精神历程考察》,《枣庄学院学报》2009 年第 3 期。

[4] 冉思尧:《萧军在延安时期的坚守与改造》,《齐齐哈尔大学学报》2011 年第 3 期。

[5] 朵渔:《在阶级的边境线上——从萧军的经历看〈在延安文艺座谈会上的讲话〉》,《名作欣赏》2012 年第 16 期。

三　萧军比较研究

从 1940 年起,丁玲与萧军都在延安度过了 5 年多的岁月,秦林芳[1]对此时期二人的关系进行了探究。作者发现,以 1942 年 5 月为界,前期的丁玲与萧军交往甚密,萧军将其视为朋友和知己,与其无话不谈。他们以个性主义为基础,以继承鲁迅传统为己任,依托"文协"组织,构筑文艺阵地,积极鼓吹以个性主义精神干预现实,以精诚的合作共同推进了延安启蒙文学思潮的发展。其中,萧军与丁玲在此时期的文学阵地有《文艺月报》、《谷雨》、《解放军日报》等;萧军和丁玲在此时期的合作,指从"监督"的思想出发,倡导并从事鲁迅所开创的现代杂文创作。前者,是二人学习鲁迅医治人类灵魂的精神自然生发的逻辑性的结果。合作到后期,丁玲在强大政治外力的作用下迅速转移方向,其已由在一定程度上奉行过个性主义的"艺术家",转变为维护"他们的根本利益"的"政治家",而萧军却依然故我地坚守自我、个性。二人在延安文艺座谈会上的发言,表明他们在思想上已开始分道扬镳。会后,二人的这一思想的异途在"王实味事件"中得到了突出呈现。此后,丁玲与萧军分道扬镳,迈上了渐行渐远的人生道路,展现出了全然不同的思想风貌。丁玲与萧军在延安时期由"同路"到"分道"的变化,折射出了在特定时空中两种思想的搏击交战以及现代知识分子的再次分流聚合。

《鲁迅日记》中有大量关于萧军的记载,王科[2]认为,这些书写,既真实而详尽地记载了萧军在鲁迅的关怀扶植下成长进步的经历,也生动而形象地反映了鲁迅先生的伟大奉献精神。根据日记可知,萧军在与

---

[1] 秦林芳:《从"同路"到"分道"——延安时期的丁玲与萧军》,《海南师范大学学报》2013 年第 6 期。

[2] 王科:《引领跋涉者在暗夜中前行——关于〈鲁迅日记〉中的萧军书写》,《文艺理论与批评》2004 年第 3 期。

鲁迅交往之初曾频繁通信，这些书信真切地反映了鲁迅对以萧军为代表的东北流亡青年的同情与挚爱。《鲁迅日记》中还有很多条目记载萧军和鲁迅先生的互访。鲁迅和萧军的这些往访，决非一般的礼尚往来，而是先生对初登文坛青年作家的关怀和引领。鲁迅对萧军走上文学道路的引领，也可在日记中找到很多记载。

张根柱[①]也看到了鲁迅之于萧军的影响。作者认为，萧军延安时期的创作忠实地继承了鲁迅启蒙主义的文艺思想。萧军对鲁迅文艺思想的继承主要体现在两个方面：一是坚持鲁迅所倡导的启蒙主义文学精神，利用杂文形式抨击生活中的各种落后现象；一是不畏强权，始终不渝地维护文艺自身的独立性，反对种种非文学因素对文艺的干扰。

杨静涛[②]则看到了鲁迅和毛泽东之于萧军的影响，并对其做出了比较。作者认为，鲁迅与毛泽东是萧军的两个精神镜像：前者是精神导师，后者是革命领袖。而江少英等人[③]则认为，鲁迅之于萧军是一种独立的精神立场，毛泽东之于萧军是一种"精神流浪汉"的气质，萧红之于萧军则是豪爽侠义兼细致柔情的心肠。

此外，对萧军进行比较研究的，还有王锦厚[④]、袁启君[⑤]等人。王锦厚发现，鲁迅逝世后，田军（即萧军）和郭沫若曾为其死因发生过一次言词激烈的争论，故曾致信于萧求解，并得萧夫人执笔回复，知其原因是萧军在鲁迅逝世后，发表演说，强调众人应继承鲁迅精神，继续复仇和前进；而郭沫若则在日本写了一篇文章，公开讽刺萧军的讲话内容，萧军为了回应郭，写文章对其加以批驳。郭则在回应萧的如上文章时，叙

---

① 张根柱：《论萧军延安时期的创作对鲁迅文艺思想的继承》，《齐鲁学刊》2005 年第 1 期。

② 杨静涛：《鲁迅与毛泽东——萧军的两个精神镜像》，《濮阳职业技术学院学报》2011 年第 2 期。

③ 江少英、陈致烽：《略论鲁迅、毛泽东、萧红对萧军人格的影响》，《福建师范大学福清分校学报》2005 年第 4 期。

④ 王锦厚：《田军和郭沫若——关于鲁迅死因的一次争论》，《郭沫若学刊》2006 年第 1 期。

⑤ 袁启君：《沈从文与萧军、谢冰莹军旅创作之比较》，《牡丹江大学学报》2008 年第 5 期。

述了写作上文的初因和情景。作者认为,萧郭之争和当时的形势有关:由于宗派主义的余波不断,很多人利用鲁迅之死来对鲁迅造谣诋毁,以博人眼球。而萧郭之争不过是当时关于鲁迅之死争论的一个有着深远意义的小插曲。但平心而论,萧郭之于鲁迅的悼念立场基本是一致的,其争论是因为缺乏信任和沟通。但这场争论却给人们提出了一个值得思考的问题:那就是应当如何纪念鲁迅?另外,萧郭关于鲁迅之死的争论文字,还是鲁迅研究史和郭沫若研究史及鲁迅和郭沫若关系研究上的宝贵文献,包含不少值得总结的经验和教训,故很值得重视。

四　萧军生平史料研究

1. 萧军日记

萧耘等人①对《萧军日记》的保存和出版进行了说明。作者回述了萧军对待日记的态度和日记归还的经过,并重点叙述了萧军去东北解放区工作前后,对资料的保护,及资料的意外落水事件。另外,作者们还提到,当年行旅期间被"鲁艺文艺大队"的青年学生们照护的经历,以及萧耘在后来意外得知了当年一位学生的姓名,并与萧军夫妻共同拜访一事。此外,作者还根据日记的题记,对萧军日记的价值进行了说明,并对《现代中文学刊》提供的使《萧军日记》有缘于众人的机会致谢。

2. 萧军书信

萧耘②结合自己的成长和萧军的生平经历,将自己手边保存的父亲萧军写给他们的 28 封信件和题诗逐一进行了说明。从这些资料中可以看到萧军的家庭氛围,其与子女和友人的交往及萧军的精神气质。不管是在孩子的童年日常生活中,还是在其成年之后的忧患岁月里,萧

---

① 萧耘、王建中、萧玉:《关于〈萧军日记〉》,《现代中文学刊》2011 年第 1 期。
② 萧耘:《父亲给予我们的……》,《新文学史料》2007 年第 3 期。

军对孩子都很关心,后者对萧军也很依赖,很信任。萧军在历难之中,总是尽力和孩子沟通,体恤孩子的苦境,并始终保持着乐观积极的心态。萧军与友人的交往可在其与荀慧生等人的交往事迹中见出。这些事件隐含着萧军为朋友仗义相助,不贪名图利,宽容待人的一面。再有,作者还写到父亲萧军对自己的两次误会,或曰不快经历:第一次是自己因身体原因不适,未完成父亲交代的工作;另一次则发生在"萧军资料室"建立的过程中。此外,萧军在与作者通信时,常托作者办事,其中常牵扯到他人,文中对其都一一作了解说,对事情的背景也多有简略介绍,从这些信件中可看到萧军与旁人的交往。另外,萧军赠作者的诗,作者亦摘录于文中,并对之有所介绍。总之,该文按照时间线索,以其父萧军所赠作者家信和诗为点面行文,文中信息虽嫌琐杂,却客观可证,可为萧军研究之重要史料。

朱献贞①对鲁迅与萧军、萧红来往信件总数进行了计算和考证。作者发现,1946 年许广平编辑出版的《鲁迅书简》统计为 54 封,而人民文学出版社 1981、2005 年版《鲁迅全集》统计为 53 封。以上两种统计,萧军本人的回忆和著作与相关文献说法不一,但都没有作必要的解释和说明。经过核对相关资料,作者确认鲁迅给萧军、萧红信件总数统计的误差出在许广平、王仰晨对 1935 年 3 月底到 4 月初鲁迅致萧军的三封信的统计上面:因对鲁迅致萧军的"续信"可以有不同的认识。所以,从统计学的角度看来,鲁迅给萧军、萧红信件总数可以有 53 封、54 封、55 封三种说法。

此外,对萧军信件进行研究的,还有葛涛②等人。葛涛对萧军给胡乔木的三封信件的内容进行了梳理,从中可看到萧军与胡乔木对鲁迅思想认识的争论。

---

① 朱献贞:《鲁迅给萧军、萧红信件总数统计考》,《东岳论丛》2014 年第 1 期。
② 葛涛:《萧军给胡乔木的三封信》,《粤海风》2008 年第 2 期。

3. 生平纪事

萧红与萧军、端木蕻良的感情纠葛历来被当作文坛趣闻广为传诵，他们之间的浪漫故事也常为人们所津津乐道。但郝庆军①认为，对观念的演绎和对潮流的趋从往往使研究者忽略掉萧红的真实遭遇和处境，从而漠视了萧红身上朴实自然的人格因素和生生不息的人性力量。故作者用史料考证的方法，通过对文献材料的爬梳与辨正，对萧红真实的情感历程予以了重新勘察。作者认为，"二萧"结合并非因为爱的缘故，他们走到一起更多是因缘际会、出于现实考虑和功利需求。萧军与萧红的结合更多的是由于男人的自尊，自强好胜和青春的冲动，而萧红选择萧军是基于现实考虑的理性结果。萧红与萧军的分手未必是由于性格的差异，而是有着非常实在的现实原因。首先，萧军对萧红疾病的漠视和冷淡使他们之间在身体上不能达成契合。其次，萧军对萧红施加的暴力，使萧红的逃离为情势难免。再次，萧军的几次外遇和对萧红写作的蔑视直接构成了对萧红心灵的伤害，触犯了萧红的底线。而端木蕻良的出现，恰恰弥补了萧红因与萧军不和谐的夫妻关系而产生的心理缺憾，故萧红与之结合，是势在必然的。

胡恒瑞与萧红萧军相识，其日记中有对二人的记载。彰无忌②因故得到日记，以此为据，兼结合萧军的琐谈，对二萧的上海时光进行了叙述。文章第一部分，记叙了胡恒瑞初识二萧的场景及萧红自述自己叛逆离家，历经不幸，终识萧军，弃满入关的经历。第二部分是二萧投奔鲁迅以笔救国的经历，其中有专门提到鲁迅对二萧的帮助及胡与二萧的交往。第三部分叙述了鲁迅提携二萧，使其在文坛崭露头角，及胡恒瑞在幕后给予二萧资金帮助等事。第四部分有两部分的内容，一部分是关于萧军回述其于鲁迅逝世前后自己的感受及经历，另一部分则是

---

① 郝庆军：《在生存需求与浪漫爱情之间——对萧红与萧军及端木蕻良关系的几点考证》，《甘肃社会科学》2005 年第 5 期。
② 彰无忌：《萧军萧红在上海的日子》，《文史精华》2012 年第 10 期。

胡恒瑞对鲁迅去世及下葬经过的记述。其中,后者着墨颇多,描述非常详细,从中可见到鲁迅下葬场景之盛大,身后评议之喧杂。第五部分记叙了萧军与萧红的合与分,并认为二萧分的关键在萧红,合的关键在于萧军,胡恒瑞日记对二萧的此段经历有相应描述。因作者本人与萧军相熟,且有胡恒瑞日记佐证,故其叙述有重要的史料价值。另外,作者此文还可与其回忆萧军的其他文字形成互补。

而葛涛①则以萧军等人辑录的《鲁迅先生纪念史料辑录选存》为中心,对萧军在延安传播鲁迅的活动进行考证。该书的第一部分是萧军主持"延安鲁迅研究会"工作的相关资料。萧军是"延安鲁迅研究会"的组织者和发起人,并前后主持了三次会议,完成了研究纲领和研究任务的拟定和推荐,成立了常务理事会,策划了鲁迅逝世周年的纪念活动,成立了鲁迅纪念馆,出版了鲁迅的作品等。总的来说,萧军主导了"延安鲁迅研究会"的发展方向,作出了诸多贡献。在萧军的推动下,"延安鲁迅研究会"得到了延安官方的支持,从而有力推动了鲁迅在延安的传播和研究。再有,该书还有萧军与在延安"星期文艺学园"的成员和中央印刷厂文艺小组成员交往的相关资料等。最后,该书还收录了一份萧军与延安鲁艺的"鲁迅研究小组"成员交往的相关资料,从该资料可看出,萧军曾指导并推动了延安的一些民间鲁迅研究小组的活动,从而推动了鲁迅在延安普通青年读者之间的传播。所以,这本资料集可以说是萧军为鲁迅布道的一个真实记录。

秋石②对陈益南撰写的《〈延安日记〉里的萧军与毛泽东》进行了质疑,并将质疑的重点放在了考辨萧军第一次抵达延安的情况。作者认为,陈文有诸多不实之处。首先,陈将萧军写为鲁迅的"头号弟子"错讹明显。据与鲁迅交往的程度,以及鲁迅生前的评价,远在萧军之前,著

① 葛涛:《布道者萧军:萧军在延安传播鲁迅的活动考——以萧军编辑的〈鲁迅先生纪念史料辑存选录〉为中心》,《文艺争鸣》2014 年第 12 期。
② 秋石:《关于萧军第一次抵达延安的一些情况——对〈南方周末〉所刊〈延安日记〉里的萧军与毛泽东》一文之质疑》,《鲁迅研究月刊》2014 年第 12 期。

名作家中称得上是鲁迅学生的有三位,分别是丁玲、叶紫和胡风。陈文所述,与事实不符。其次,陈文的另一处严重错讹是断定该书的出版,为了解萧军与毛泽东的交往提供了"系统、完整而可靠的权威实证"。此说不能成立的原因,一者是萧军延安日记已经两次问世了,二者是有关当年萧军与毛泽东交往已有权威资料。再者,陈文另有史实错讹,认为萧军第一次到延安,是与丁玲等人在 1938 年 3 月从山西去西安的途中,没有与毛泽东接触,萧军第一次与毛泽东的交往,并非是他初到延安之际,而是在一年多之后。作者认为,萧军第一次到延安,并非是与丁玲等人在 1938 年 3 月从山西去西安的途中,而是萧军在临汾火车站与萧红、丁玲她们分手后的第二天,出临汾西门徒步出发,风餐露宿二十多天后进入延安的。萧军首抵延安后,毛泽东亲自到招待所看望并宴请了萧军。陈益南的论断之所以与真实的历史失之千里,是其写萧军却不了解萧军,且在解读《萧军日记》时,有"各取所需"之嫌。

何方①则以自己与萧军同有的延安生活经历为据,对牛津版的萧军《延安日记 1940—1945》进行了肯定和补充。作者认为,萧军是位顽强的个人英雄主义者,而共产党则一贯倡导和坚持履行集体主义,两者趋向相反,在特定条件下,有可能实现短暂的合作,但时间一长就必定发生摩擦以至对抗。延安的政治和文化生活,可以整风抢救运动为界分为截然不同的两个阶段。在整风前,萧军相当"吃得开",他离开时,得到时任总书记张闻天的挽留,和毛泽东没有太大关系。但整风运动改变了萧军的地位,王实味事件成为萧军生活的分水岭。萧军为王实味说话,是性格使然。他在此事件后再次回到延安,在情感上与共产党远离。他最后留在延安,没有一走了之,是因为他没有其他出路。萧军是个人英雄主义者,他寄希望于文学来改造人们的人格和灵魂,并将重点放在毛泽东身上。但实际上,萧军并不了解毛。毛发动整风的目的和萧军的目的是不一致的,但萧军却以为和他提出的意见关系很大。萧

① 何方:《萧军在延安》,《炎黄春秋》2015 年第 1 期。

军的理念和性格,决定了他生前最后 30 年的悲惨遭遇。

《我和萧军六十年》的作者方未艾是萧军的至交,其子方朔①是萧军的晚辈,对萧军的一生,别有一番认识和感情,并撰文叙述了萧军的入党历程,以探萧军与共产党的关系。萧军在延安几次申请入党,但最终因为王实味事件没有入成。后来,萧军又在 1948 年的哈尔滨提出入党。这既不是心血来潮,也不是趋炎附势,而是符合"革命客观需要"和"个人"情感的。实际上,萧军早在东北就与共产党有所交往。但入党后,萧军并未得到组织的关照,反而遭到了刘芝明等人的围攻。其后 30多年,历经磨难。作者在"痛切的沉思"中,回顾萧军入党前前后后的遭遇,深感悲怆。

孟东②详细叙述了萧军在东北解放区的遭遇。萧军在抗战胜利后辗转奔赴东北解放区。到了东北之后,萧军做了大量工作,例如演讲宣传党的政策等。后来,萧军又创办鲁迅文化出版社,创刊了《文化报》。其间,萧军的工作可谓有声有色。萧军的工作原本得到了支持,但却因为萧的非党员身份而遭到质疑,萧军在友人的催促下,写了"入党申请书"。但《文化报》和《生活报》的"论争事件",却使萧军入党一事"搁浅"。随着"论争事件"的发生与发展,萧军下放抚顺煤矿,而萧军的厄运,与萧军和东北局一些领导人的分歧有关。后来萧军离开东北定居北京,潜心写作,用行动回击了迫害他的人。

葛献挺③以当事人和执行者的身份,见证了萧军在北京被批斗的全过程,并撰文回忆了其与萧军在北京戏曲研究所的岁月。作者自述,在未"批判"萧军之前,自己就曾与萧军有过间接的接触,后又因偶然和工作的关系,与萧军有过几次直接接触。如当作者以"调整工资领导小组"成员身份首驻戏研所时,萧军曾在会上作了另类发言;萧军曾因戏

① 方朔:《萧军入党的前前后后》,《炎黄春秋》2007 年第 6 期。

② 孟东:《萧军在东北解放区的遭遇》,《文史精华》2004 年第 11 期。

③ 葛献挺:《萧军的戏研所岁月——我同萧军交往的经过》,《新文学史料》2012 年第 2期。

研所裁撤问题,请作者吃饭。"文革"开始,在批斗会现场,萧军曾被人为难,并舌战勇对,作者巧妙周旋,化解萧军危险。但后来,萧军却因为被人贴"大字报",当众逼问作者,作者沉着应战,成为与萧军第一回合交锋的赢家。后来,作者成为批判萧军小组成员,见证了萧军在被正式批判之前,让"批判小组"的"火力侦察""瞎火"的过程;而在批判大会开始前,作者曾向萧军提前通气,但萧军没有应对好会议结尾的发言。另外,在批判大会开始前,萧军还向作者汇报了荀慧生的重病情况,强力要求作者上报;后又在粉碎"四人帮"后,推荐作者为荀慧生写了悼词。后来,作者接管萧军专案,对萧军定案时,维持东北局定论。再后,萧军平反,力邀作者参加自己从事文学生涯 50 周年招待会;再后来,又答应作者为其主编的刊物助力,并合影留念。

彰无忌[①]在萧军百年祭,撰文连载,细数萧军一生。作者从萧军赠送并手书两家合照说起,自述与萧军的世交过往和萧军被抄家批斗的遭遇。作者根据自己的见闻和已有的史料,叙述了 1945 年萧军从延安到张家口,1946 年在东北开展工作,1947—1948 年在东北创办《文化报》,以及萧军在北京戏曲研究所的经历。其中,刘芝明、毛泽东、周扬、彭真等人在萧军的上述经历中分别扮演了重要角色。而萧军以创作反抗各种压迫,完成了《五月的矿山》、《过去的年代》的创作,并在艰难曲折中出版。作者记述了"文革"中,萧军曾怒怼军宣队长,并和老舍等人一起被人"武斗"。作者受萧军夫人委托,曾带着鲁迅写给萧军的信试图找人转交中央首长解救萧军。另外,作者还提到,萧军在作者填报大学志愿时,从解决农民的困难和国家的农业现代化需要出发,提出建议,促成作者作出报考北京农业机械化学院的决定;并在学校之外,延续着师生情谊,从精神上对作者予以教诲和引导。

此外,对萧军生平进行叙述的,还有刘一力[②]、刘少才[③]等人。

---

① 彰无忌:《萧军百年祭》,《文史精华》2006 年第 10 期、11 期、12 期。
② 刘一力:《萧军:"辽西凌水一匹夫"》,《文史精华》2004 年第 3 期。
③ 刘少才:《萧军:文坛拼命三郎的烽火人生》,《党史纵横》2008 年第 9 期。

4. 人际交往

作为萧军的相识者,张毓茂①对萧军与毛泽东的交往进行了详细叙述,并穿插了自己的点评。萧军对毛泽东,一直是充满尊敬和爱戴之情的。萧军第一次到延安,毛泽东亲自拜访,萧军深受感动,以致晚年仍心向往之。第二次到延安,萧军与人发生矛盾,向毛泽东辞行,并在交谈时,为毛的理论素养和人格魅力所倾倒,决定不走。其后,萧军又萌生去意,毛复信挽留。从毛的复信可以看出,毛对萧军这样的知识分子的心理和特点非常了解。所以,萧军后来的遭遇,即使不是毛亲自授意,也是为毛所知道的,但萧军却对毛没有丝毫抱怨。萧军在与毛关系亲近时,曾因有感于毛的遭遇而作文,并得毛删改和投稿建议。后来,该文被批判,毛亲撰按语,可见当时毛对萧军是相当克制和容忍的。再有,萧军在谢绝毛对其弃文从政的建议时,必使毛对萧军的政治态度和为人处世,有深刻印象,但毛却在当时一笑置之。毛对萧军的宽容,还可体现在延安文艺座谈会开始和进行中,萧军数次辞行时,毛对萧军的数次恳留和优待。这一点,还可体现在王实味事件中,但萧军却对之未察,其为王实味说情是一种单凭直觉的感情冲动,并非一个成熟的革命政治家清醒的理智判断。另外,对萧军与毛泽东关系进行探究的,还有盛禹九②等人。

陈漱渝③则对丁玲与萧军的人际交往进行了探究。作者发现,从表面来看,丁玲与萧军之间存在严重分歧,丁玲甚至一直置身于批判萧军的最前沿。但在实际生活中,丁玲和萧军的关系并不如此简单。他们曾经是十分知心的朋友,在患难中都曾给予对方以可贵的支持。首先,萧军曾在人生重要的转折关头,将珍贵物品委托丁玲保管;其次,萧军和丁玲之间有不少共同语言,是"无所不说的朋友"。但萧军与丁玲之

① 张毓茂:《萧军与毛泽东》,《炎黄春秋》2007 年第 9 期。
② 盛禹九:《萧军的"毛泽东情结"》,《同舟共进》2008 年第 7 期。
③ 陈漱渝:《丁玲与萧军——丁玲研究的一个生长点》,《新文学史料》2011 年第 3 期。

间也有分歧和鸿沟。延安时期,萧丁两人的友谊大约只持续了四个月,并于 1941 年初因《文艺月报》而出现了裂痕,甚至斗争。两人"斗"的焦点,一是关于党跟文艺工作的关系问题,二是王实味问题。应该看到,丁玲参与王实味的批判有迫于形势的因素;但之后,丁玲参与的中共东北局对萧军思想的批判则相当主动,所发表的言论也并不是违心的。打倒"四人帮"之后,丁玲和萧军之间亦有交往,一则是尚未平反的萧军主动为丁玲辩诬,二则是平反之后的丁玲赞誉萧军作品,三则是萧军对丁玲主办刊物表示祝贺。另外,作者还在文末附录了萧军日记中有关丁玲的部分记载。史珍①也对萧军与丁玲的交往进行了描述。

叶德浴②和冉思尧③对萧军与王实味的交往进行了梳理。叶德浴认为,萧军因在王实味批判大会上,看到王实味的申辩不断被打断,而为之申辩,却给自己带来了麻烦。但王却因此而把萧军引为唯一的知己,请萧军将申明自己并非"托派"的申辩书转交给毛泽东。萧军转交,并给毛泽东写了一封转交信,以实际行动,表示他支持王实味。萧军这么做,是因为批判王实味的人没有任何根据。事实上,他对王实味印象并不好,也不认为王的《野百合花》是没有错误的好文章。萧军曾经对王实味的绝对平均主义的观点进行了严肃批评,并和王交换了意见。虽然,萧军并未说服王,但萧军的批评是切中肯綮的,态度是与人为善的。

五 萧军与报刊研究

"文化报事件"使萧军消失于文坛,张毓茂④详细叙述了萧军与"文化报事件"的始末。萧军因办《文化报》而走红东北解放区,宋之的办

---

① 史珍:《延安时期的丁玲与萧军》,《同舟共进》2008 年第 11 期。
② 叶德浴:《萧军之于王实味》,《粤海风》2012 年第 6 期。
③ 冉思尧:《萧军与王实味"交往"始末》,《江淮文史》2014 第 3 期。
④ 张毓茂:《萧军与"文化报事件"》,《新文学史料》2007 年第 3 期。

《生活报》并刊登了影射萧军的《今古王通》，萧军愤而回击。在矛盾得到短暂的缓解后，《生活报》抓住了《文化报》社评中的一句话大做文章，指责萧军，并对其进行了多面的"批判"，导致萧军被钉到了"历史的耻辱柱"上。今天重新翻阅当年双方论战的文章，找出给萧军定罪的那些所谓"根据"，其实都是站不住脚的、捕风捉影颠倒黑白的材料。实际上，萧军"反苏、反共、反人民"的"罪行"，是罗织而成的。虽然萧军及其《文化报》有这样那样的缺点，但这并不能成为"理解"萧军被"定罪"的"逻辑"。实际上，"文化报事件"绝非偶然发生，它和被宗派情绪所左右的《生活报》的人的罗织罪名相关，也和封建主义在文化领域中的渗透相联。所以，《文化报》与《生活报》的冲突，并不是简单的个人恩怨。虽然"文化报事件"过去了，然而对它的反思仍具有现实意义。此外，作者还将萧军的三篇反攻和自白文章附在文末。

宋喜坤[①]也对萧军与《文化报》的关系进行了探究。作者认为，萧军的《文化报》是一种双轨道启蒙文学实践。其中，内道是以"五四"启蒙思想为主的文化启蒙，外道是以延安新启蒙思想为主的革命启蒙。两种启蒙思想在马列主义和毛泽东思想组成的向心力的作用下统一而和谐地并行发展，共同构建了萧军的东北新启蒙思想。《文化报》的新启蒙实践虽是以"五四"启蒙思想为主，却从没有偏废对东北人民的革命启蒙教育，并将文化启蒙和革命启蒙巧妙地融合在一起，做到文化启蒙中有革命教育，革命启蒙中有文化熏陶。它使读者在阅读《文化报》的同时，既能感受到"五四"的文化启蒙思想，又能得到解放战争和土地改革的革命启蒙教育。所以，《文化报》的"双轨道启蒙"形式以其合理的方式解决了"启蒙"和"救亡"的历史冲突。

张丽娟、宋喜坤[②]还对《文化报》的新启蒙文学方式的生成与传播进

---

① 宋喜坤：《启蒙和救亡的和谐共存——论〈文化报〉双轨道启蒙文学实践》，《文艺争鸣》2012年第12期。

② 张丽娟、宋喜坤：《民间立场的文化突围——〈文化报〉新启蒙文学的生成与传播》，《文艺争鸣》2013年第8期。

行了探究,并将之看作是民间立场的文化突围。《文化报》为新启蒙文学的生产和传播打造了一个民间的、公共的、启蒙的、自由文化空间。它的这种独特性是与报刊的民间性质、报刊编辑的政治成分、作家的启蒙思想相一致的,而这也是《文化报》启蒙文学生成和传播的必要条件。另外,作家的构成以及编辑自身的个体经历也是重要的因素:首先,《文化报》的作家,是由萧军等非党文人组成的文学集团;其次,《文化报》是由恪守鲁迅精神的萧军,以单干户的身份,站在民间立场创办的民间化而非政党化的报纸。《文化报》新启蒙文学的独特贡献主要体现在与东北新文化的联系上,并可体现在以下三点:首先,《文化报》东北地域文学是东北解放区文学的有益补充;其次,《文化报》加强了对苏联作家及作品的介绍和传播;再次,《文化报》培养了大批东北青年文艺工作者。

另外,宋喜坤、张丽娟①还对《文化报》研究资料进行了考辨。发现的问题有:第一,《文化报》出版的总期数应该是正刊 73 期,增刊 8 期,共 81 期,而不是以往文学史和各类文章所认定的 80 期;第二,《文化报》终刊时间是民国三十七年十一月廿五日,即 1948 年 11 月 25 日,其他日期亦为错误;第三,《文化报》和《生活报》争论发生于 1948 年,且争论过程仅一个月多一点,其他时间错误;第四,在《文化报》研究涉及《生活报》的记述也有个别时间和数据不准确的问题。而产生如上错误的原因,是因为当时的研究者没有原始资料。

六　热点与亮点、问题与建议

综上所述,萧军作品研究因为凝集了最多的关注度,故而成为萧军研究中的一大热点。该部分涵盖内容非常之广,主要包括小说、散文、诗歌、戏剧和日记研究,由此所产出的论文在萧军研究中数量最多,在

---

① 宋喜坤、张丽娟:《〈文化报〉研究资料考辨》,《中国现代文学研究丛刊》2012 年第 12 期。

本文中所占的篇幅也最长。从总体上看,其解读路径是在把握萧军的"文"的基础上,对萧军其人做出解读,并力求沟通两者之间的联系。所以,"知人论世"是该部分最普遍的解读方法。其中,陈亚丽对萧军人格与其作品的内在联系的剖析,李遇春对萧军旧体诗修辞意图的解读,都让隐藏在文字背后的萧军,走向了历史和现实的前台。与此相关,萧军的日记研究,则让萧军"暴露"了出来。其中,梁庆标、叶君等人对萧军日记的解读,对理解萧军与政治以及萧军和萧红的关系,具有开创性的意义。

萧军思想研究和萧军与报刊研究,亦是萧军研究中的一大亮点。从总体上看,萧军的精神特质研究主要关注地域文化(东北土匪文化)和民间文化(侠文化)等因素对于萧军的精神影响,并探究了其以"新英雄主义"为核心的价值体系;萧军与政治研究重点关注的则是萧军的个人意识("精神界的流浪汉")和延安政治、解放区主流话语之间的关系。前者以程义伟和陈夫龙等人的研究为代表,后者以刘忠等人的研究为代表。而萧军与报刊研究,则主要关注了萧军与《文化报》的关系,并在联系萧军精神特质的基础上,将其放置于特定的历史背景和萧军的生平经历中加以展开。其中,宋喜坤将《文化报》定位为萧军新启蒙文学实践的结论,冲出了政治解读的藩篱,很值得关注。

但是,萧军研究在凸显了如上的特点的同时,也显露一些问题。第一,萧军研究中的短板十分突出,很多问题尚没有引起学者的关注。例如,萧军的戏剧研究和诗歌研究是萧军作品当中的一部分,但目前来看,该部分领域只有少数学者涉足,可开拓的空间十分巨大。第二,限于研究者的视野及笔力所及,萧军研究尚缺乏相应的广度和深度。例如,萧军作品研究只关注萧军特定题材的作品或只对萧军的单个文本进行了开掘,尚未联系其他作品进行解读;萧军比较研究中关涉鲁迅的部分,阐发力度不够深切,尚未有力开掘出萧军与鲁迅的精神联系;萧军与报刊研究将关注点限定在了萧军与《文化报》,尚有很大的拓展空间。第三,萧军生平史料研究偏于人事生平,研究路径单一。作品是一个作家的存在之根,但是除了前面所提到的萧军作品对之进行了研究,其余部分则或直接、或间接地将关注点放在了萧军的人事和生平研究上,且以描述性和考辨性的研究为主,未能对其人其作进行更加多样的深入分析。

针对如上问题,提出如下建议。第一,填补学术短板,开拓新的领域。萧军研究的最大短板是戏剧研究和诗歌研究,故要对之加以填补。但同时,也要对萧军研究中的其他领域进行开拓。例如,书信也是萧军的作品,但目前该领域的研究却处于空白状态。如果能对类似于此的领域进行开拓,将是大有可为的。第二,立足整体视野,拓宽研究思路。萧军作品众多,对单一作品或者单一体裁文本的解读,应立足于萧军作品的整体研究上,努力在萧军作品的整体研究中,为其特定研究寻找位置。所以,开阔的视野,灵活的思路,是做好萧军研究必备的条件;同时,也可避免重复研究和资源浪费。第三,利用现有资源,还原立体萧军。萧军生平史料研究成果丰硕,足以为如上萧军研究提供基石。如果能利用好这些材料,或可在"侠文化"、"土匪文化"、"延安政治"、"鲁迅弟子"等领域之外,开掘出更加真实,更富有生活气息和人情味道,更加立体化的萧军的形象。

第五辑

当代文学批评

第九章　论《马桥词典》的"中心"问题

　　阅读《马桥词典》,觉此情境,"恍如天造地设,呈于象,感于目,会于心。意中之言,而口不能言,口能言之,而意又不可解"。[①]　这就在无形之中增大了评论的难度。的确,它的扑朔迷离,恍兮惚兮,使之具有了多重解读的方向。但每一种方向又似乎并不可能完全揭示真正意义上的马桥。好在,本文并不打算穷究马桥的全部奥妙,只拟就一"中心"问题集中探讨,并试图以此揭开马桥神秘面纱之一角。

一　从两棵树说起

　　"为两棵树立传",这是韩少功在《马桥词典·枫鬼》里说的一句饶有趣味的话。在我们的惯性思维里,向来以人类为中心,又有谁会想到为两棵枫树立传呢?

　　为两棵枫树立传,意味着两棵枫树是有其价值和意义的。"没有大树的村寨就像一个家没有家长,或者一个脑袋没有眼睛,让人怎么也看不顺眼,总觉得少了一种中心。马桥的中心就是两棵枫树。"(《马桥词典·枫鬼》)

　　从存在论而言,无论在中国还是在西方传统文化价值体系里,两棵枫树都毫无意义。它们只是一种被忽略的存在。在中国传统文化价值体系里,发展到极端,一切都是为了一个抽象的"天理",连人的主体性都被湮没了,更何况说两棵枫树呢。在西方传统文化价值体系中,虽则发展到近代,开始注重人的主体性,但对于人之外的其他事物,仍然只是一种使用和被使用的关系,枫树作为枫树自身的价值和意义并未得

---

① （清）叶燮:《原诗》。

到呈现。为了使两棵枫树具有意义，我们必须另换一种眼光。

韩少功主要是从与传统小说相区别的意义上谈的。他首先厘清了"意义"的来源，并得出了属于自己的"意义观"。他说："不能进入传统小说的东西，通常是'没有意义'的东西。但是，在神权独大的时候，科学是没有意义的；在人类独大的时候，自然是没有意义的；在政治独大的时候，爱情是没有意义的；在金钱独大的时候，唯美也是没有意义的。我怀疑世上的万物其实在意义上具有完全同格的地位，之所以有时候一部分事物显得'没有意义'，只不过是被作者的意义观所筛弃，也被读者的意义观所抵制，不能进入人们趣味的兴奋区。显然，意义观不是与生俱来一成不变的本能，恰恰相反，它们只是一时的时尚、习惯以及文化倾向——常常体现为小说本身对我们的定型塑造。也就是说，隐藏在小说传统中的意识形态，正在通过我们才不断完成着它的自我复制。"并表明："我的记忆和想象，不是专门为传统准备的。于是，我经常希望从主线因果中跳出来，旁顾一些似乎毫无意义的事物，比方说关注一块石头，强调一颗星星，研究一个乏善可陈的雨天，端详一个微不足道而且我似乎从不认识也永远不会认识的背影。"（《马桥词典·枫鬼》）这是一段非常奇妙的阐述，可以说打破了我们的某些看似牢不可破的思维惯性。

这样我们就可以以"两棵枫树"为"中心"，展现一个活生生的"马桥"，继而展现一个活生生的"世界"。同理，我们也可以以一块石头，一颗星星等一切看似毫不起眼、毫不相关的东西为"中心"，来展现一个活生生的"马桥"，继而展现一个活生生的"世界"。其实从海德格尔哲学存在论的观点出发，与其说以上述事物为中心，倒不如说以它们为"集合点"或"交叉点"。因为在海德格尔看来，每一被描绘、被言说的事物，都是宇宙间无穷联系的聚焦点或者说集合点；正是这种集合才使一事物成其为该事物，才使得存在者（beings）得以存在（being）。这样，我们也就可以说，每一事物，每一被描绘、被言说的事物，都是一个涵盖无限关联的宇宙，此一事物之不同于彼一事物的特点，只在于此一事物是从此一独特的集合点集合着全宇宙的无限关联,彼一事物是从彼一独特的集合点集合着全宇宙的无限关联。它们在描绘"马桥",继而描绘"世界",即唯一的无限性相互关联着的"宇宙"上,其价值和意义以及地位,是平等的。在众生平等的世界中,还有什么是绝对意义上的"中心"呢?这是一个值得讨论的问题。

二　政治中心神话的破灭

既然可以以"两棵枫树"为中心,那么也可以以一个"马桥"为中心,以此来显现一个"世界"。马桥就是一个无穷宇宙的联接点或展示口。在这样的存在论意义上的价值体系里,马桥以及生活于其中的每个人,每个物,都是有其存在的价值和意义的。本义、罗伯、万玉、盐早、复查等,这一个个微末的人都鲜活了。连两头牛——"三毛"和"洪老板",以及两棵枫树,都清楚地展现在我们眼前。我们不得不正视他(它)们的存在,重新考虑他(它)们的意义。

但在《马桥词典》里,马桥所处的时代决定了马桥并不是真正传统意义上的中心。真正的中心是政治文化意识形态,它的代表符号是小说中万玉所一再提到的"公社何部长"。传统意义上的马桥处于边缘,然而正是这种边缘构成了对所谓政治中心神话的解构。

在《马桥词典》中,我们可以看到三种话语形态:以"公社何部长"为代表的政治话语形态,以"本义"、"罗伯"等为代表的马桥民间话语形态和以"我"、"牟继生"等知青为代表的知识分子话语形态。最后一种话语形态,其能量最小,用马桥人的话说,最缺乏"格",最没有"话份"。一来知青并不代表当时真正意义上的知识分子,他们本来就缺乏真正知识分子所应具有的独立自省意识。二来他们是被政治机器驱使到农村来进行思想改造的一群,处于政治话语和民间话语的夹缝之中,又怎么能指望他们的成长和强大呢?他们只是马桥的一群匆匆过客,除了留下一个已然变味的能指"三秒",什么也没有留下,连一条曾经对他们发生过很深感情的老狗"黄皮"也不记得他们。他们对马桥的影响基本上等于零。

那么，以公社何部长等为代表的政治话语形态对马桥的影响呢？情况并不比知青话语好多少。作为村党支部书记的本义，其先在身份是马桥这个伦理社会的民间代表。这个先在身份在很大程度上决定了他的"前理解结构"，他不可能不对政治发生"主观偏见"。他本来可以在专署一步步向上爬，但他"晕街"，他宁愿放弃仕途上的发达，回到更加符合他的生活习惯、欣赏趣味的安乐窝。他已经习惯了马桥千百年来所积淀的一套价值准则。有许多政策通过他的口向马桥村民传达就变了味，比如他把"纲"误解成"桩"，村民也就深信不疑。而在另一位民间文化伦理的代表罗伯那里，竟然会对一个已经被当时政治意识形态宣判为有罪的土匪"马疤子"表示极大的同情，被作为知青的我提醒之后还不知道因何反动。他让万玉去当哲学模范，仅仅因为万玉腰细干不了活。万玉在平时稍不如意，就说"何部长从不做好事"，以发泄他对政治的本能厌恶。"何部长"对于他俨然成了当时政治意识形态的神话符码。村民对毛主席语录的任意挪用，比如"毛主席说，今年的油茶长得很好"等（《马桥词典·满天红》），也同样令人叹为观止。这一切无一不在表明马桥人在有意无意之间总是抵抗着政治意识形态的侵扰，而他们表面上对政治意识形态的附合，总是最终演变成一场闹剧。他们争夺土豪洪老板的斗争，纯系个人私利，非为苦大仇深。一场貌似严肃的阶级斗争蜕变成了村民之间的一场无谓械斗（《马桥词典·洪老板》）。生活在民间自如状态中的马桥人，受政治意识形态的影响终归有限。传统意义上的政治中心神话，在顽固保守的马桥人这边，是破灭了。

三 新的遮蔽和澄明

"真理是非真理。在作为真理的非遮蔽性中同时存在并活动着另一个双重禁止的'非'。真理如此发生是作为澄明和双重遮蔽的对立。真理是原初的抗争，其中敞开以任何一种方式产生了，显示为和作为存在者的万物出现于此，由此万物隐退自身。"①这是海德格尔的一段晦涩难懂的话。大意是：所谓真理在抗争中显现，这抗争即对遮蔽的抗争，所以真理的显现是一次去蔽；但是这一次去蔽既和此前的遮蔽对立，又造成此后澄明的遮蔽；所以，真理的产生是在双重的遮蔽中进行的，真理并非绝对真理，即非真理。另一方面，真理既然是存在者的一次澄明，这种澄明是以存在者自身的形式显现的，所以，当真理"显像"之后便使存在以在者形式出现，"自在之物"变为"显现之物"，超验的万物便"隐退自身"，人们所看到的这显现的此在就代替了存在。但是，存在者不会消失，它还要为自己的显现而抗争，它要与新的遮蔽斗争，为新的显现抗辩，并且在历史中无限地展开着。②

　　回到我们所要论述的马桥上来。在政治文化意识形态看来，马桥是一个被遮蔽的存在。而在韩少功看来，他之所以创作《马桥词典》，恰是一次对于马桥的"去蔽"。是他在背后通过小说文本击碎了政治中心神话。然而，他在《马桥词典》中对于马桥的种种叙述、描写、议论、说明以至考证，是不是在一定程度上又造成了对于马桥的又一次新的遮蔽（加上前一次的遮蔽，可以称之为"双重遮蔽"）？假如真是这样的话，就需要我们进行再一次地澄明，促使马桥的意义再一次地显现。在这里，我们似乎是从韩少功在《马桥词典》中止步的地方出发。他的终点就是我们的起点。

　　让我们再次回到对于"中心"问题的探讨上来。韩少功在《马桥词典》中击碎了两种话语形态，保留了一种话语形态，即马桥民间话语。这是否就意味着韩少功将以马桥为中心呢？对于这一点，小说中有这样一段描写："十里有三音。对远处任何地方，长乐人一律称为'开边'，

---

① ［德］海德格尔：《诗·语言·思》，彭富春译，戴晖校，文化艺术出版社1991年版，第58页。

② 鲁原：《文学批评学》，山东文艺出版社2002年版，第86—87页。

双龙人一律称'口边'，铜锣峒人一律称'西（发上声）边'，马桥人则称'夷（发去声）边'——无论是指平江县、长沙、武汉还是美国，没有什么区别。弹棉花的，收皮子的，下放崽和下放干部，都是'夷边'来的人。'文化大革命'，印度支那打仗，还有本义在专署养了两年的马，都是'夷边'的事。我怀疑他们从来有一种位居中心的感觉，有一种深藏内心的自大和自信。他们凭什么把这些穷村寨以外的地方看作夷？"（《马桥词典·夷边》）可以说，韩少功对于马桥人的以中心自比，也是心自存疑的。但存疑归存疑，他仍然将马桥视为中心。比如他在文中，巧妙运用马桥智慧"归元（归完）"的思想，完成了对这篇小说的杰出建构（《马桥词典·归元（归完）》、《马桥词典·官路》），对"火焰"（《马桥词典·火焰》）、"梦婆"（《马桥词典·梦婆》）等的现代解说也颇有心得，从中透露出对马桥智慧及其价值准则的暗羡。实际上这也是必然的，他总是在一边揭示着什么，另一边又在遮蔽着什么。问题的关键在于我们要把这被遮蔽的什么再度呈现出来。

四　马桥不是马桥

马桥不是马桥，这并不是一句故作玄虚的话。前一个马桥是作为存在者的马桥，后一个马桥是作为话语建构的马桥。虽则前者只能通过后者显现，但两者显然并不完全一样。前马桥仅作为唯一无限性宇宙的联接点，后马桥则往往不自觉地以中心自居。这句话较为简明地回答了第三节中所提出的问题。《马桥词典》在某种程度上遮盖了真正意义上的马桥，即作为存在者存在的马桥。

这是否表明韩少功缺少存在论的眼光？情况恰恰与之相反。他的以马桥为中心，实在是迫不得已，勉为其难，否则他将无以成文，无法复原（尽管复原是不可能的）他想象中的马桥，也无法对抗强大的政治中心神话，而这恰是他的现实意旨所在。但是，这并不意味着可以用一个中心来对抗，继而替代另一个中心。存在论意义上的马桥，可以是一个中心，也可以不是一个中心。甚至可以说，存在论意义上的任何东西——比如说"两棵枫树"，都可以说是中心，也并非中心。中心的无所不在，实际上也等于取消了自身。真正意义上的马桥仍然只是马桥，仅此而已。"万物皆如其本然"，成为自身之所是。这让人想起一句古老的禅语，"老僧三十年前来参禅时，见山是山，见水是水。及至后来，亲见知识，见山不是山，见水不是水。而今得个休歇处，依前见山只是山，见水只是水。"[①]

韩少功对马桥进行种种叙述、描写、议论、说明以至考证，其目的在于促使其从当时所谓的大一统政治格局中解放出来。如此马桥成为马桥，成为独立于当时政治中心的存在。但马桥仍然不是马桥，如本节上文所论。这一点其实也已为韩少功所悟，小说中已经透露出此中消息。正如韩少功试图通过一个语词"白话"，来实现对于整个马桥方言所建构的马桥世界乃至整部小说的翻转。他其实也已认识到，建立在整个小说文本方言话语系统中的马桥，也仅是话语系统中的马桥，还不是真实的马桥。要达到真实的马桥或马桥的真实，需要我们不断地去蔽、领悟和澄明。这是一个无穷无尽的过程。但是这离马桥只是马桥，还有一步之遥。只有我们从根本上把马桥及其马桥之外的其他一切事物，看作一个统一的整体无限性宇宙，以这样的眼光来审视马桥，马桥才只是马桥，枫树才只是枫树。但很可能这只是灵光一瞥，只有道行极深的人才可亲证。

至此，问题基本得到了澄清，但意犹未尽，似乎还有几句要说的话。

五　马桥一世界

佛语云：一花一世界，一沙一天国。同理，马桥也可以是一世界，一

---

① 唐代禅师青原惟信语，转引自日本阿部正雄《禅与西方思想》，上海译文出版社1989年版，第8页。

天国。但这是怎样的世界和天国，是"被使用的世界"（the world to be used)，还是"我们与之相遇的世界"（the world to be met)，是"我—它"（I-it)的世界，还是"我—你"（I-thou)的世界。① 显然，真正意义上的马桥，只能是后者，"我—你"的世界。这种世界的最大特点就是"人与存在的契合（Entsprechen)"，人能够以"仁爱"、"仁慈"之心沟通万物，达到"我—你"之间在心灵深处的"直接性相遇"。"一切真实的生活乃是相遇"（All real living is meeting.)②，这恰是人生的最高意义。

韩少功笔下的马桥达到这一意义了吗？我们希望是，但并不苛求它一定是。因为这对于目前的人类来说，还只是一个梦想。我们绝大多数人至今还生活在"被使用的世界"里。我们不能苛求自己，也就不能苛求韩少功。但我们仍然期待诗人的出现。因为"诗人就是听到事物之本然的人"。③ 可是，在这普遍物化、上帝缺席的"贫乏的时代"④里，能够通达神性，和上帝"相遇"的诗人在哪里呢？……

---

① 这是奥地利宗教哲学家马丁·布伯(Martin Buber, 1878－1965)按照人的生活态度把世界分成的两种。布伯所谓"我—它"的范畴指一种把世界万物（包括人在内）当作使用对象的态度；所谓"我—你"指一种把他人他物看作具有与自己同样独立自由的主体性的态度，这是一种以仁爱相持、互为主体的态度，一种"万物一体"、"民胞物与"的态度。

② 马丁·布伯，I and Thou, English Edition by charles scribners, 1958 年版，第 11 页。

③ Heidegger, Gesamtausgabe, 第 39 卷，第 201 页；译自 Reading Heidegger, Indiana University Press, 1933 年版，第 185 页。

④ ［德]海德格尔：《诗·语言·思》，彭富春译，戴晖校，文化艺术出版社 1991 年版，第 82 页。

第十章　生存寓言：尤凤伟小说的主题学阐释

　　在山东当代作家群中，尤凤伟始终是一个坚持作家必须具有使命感和责任感，具有知识分子担当精神和真诚品格的作家。他的这一写作姿态，在20世纪90年代以来所谓"个体化"写作甚嚣尘上的背景的反衬下，不期然具有了一种不同于流俗的"另类"姿态和"先锋"品格。根据尤凤伟自己的说法，他所追求的是一种"大道文学"，一种融合了真正的现实主义品格和真正的先锋品格的文学。那么，尤凤伟的这种追求，在其文本创作中表现出了怎样的人文景观？或许从小说主题学的视角，我们可以得到确切的把握和精到的阐释。

　　以主题学的眼光透视尤凤伟的整个小说创作，我们便会发现，尤凤伟实际上是给我们讲述了一则则的生存寓言。这些寓言启示了我们这些生活在当下社会中的人们如何才能获得诗意的安居。

一　爱欲与文明

　　《石门夜话》是尤凤伟在受到现实震动之后的所谓"回归文学本土"之作。它讲述的是土匪头子二爷如何运用"话语"的神奇力量，使得被他劫掠上山的小媳妇玉珠乖乖顺从的故事。这在传统伦理道德看来，二爷对玉珠的话语征服是不可思议的，玉珠对二爷的乖乖顺从是大逆不道的。然而，透过"话语"的表层结构，我们发现，尤凤伟在这里所要讲述的实际是一则有关"爱欲与文明"的生存寓言。

　　"爱欲与文明"的冲突古已有之。根据弗洛依德的解释，人的心理有三个意识层次：无意识层、前意识层和意识层，分别对应人格内部结构三层次：本我、自我和超我。本我遵循快乐原则，自我遵循现实原则，超我遵循理想原则。这三个原则（三个层次）之间争战不休，常常使人处于激烈的矛盾冲突之中。其中尤以现实原则和快乐原则之间的斗争最为激烈，因为快乐原则所涉及的是人的生命本能和死亡本能，处理不好就会具有颠覆一切的危险和力量。这两大原则之间的冲突，在《石门夜话》中可归结为"爱欲与文明"的冲突。

细读文本，我们就会发现，桀傲不驯、肆无忌惮的土匪头子"二爷"，实际就是生命本能和死亡本能的化身。他生活在人世间，遵循的是快乐原则。为了快乐，他无所不为，选择的是世界上最危险的职业。他抢劫财宝无度，玩弄女人无数，分明蔑视人间一切礼法。"二爷"象征（代表）着冲决一切的"爱欲"。而小媳妇玉珠则来自另一个文明世界，可以说是"文明"的代表。从《石门夜话》的前篇《金龟》中我们看到，"玉珠"生活在一个稳定的有秩序的伦理结构中，她遵循的是合乎礼法要求的现实原则。她的放龟求善表明了她是一个自觉维护伦理道德的善女人。她和二爷之间的冲突是"爱欲与文明"之间的冲突。二爷的胜利和她的失败，恰恰表明了本能的胜利和文明的溃败。

二爷为何会具有这么强烈的反抗品格？从他在"话语"中所讲的故事中我们会不期然地再度发现"爱欲与文明"相互冲突的二元对立结构。当多年以后走失的二爷，终于获知自己的身世后，他满怀热情地渴望得到昔日家庭的承认，他所得到的却只是来自亲人的极端冷漠和无情拒斥。这对他小小的心灵构成了极大的冲击，形成了难以愈合的创伤。自那时起，他便培养了对于社会、家庭等伦理结构的仇恨。他之所以成了无所顾忌的土匪头子，其原因就在这里，为的是被压抑的本能的酣畅淋漓的释放。

在《五月乡战》中，我们同样读到了"爱欲与文明"的冲突。这是尤凤伟"抗战系列"小说之一。这篇小说描述的是父与子之间的冲突。儿子高金豹，在小说中刚刚出现时是一个不知天高地厚的浑小子，他竟然借着酒力趁着混乱潜入哥哥的洞房调戏自己的嫂子红豆，其公然蔑视礼法可谓惊世骇俗。父亲高凤山，这位在乡里享有崇高威望、以维护伦理秩序为己任的乡绅，无论如何不能容忍此类丑行的发生。于是父子之间的冲突,就演化成一场激烈的战斗。这场战斗同样也是"爱欲与文明"之间的战斗。战斗的结果以高凤山的妥协退让,高金豹的胜利暂告终结。然而,高金豹的被压抑的本能(尤其是被阉割的羞辱),只有在与日本鬼子的激烈交战中,才得到了酣畅淋漓的发泄。他的英勇牺牲,促成了人格的升华,"超我"的实现。小说最后木匠专门为他制作的栩栩如生的阳具,更增强了这一意味。

同样,在"石门系列"的最后一篇《泱泱水》中,我们也不难发现"爱欲与文明"之间的冲突。这篇小说描写的同样是父与子之间的冲突。"三爷"在这篇小说中充当了实际意义上的父亲的角色,他最大的希望就是作为后代的"春望"将来能够承担起振兴家族的大业。可是人算不如天算,三爷的如意算盘一开始就打错了。春望并不是他所期望的杨姓人家的种,而是风流成性的戏子曲路的种。"爱欲"在这篇小说里突出表现为春望的不可遏抑的情欲,而"文明"则显然是以三爷为代表的家族伦理秩序。当春望和小穗之间的爱情遭到三爷的打压、村人的戏侮,春望心中不能发泄的"爱欲"遂转化成了激烈的"复仇"欲望。他扒开河堤,冲毁了整个村庄,也连带毁灭了自己。不同于高金豹的在最后的死亡中实现了自身人格的升华,春望的死亡变得岂但毫无意义,甚至罪孽深重。"洪水"在这里象征着人类欲望的不可战胜、所向披靡。

二　监狱与洪水

《中国1957》是尤凤伟在经过了"石门系列"、"抗战系列"之后,重新开始关注历史、关注现实的"倒退之作"。如同在鲁迅作品中存在着一个无所不在的仿佛幽灵般的"荒原"意象,在《中国1957》中也自始至终萦绕着一个挥之不去的"监狱"意象。"监狱"意象仿佛一把打开《中国1957》这座坚硬铁门的钥匙,透过它我们可以看见生活于其中的芸芸众生,他们的痛苦、绝望以及挣扎。

小说总共描写了四所监狱:草庙子胡同—清水塘—御花园—我乐

岭。这四个地点,分别代表了处于生存困境中的人的四种情感体验:怀疑—恐惧—焦虑—绝望。而"焦虑"的情绪,如同"监狱"意象,自始至终流贯全篇,成为一无往而不在的"存在"。我们不妨将这四重情感节奏称之为四大乐章。这四大乐章,在第三部分即"御花园"中达到了高潮。通过对这一乐章的集中分析,我们或许可以透视"监狱"形态,并可以此考察生活于其中的人们的生存情态。

从表面上看来,御花园中只生活着三个人:周文祥、陈涛、龚和礼。他们政治身份同一,在这荒无人烟的地带似乎可以成立一个不受拘束的独立王国。但这仅仅只是一个假象,御花园只是黑龙江兴湖农场的一部分,兴湖农场又只是整个中国的一部分。从第一乐章中,我们已经知道,整个中国俨然变成了一所关押、囚禁知识分子心灵的大监狱。可以说,周文祥他们已经几乎无所逃于天地之间。那个曾经试图跑到南朝鲜去的管勤不是又回来了吗?"最后一道围墙在边境线上",指的就是"监狱"的最后一道围墙。在御花园里,管教虽然人不在,可管教的神在,管教的目光在。福柯在考察近代欧洲的监狱形态时,特别佩服一种发明于19世纪末20世纪初的根据全景敞视理论设计的圆形监狱。在这种监狱中,"监禁的体系只需要付出很小的代价。没有必要发展军备、增加暴力和进行有形的控制。只要有注视的目光就行了。一种监视的目光,每一个人在这种目光的压力之下,都会逐渐自觉地变成自己的监视者,这样就可以实现自我监禁"。而这种新型的毛细血管式的微型政权(圆形监狱),其时遍及中国大陆,自然也包括御花园。栾管教只不过是其中一根小小的但却威力无边的毛细血管。当监狱转化成知识分子的"心狱"时,国家权力机关对知识分子的改造也就获得了某种意义上的成功。

在无所不在的监视的目光压榨、逼挤下,生活在御花园中的人们始终处于一种"焦虑"的情绪状态中。《中国1957》在这里给我们讲述的仍然是一则生存寓言。焦虑之所以存在,是由于"非存在"("不在场")对于"存在"("在场")所构成的威胁。"非存在"不是虚无,而是对"存在"

的否定,对生命的瓦解。"非存在"不在别处,它就包含在"存在"本身之内并通过"存在"而显露出来。第三乐章的"焦虑"不同于第二乐章的"恐惧",后者总有一个确定的对象,这对象由于能与人(具体的管教)相遭遇,故人总可以作出某种反应;前者则无具体对象,因为发出威胁的正是威胁本身即"非存在"。"焦虑"总是力图转化成"恐惧",但由于"焦虑"根植于"存在"之中,这种想通过转化来克服它的努力最终是徒劳的。御花园中三个人的"焦虑",是一种对于精神上的"自我肯定"的威胁,必然产生对于生存的空虚和无意义感。我们看到这种"焦虑"发展到极端,就转化成了第四乐章中的"绝望"。"绝望"无疑为御花园中的人们宣判了精神上的死刑。

　　"监狱"是人类文明的产物,执行着压制、规范"罪犯"的功能。在某种意义上,学校、医院、兵营、精神病院等莫不如是。对此,福柯曾做过细致的知识考古学般的搜索。只是当这种压抑存在的时候,必然会出现一种与之相反的试图冲垮一切的力量。无独有偶,当"焦虑"弥漫在整个御花园中时,发生了一场巨大的出其不意的"洪水"。《圣经》中上帝利用洪水将人类毁灭的故事,几乎人人皆知了。在古希腊神话中,还讲过一则有关众神之王宙斯同样利用洪水将人类毁灭的故事。御花园里这场令人惊惧莫名的洪水是否暗含了此种警告,或未可知。但洪水象征着人类的爱欲本能,即生命本能和死亡本能,则是可以确定的。尽管御花园中还出现了"蛇"的意象,但今日的御花园已经绝然不是昔日的"伊甸园"。这里不是人间天堂,恰是人间地狱。当伊甸园中的一系列事物出现在御花园时,一切充满了反讽意味和荒诞结构。蛇不再和人类为伍,人类也不再以蛇为友。他们之间只是一种"吃与被吃"的关系。上帝也不再照顾他的子民,用书中人物张撰的话说,"上帝太忙了"。而上帝发来的洪水所要惩罚的罪人却并不是"真正的罪人",上帝竟然也成了迫害知识分子的国家权力机关的"同谋者"。弗雷泽在《旧约民俗学》中,以他那种典型的方式收集了遍布世界各地的洪水故事,从中得出推论说,在每一种情形中,一次地方性的洪水便是神话发生的潜因。可是这里不再有神话,有的只是残酷的现实。人类已经远离神恩。或者说,神恩已经不再惠及人类。

三　生存与死亡

以生存寓言来规定尤凤伟小说的主题阐释,其直接启示即来自《生存》这篇小说。

《生存》的主题是"选择"。小说中存在着四种基本的对抗力量:以赵武为代表的石沟村人,俘虏小山和汉奸周若飞,以及送来俘虏之后即不再露面的抗日武装队伍。随着两个俘虏的来临,石沟村往日的宁静被打破。这几种力量之间(主要是前三种)展开了一场主要来自心理上的战斗。无论哪一方,都面临着生死抉择。生存还是死亡,这一曾被哈姆雷特反复沉吟的命题,仍然像阴魂一样死死地揪住石沟村中每一个人的心。赵武为救全村人必须找到足够的粮食,而小山和周则同样为了活命,最终他们之间达成了奇怪的协议:由小山带领他们去找粮食,条件是放了小山和周。一边是抗日战争的大是大非,一边是全村人一个接一个地饿昏,村长赵武做出了艰难的选择。如果说在俘虏还没有到达石沟村之前,以赵武为代表的村人还只是一群"自在的存在"(即事物性的存在,这种存在从根本上说是偶然的、不可思议的、荒诞的存在,是一个巨大的虚无——但这并不是说它事实上不存在,而是说它缺乏存在的意义、目的和必然性),那么自从他们来了之后,赵武他们就不得不变成了一群"自为的存在"。这种存在根据萨特的解释,是一种(有)意识的存在,纯粹是预谋和意向。它是存在的缺乏,永远只是存在的可能性(能在),因而必须不断地追寻和选择其可能性。摆在赵武等人面前的就是不断地选择下去。即使最终放弃了选择,也是一种选择。直到他们最终全部以死亡了局。这也从根本上符合存在主义的"存在先于本质"("是先于所是")的原则。即人从根本上绝不是事实性存在,他没有固定的本质,他的本质的存在只是一种能在,他要成为什么,全赖于他对其存在可能性的选择。这即是赵武等人的自由决断,而一旦选择之后,就意味着他必须负同样的责任。萨特在讲选择之后再讲责任,其原因就在这里。

《生存》讲述的是一则有关选择的寓言,《生命通道》亦复如是。有关于选择的字眼在小说中反复出现,只不过在这篇小说里更加重了主人公苏原对于死亡的生存体验。

《生命通道》中的苏原,由于命运的播弄,不幸落入日本人的手中,从而陷入了一系列不得不进行选择的困境之中。他的每一次选择,都绝不亚于赵武等人的选择,而且不同于他们的是,他的每一次选择都几乎处于被动之中。他选择了对于妻子的保护,可同时失掉了自己清白的名誉。他选择了参与"生命通道"计划,可同时失掉了相濡以沫的妻子。他选择了在包围战中跟随北野走(为的是伺机击毙八木),可同时选择了死亡。而死亡再也没有给予苏原选择的机会,他背负着本不属于他的"汉奸"罪名载入县志。在现实生活中的苏原是彻头彻尾地失败了,然而在人格道义层次上的苏原却仍然获得了某种内在的完整性。尽管这种完整并不为人所知,但在事实上却仍然存在着。真正的历史并不必然会被话语所建构的历史叙述所淹没,它最终仍然会浮出水面。苏原最起码仍然活在高田军医的心中。

而小说最引人注目的则是苏原对于死亡的真切体验。苏原毕竟处于魔窟之中,在杀人狂魔北野的眼皮子底下,随时都会有生命危险。因此,他会更加感受到生命的有限性、必死性和一次性。他在无意之中真正做到了如海德格尔所说的"向死而在"。海德格尔在讲生死时,特别强调"先行到死"或"本真的为死而在"。在他看来,此在人的最大的最本己的可能性就是死亡,人生在世,不论是谁,都是朝向着死亡这个最终的目标前进。也正是在这个意义上,他干脆把此在人称为"向死的存在"(或"走向死亡的存在")。但这并不意味着海德格尔要导向消极的虚无厌世主义,恰恰相反,他正是要人们从对"死亡"的积极自觉中先行领悟到生命的荒诞和偶然,从而更加激发起人们面对惨淡、黑暗现实的勇气和对于生命进行自由选择、决断和创造的信心。从小说中,我们看到苏原正是深切领悟到了这一哲学意义上的死亡观念。这种死亡观促使生命由死向前推,成为一个有限的过程。这个过程因了死亡的存在,呈现出张力,生命的密度同时得以增加。而且由于苏原时刻处于死神的监控之下,他还必须随时做出实际意义上的选择。他丝毫没有缓和的余地,为了实施"生命通道"计划,几乎放弃了一切,从某种意义上说,他一方面意识到自己的危险处境,另一方面又加速了这种危险处境的到来。最终呈现在我们面前的是一个顶天立地的"反抗绝望"的大写的"人"的形象。

第六辑

电影批评

第十一章 《卧虎藏龙》：女性成长的寓言

武侠作品向以通俗性、娱乐性赢得大众，但其精品是能够把握通俗文化与精英文化的微妙结合，突破武侠创作的既有模式，不断适应现实语境，赋予武侠文体以现代内涵。李安导演的《卧虎藏龙》指出了武侠创作现代化的一个可能性，因而具备了不仅轰动一时而且常看常新的经典品质。

《卧虎藏龙》的深致在于它是一部女性涉世的成长寓言。女主人公玉娇龙正处于迈进成人期的人生关键季节。爱理克逊在《童年与社会》一书中，称此时人的心理状态为"认同或角色紊乱"。青年身体发育成熟，结束了学习阶段，从家庭走向社会，寻求自己在社会中扮演的角色，通过社会角色证明自己的存在价值，形成自我认同和自信的积累。这期间同时存在两种可能性：自我发现和自我丧失。因此爱理克逊又称这一时期为"认同危机"期。玉娇龙叛逆家庭的包办婚姻，即拒绝传统的以女儿出嫁成为女人的成人仪式，投向向往已久的江湖自由世界，玉娇龙的这一选择是建立在女性作为独立个体的自觉意识上的选择，她创造了属于自己的成人仪式，迈入了成长历程中认同危机期的冒险。

玉娇龙初涉社会即被卷入名利场的漩涡。她艳羡李慕白、俞秀莲的江湖荣名，意欲取而代之。她把"名"作为成人的价值标准，为求取"名"而不择手段，把一切武林前辈、江湖秩序视为阻碍自己成长的敌人。因而，她的自我实现的愿望潜藏着自我丧失的危机，在她为证明自己的武功而刻意索求武林至宝——青冥剑的同时，她一步步沦为"名"的奴隶、"剑"的奴隶。青冥剑所含的死亡、黑暗在吞没着玉娇龙的自我性灵之光，直至演出玉娇龙为这把被李慕白抛下深渊的剑而纵身跳入万丈深渊一幕，把她重剑轻人的自我丧失表现得可骇可畏。

玉娇龙的这种成长价值观又从何而来？这要看她进入成人阶段前

的前理解结构。进入成人期,童年所体验认同的所有要素的经验碎片,都需要有选择地再生和归纳、组织统一,以求与社会角色一致。玉娇龙在进入成人期前的准备阶段正处在其师傅"碧眼狐狸"统治之下。碧眼狐狸是女巫型的女性形象,她为了夺取武功秘笈杀死丈夫、伤害无辜。虽然玉娇龙背叛了师傅,然而在价值观念、行为方式上却不自觉地继承了其师的衣钵,人生的讽刺往往如此幽微潜隐。

　　围绕玉娇龙而发生的碧眼狐狸与李慕白、俞秀莲的斗争象征着玉娇龙对于认识、选择人生道路的困惑。玉娇龙在武功胜过师傅后,便陷入了高处不胜寒的恐惧,和独自面对江湖风波的孤独无助。然而她对碧眼狐狸、李慕白、俞秀莲这些江湖权威的错误认识观念使她找不到模仿认同的对象,看不清人生方向,刚愎自用、任意而行又使她陷入暗夜行路、众叛亲离的孤立境遇。玉娇龙与这几位权威的冲突是父母与女儿冲突的延伸,导师行使的是"代父母"的职能。女儿与父母、代父母的冲突是女儿获取独立自我意识的成长历程中的必经阶段。碧眼狐狸是专制主义家长式的权威,她对玉娇龙的爱是占有式的爱,不愿后代胜过自己,威胁自己的统治者地位,一旦后代脱离自己的控制,宁肯毁灭她。她教给徒弟"武功",但没有教给徒弟"成长",因而她带给玉娇龙的是错误的价值观、人生的歧途、对成长的恐惧和因反叛权威而引起的负罪感。相反,李慕白、俞秀莲则是人本主义权威,他们积极引导玉娇龙的成长,把她对名望的痴迷转移到道义上来,即转移到主体性的成长上来。玉娇龙孜孜以求的物质的青冥剑(虚妄的权力)不敌李慕白精神上的"轻名剑"(实有的权力)。个体以自我精神的成长铸就的"轻名剑"才能斩断名利场的缠绕,走向自由。玉娇龙没有区分这两种权威的性质,而是一以待之,酿成了李慕白为救她身死的悲剧。玉娇龙一旦醒悟,为救赎自己的过错而自杀,以死亡求得重回大漠(爱情的伊甸园)的通行证。玉娇龙的悲剧是成长的悲剧。海德格尔说:"运伟大之思者,行伟大之迷途。"在这个武侠人物身上,同样可以见证生命的庄严本相。玉娇龙的悲剧也因而能契合观众的生存境遇,引起观众对自身的反思。

我认为影片以玉娇龙的自杀结尾是个败笔,以自杀这个完成时来结束这个本该未完成的成长历程纯属道德完美癖的矫情,赎罪殉身的悲壮不如背起十字架继续求索的苍凉更合乎人生本味。

《卧虎藏龙》又可读作"伏虎降龙"。周作人引用过一个文学概念"受戒者的文学",我认为《卧虎藏龙》即属于"受戒者的文学"。成长是一种受戒,人在成长的历程中,在不断与世界的冲突中协调自身,在约束中求自由。绝对的自由是不现实的,没有经过冲突的和谐只是习俗的顺民。正是在对约束的冲突中,人选择着人生,创造着自我,所以赫拉克利特有言"冲突是世界的动力原则","看不见的和谐比看得见的和谐更好"。《卧虎藏龙》能够把情节的冲突与生命意志的冲突结合起来,就有了言外之意、味外之旨。

《卧虎藏龙》打破了塑造英雄神话的传统武侠模式,玉娇龙不是英雄,她只是成长中的平凡人,但每个平凡人在选择自己的成长道路的冒险中都有英雄神话所缺乏的英雄意味。《卧虎藏龙》以女性的成长叙事代替以往的男性成长叙事,其创新性不仅表现在性别差异上,而且表现在成长内涵上。以往的男性成长只是武功和道德情操的成长,规避了人的主体性成长的矛盾困惑,因而停留在表层浮泛的成长意味上。《卧虎藏龙》则见证了个体成长中的认同危机,触及心理深处的恐惧、孤独、惶惑和与旧我分裂的痛苦,因而是现代意义上的成长。以女性为主人公也冲击着既有的男性英雄神话的格局和接受者的期待视野、思维定势。它带给男性观众以陌生感,因为他们要站在女主人公的立场思考她的存在,这可能会给他们带来一定的接受障碍,然而只要突破了这层障碍,我想男性观众一定会有新的发现,和女性平等对话比沉溺于男性中心幻觉更有挑战性、趣味性。

武侠创作一向被视为小道,但随着大众文化的兴起而备受关注。武侠文体的虚拟性为作家、读者驰骋想象提供了广阔天地,武侠世界给人们带来对现实世界的陌生化的感觉。一般低级的武侠作品只是借武侠世界给读者提供逃避生活困扰、做一场白日梦的契机,使读者在对武侠英雄的移情幻觉中获得感情的宣泄、满足，甚至由于作家的惰性，一些武侠作品成为腐败的旧道德的载体，因而读者要对武侠作品保持怀疑精神和积极的阅读态度。优秀的武侠文学则积极地、创造性地利用武侠世界的陌生化，将生命的困扰、冲突带进武侠创作中，参与文学现代化的进程，与当下的读者对话，启发读者对生命价值、存在意义的思考。鲁迅的小说《铸剑》、余华的《鲜血梅花》、李安导演的电影《卧虎藏龙》均是含有丰富文化内蕴的成功之作。

第十二章　症候式分析：黑泽明《罗生门》阅读札记

黑泽明《罗生门》系由芥川龙之介《筱竹丛中》改编而来，然而却题作芥川的另一作品《罗生门》。《筱竹丛中》意在表现怀疑主义。电影《罗生门》可谓取其神韵，完美表达了芥川的创作主旨。

对于《罗生门》至少可以从两个层面理解，一个是它的表层结构，一个是它的深层结构。

首先看一下它的表层结构，它讲述的是一个扑朔迷离的强奸杀人案。

《罗生门》的情节本是简单的，但简单的情节中却因为包括了复杂的叙事，从而又变得繁复诡异了。

从叙事学的视角来看，《罗生门》讲述的是：一个武士和他的妻子路过山林，遭遇不测：妻子被辱，武士被杀。惨案如何酿成？在公堂之上，强盗、女人、女巫请来的武士亡灵，竟都各执一词，说法不一。最后由砍柴人提供了一个他亲眼所见的故事，却与以上三个版本又都不一样。几个版本分述如下：

1. 强盗版：强盗在制服武士、强暴女子之后，在女子指使下，强盗与武士均像男人一样决斗，结果是强盗用长剑杀死武士，女子则受惊，跑得无影无踪。

2. 女人版：女人被侮辱之后，强盗跑了。她本想解救被捆绑的丈夫，但丈夫的鄙夷叫她害怕。她由于过分激动晕了过去，醒来后就发现丈夫的身上插着匕首，已经死亡。

3. 武士版：妻子被强盗侮辱后指使强盗杀死丈夫，强盗不能容忍这样的女人。武士接受不了妻子的背叛和侮辱，干脆用匕首做了个自我了结。

4. 砍柴人版：女子被侮辱之后挑拨武士和强盗决斗，武士不愿意冒险,强盗也觉得无味。女子转而讥讽两人的怯懦,两人被逼决斗,武士死在强盗的剑下。最后女子还是受惊而逃。

在以上叙述中特别强调了做案工具:长剑或匕首。在以上情节中,这是一个关键性的细节。人们或许会问:在以上四人的叙述中,哪一个是真相呢?

事实上,在以上四人的叙述中,没有一个人的叙述是完全真实的。如果非要从中寻找一个接近真实的答案,那么只能是砍柴人的叙述。

为什么说没有一个人的叙述是完全真实的呢? 根据阅读阐释学的基本原理,任何一位理解者,由于其自身历史性的存在,在进入事件的理解活动之先,都不可避免地存在着一定程度的主观偏见。所谓阅读阐释活动,就是主体参加的理解和体验活动,必然带有一定程度的主观性,这种主观性是对事件本身加以理解的不可缺少的"前结构",正是因为有这个理解"前结构",作为解释活动的结果"意义",就不可能是纯然客观的,而一定会有主体的"偏见",也就是说在理解活动中,事件产生了新的意义。由此可知,对于事件的阅读与阐释是不可能脱离接受者的,是依赖于理解者的理解传导的。在罗生门这一案件中,尽管谁都知道客观发生的真实,即案件的真相只有一个,但由于四位理解者:强盗、女人、武士、砍柴人,在进入事件的阅读与阐释之先,由于理解"前结构"的存在,都不可避免地发生一定程度的主观偏见,因而他们所叙述出来的事件,就呈现出了各自不同的面貌。至于案件的真相,实际上在他们的叙述中已经成了一团迷雾。所以说,以上四人的叙述没有一个是完全真实的。即使在电影中再出现一个新的理解者,也不可能叙述出真实的事件。

为什么说如果非要从中寻找一个接近真实的答案,那么只能是砍柴人的叙述呢? 在罗生门事件中,相比较其他三人而言,他的立场最客观。他是偷拿了匕首,但他没有必要为了掩藏自己,有意隐去大部分事实。他获取匕首的方式有很多种,没有必要非要从武士身上拔出。武士为了证明自己是自杀,而又要解释匕首不见的原因,只能说被他人拔走。从下文看,砍柴人还是有良心的:他抱养了一个被遗弃的婴儿。对于一个良心未泯的人,我们天然就具有一种信任感。更为重要的是,砍柴人的说法太具颠覆力,几乎倾倒了所有的观众。在砍柴人的叙述中,强盗和武士都很懦弱、恐惧、犹疑,强盗不像他说的那样英武和讲求盗亦有道,武士也不像他说得那样有一种武士道的尊严感,至于女人则更是毒辣,完全不像她所叙述的那样软弱无力。正是因为有了砍柴人的说法,我们才深深体味到了人性的复杂和丑陋。所以,更多的人包括黑泽明以及笔者本人,从情感上都认可砍柴人的说法。而且由此出发,进入到《罗生门》叙述的深层,则会有别样的景观展现在我们眼前。

在此,尝试运用症候式分析法对《罗生门》的深层结构予以解读。首先解释一下何谓症候式分析。

尹鸿指出:症候分析以文本的各种悖逆、含混、反常、疑难现象为突破口,在寻找原因的过程中,寻找这些现象的意义。他还指出,症候分析作为一种研究方法,它越过表层、外层空间,通往作家心理、文本结构的深层空间,以重新解释作品中某些悖逆、含混的类似症候表现的疑团,重新阐释作品的意义。

对于文学作品所用症候分析直接来自精神分析大师弗洛伊德,他说精神分析以症候为起点,他仔细研究与某些经典艺术形象有关的疑团,并且提醒说,这些疑团就掩盖着对理解这些艺术品来说是最根本、最有价值的东西。他的主要做法是,从艺术家的意图入手,来考察作品,往往是将各种细枝末节的表象联系起来,从中分析出艺术家创作的深层动机。

在进行电影文本的症候分析时,也考虑到法国学者拉康的理论,拉康从语言学的心理分析理论提出,没有说出来的东西,与看得见的原文同样重要,甚至更重要些。

现在,当我们把症候分析用于电影分析的时候,回顾一下法国西方马克思主义学者阿尔图塞在研读马克思理论著作时所使用的"依据症候的阅读",是不无裨益的。阿尔图塞的方法也受启发于弗洛伊德和拉康。阿尔图塞据此认为,阅读马克思的著作,不仅要阅读原著中"看得见的原文",即明白记载的字字句句;而且要读"没有说出来的东西",即埋藏于字里行间的空白之中,不直接显露,且又通过一系列"症候"体现出来的东西。阿尔图塞认为这些"症候"主要表现为原著中的"沉默"、"空白"、"沟壑"等等。阿尔图塞在《保卫马克思》里,论证症候阅读之必要性时,提出了又一个十分富于启示性的论断:一种理论的同一性不存在于该理论所拥有的任何特定命题中,也不寓于一种理论的作者的意向中,而在它的结构中,在它提出问题的方式中,就是说,在它的"理论框架"中。正是理论框架的概念在思想内部揭示了由该思想各个论题组成的一个客观的内在联系的体系,也就是决定该思想对问题作答复的问题体系。而"理论框架"很少以直接的形式存在于它所支配的理论中,它"并不是一目了然的,它隐藏在思想的深处,在思想的深处起作用,往往需要不顾思想的否认和反抗,才能把理论框架从思想深处挖掘出来"。于是,读原著时,必须另辟蹊径,涉足于作为原文的必要补充的"沉默"的谈论,着眼于字里行间的"空白"的暗示,在"沟壑"之中发现基本概念的内在联系,在"严格性的疏忽"之中找到理论观点的严谨缜密。就这样,把埋藏于原文中的无意识的理论框架的许多症候联结起来阅读,就能把某种学说所内含的"理论框架"从思想深处挖掘出来。

那么,在《罗生门》中有着怎样的空白、沉默与沟壑呢?仔细审读影片中每个人物的叙述,我们会发现诸多有意味的东西,这些东西也就是隐藏在叙述深处的理论框架。

首先看看多襄丸。就多襄丸的所作所为来看,他是一个十恶不赦的强盗。但在多襄丸的叙述中,他把自己塑造成了一个理想的侠盗。他在讲述的时候,表情夸张,情绪激烈,淋漓尽致地表现出一个强盗固有的野性。就是这样一个桀骜不驯的盗贼,在叙述的过程中对自己极尽美化之能事。对照砍柴人的叙述,我们看看他显示了什么,又隐藏了什么。

他一再地强调,尽管他占有了武士的妻子,但他并不想杀死武士。

他只是去做他想做的事情,并且要最完美地实现他的计划,一切都在他的最初设计和掌控之中。但实际情况是,他之所以杀死武士,是受了女人真砂的挑拨,属于不得已而为之。

他说"即使要杀那汉子,我也决不想用卑鄙龌龊的手段杀他。那汉子也确有杀法,我们足足斗了二十三个回合,光这一点我心里还佩服他,凡是和我交锋,能斗上二十回合的,天底下也只有那汉子一个人"。这是他在炫耀自己的武功,把对方吹得很厉害,而自己杀死了对方,表明自己更厉害。但实际情况是,他们两人武功都稀松平常,打斗起来没有一点章法,强盗能够杀死武士,完全是由于偶然和意外。

多襄丸得意洋洋地说自己杀了武士,一点也不羞愧。但他还是一个强奸犯。一个大男人欺负一个弱女子,可算不得什么英雄好汉。于是,在多襄丸的叙述中,他把真砂描绘成一个烈性女子,他是通过激烈搏斗才占有女人的。这表明女人并不太弱,自己占有她,也冒了一定程度的风险。在强奸女人的过程中,女人甚至抱住了他。这表明,他并不是完全强迫女人的,而是女人带有某种程度的自愿成分。这一方面表明了他的个人魅力,另一方面也减轻了他的罪过。增加什么魅力,减轻什么罪过呢?原来多襄丸早就自知不免一死,但死后好歹也得混个好名声,他是有意把自己往侠盗的理想形象上打扮的。

由上,我们可以抽理出隐藏在多襄丸叙述中的所谓"理论框架"。他是一个盗贼,但他把自己描述成了一个侠盗。这表明,尽管他完全置身于社会伦理秩序之外,也蔑视人间一切的道德法律法规,但是他却仍然渴望获得社会的认可,仍然希望自己能够进入到社会的伦理秩序中去。这种人在乱世可以成为山贼,但如果有机会,也会加入到反抗的军队中去,成为其中杰出的一员,在社会上谋得属于自己的地位。在中国的《水浒传》中不乏此类形象。与水浒人物打出"替天行道"的旗号一样,多襄丸也在努力为自己的身份命名,并在这种命名中求得合法性和合理性。

第二个是女人真砂。在影片中,她的身份最尴尬:她是一个被强奸

179

了的女性。这个被侮辱被损害的女人，情感经受了巨大的波澜，心态也最为丰富和曲折。对照砍柴人的叙述，我们看看她显示了什么，又隐藏了什么。

在她的叙述中，她把自己描述成了古代最标准的妇人：软弱、无力，身体虽然遇到伤害，但内心坚贞不渝。被强暴之后的她首先想到的是解救丈夫，并从丈夫那里得到安慰，但是丈夫给予她的只是鄙视的眼神，甚至不屑于去杀死她。在激动和痛苦中，她晕倒了。醒来就发现丈夫被人用匕首杀死了。她就是日本女子中那种老实、听话，永远没有自我，也不能有自我，只知道跟在男人后边的附属品。这就是她为自己打造的形象，千百年来的日本女性莫不如是。她成功地塑造了一个需要被怜惜、被疼爱和被原谅的柔弱女子的形象。

但在砍柴人的叙述中，她的形象发生了极大的变化，几乎是 180 度的大转弯。她俨然变成了最强有力者。一开始，女人是希望通过两个男人的决斗来决定自己的归属的。然而，让她始料未及的是，武士不愿意为她白白地牺牲，继而强盗也不愿意要这样一个别人扔掉的破鞋。在恼羞成怒中，她走到武士身边说：如果你是我的丈夫，你干吗不去杀掉他？又走到强盗的面前说：我以为遇到了远近闻名的大盗，他会把我从武士身边救回来，然而我想错了。她的目的就是使他们相互残杀，用这种方式来报复他们。面对两个男人残杀的场面女人大声狂笑起来，这种狂笑是主宰者胜利的狂笑，是对两个男人的嘲弄和绝望。

由上，同一个真砂表现出了两种截然相反的性格：一个是柔弱得可怜，一个是狂暴得可怕。或许这就是女人的真实特性。在日本传统文化价值体系中，对女人规定的角色，就是依附于男性，柔弱，老实，听话，顺从。这和中国传统文化"三纲五常"中的"夫为妻纲"极为相似，或者说出之于同一个文化源流。但真实的女人却又不是这样的。和现实中的男人一样，女人也有七情六欲。男人可以拈花惹草，女人也有自己心目中的男人，也想满足自己的性欲。这是人的自然本能，是无法改变的。然而，这种本能欲求，却不能见容于社会，见容于文明，即使有也只能压抑下来，或者以扭曲的形式表现出来。真砂的叙述掩盖的正是她内心之中强悍的一面。从中我们看到的是一个女性痛苦的呼声。从她的呼声中，我们甚至听到了一丝女性主义的萌芽。

第三个是死者武士。他面临着一生中的奇耻大辱：自己被绑，妻子被辱。作为一个失败的男人，他将如何面对这一切？对照砍柴人的叙述，我们看看他显示了什么，又隐藏了什么。

他是借着女巫之口说话的，但叙述的效果由于女巫的生动表演，非常逼真。在他的描述中，女人都是邪恶的，整件事情都是由他的妻子——一个"贱人"引起的。当女人要求多襄丸杀死自己的丈夫时，多襄丸不但没有照做，反而拿住了女人，请武士发落。这一举动取得了武士的原谅。他说："我当时想，但凭这句话，也就可以饶恕那强盗的罪了。"这表明武士是一个大男子主义者，在日本古代社会里，这种人很普遍，他的这种意识完全是千百年来男权社会的产物。他丝毫没有考虑女人被强暴后可能的遭遇，似乎认为男人可以像处置奴隶一般天经地义地处死女人。他和女人组成的是一个典型的古代婚姻，在这种婚姻模式中，妻子要绝对服从和听命于丈夫。他将所有的错误都推到女人身上，而自己则是自杀的。尽管事实上他是为多襄丸所杀，但这样的死太不光彩，自杀固然算不得最好的举动，但也比被杀要好得多。更何况日本武士还有崇尚自杀的"优良"传统。在一开始叙述的时候，他就不断地强调"我那美貌的妻子"，可见在他的头脑里一直存在着一种"红颜祸水"的概念。他对女人的不屑是与生俱来的。这与女人对男人的憎恶似乎相辅相成。

由此可知，为了掩饰自己在暴力面前无能为力的所谓自尊和面子，武士在这里讲述了一个为了声誉而自杀殉道的完美道德故事，并借助它来掩盖自己的无能与懦弱，给自己并不光彩的举动涂上脂抹上粉，从而维护了男人虚伪的面具，推卸了那种无法承受的男性压力。在中国古代社会中，也绝不缺乏像武士这样的男性。他们一方面瞧不起女性，认为女性只是男性的附属品，一方面又过于高看了女性，认为一切的祸端都起源于女性。四大名著中除了《红楼梦》从审美的角度审视了女性,《三国演义》、《水浒传》、《西游记》都没有真正把女性当人。黑泽明于此创造出武士这一卑琐的形象,仿佛代替女性向千百年来的男性扇了一记响亮的耳光。

影片中的聆听者——打杂儿的形象值得注意,在罗生门的故事中,他是一个关键的角色。他最喜欢打听别人的隐私。在现实生活中,此类人物并不缺乏,也很令人讨厌。但故事的情节却由他来联结架构。故事的主题一次次地被他提到:"人这种东西么,对自己本身都不肯坦白的东西多着呢。"从这里看来,似乎故事中叙述者们并没有刻意地撒谎,他们似乎连自己的心都蒙骗了,自然而然地讲出了自己认为的真相。这也正应了症候式分析中的所谓空白、沉默与沟壑,并非是剧中人有意识地掩盖,而是事先他并不自知,因而无法通过"直接阅读",而只能通过间接旁证、细枝末节去理解、去推测。而人性的懦弱就从这里得以凸显。对于损害到自身的东西,我们本能地就将其屏蔽掉了,根本不用经过大脑的选择。而这种屏蔽一定是符合我们的利益的。无庸置疑,这种利益,既符合某种外在的现实社会的秩序规范,又是对于我们内心"超我"理想的一种隐秘满足。比如多襄丸的风流侠盗,女人的标准妇人,武士的大丈夫形象等,这些都是他们深藏在内心中的渴望,通过这一次次的叙述,得到了满足。

如果说在罗生门中,四位理解者:强盗、女人、武士、砍柴人所叙述的是一个大寓言,那么影片的结局,由砍柴人、云游僧、打杂儿和被遗弃的孩子所演绎的故事,则又是一个小寓言。真砂就是那个可怜无助的孩子,美丽、活泼、纯洁、可爱,然而没有能力保护自己,不论在中国还是日本,他们——妇女和儿童都是最为弱势的群体。他们唯一保护自己的法宝就是撒谎。武士就是孩子的父母。他们本来就应当对于自己的女人或孩子竭尽保护之责,然而却由于某种原因放弃了自己的责任。力不从心也就罢了,然而他们却往往找出各种理由来为自己辩解。与女人的说谎相比,他们更可耻。至于多襄丸就是那个打杂儿,他们都是极端利己主义者,浑身上下都透露着罪恶,为了一己的私利,什么坏事都可以做。他们是社会中的不安定分子。然而在他们的内心中,未必没有归顺社会的渴望。由此看来,罗生门事件并不局限于罗生门一地,也不局限于下着暴雨的某一天,而是一个可以随时发生在任何一个时空中的永恒的悲剧。

附录 1：论福柯的原创性
——读鲁原先生《思想家本色》①

　　作为 20 世纪最具世界影响的哲学家之一，福柯及其哲学屡为当下学人所称引。权力、话语、性、监禁、疯癫等，已经成为福柯思想中的关键语汇，并且在福柯研究界内外得到了越来越广泛的运用。近读鲁原先生《思想家本色》，深受启发。这是一篇有关福柯著作《词与物》的思想评论，也是一篇优秀的书评。在笔者的印象中，有关福柯著作的书评可谓多矣，但大都如隔靴搔痒，雾里看花，读后仍然一片茫然，很难把握到福柯思想创作的精神实质。由此可知，好的书评就像一个好的引路人，或一个好的伯乐，亦难轻易得到。我认为，鲁原先生的《思想家本色——读福柯〈词与物〉》即为其中之一。

　　《词与物》发表于 1966 年，是福柯思想发展历程中的一个重要里程碑。在这本书中，福柯重点考察了各种不同时代的知识形构和权力的实际运作以及道德规范的建构等三重复杂关系。他尤其探索了自现代社会形成以来现代知识论述的基本结构及其实践策略的变化，揭露了现代社会通过现代知识论述披上一层"合理性"的"科学"与"理论"的外衣，并以之来形构现代人的"主体性"的历史过程及其相应的社会运作机制。

　　鲁原先生对于《词与物》的把握相当准确。为了论证福柯作为思想家的本色，鲁原先生主要将福柯的思想特性归纳为三点：原创性、深刻性和简明性。我认为，在这其中，尤以原创性为最。因为原创性有了，其思想必然是深刻的，而其论述也必然是简明的。事实上，原创性不仅表现在《词与物》中，而且作为一条红线始终贯穿在福柯的其他著作中。

---

① 鲁原：《思想家本色——读福柯〈词与物〉》，鲁原著《人生三角地》，大众文艺出版社 2008 年版。

今稍加阐释,以向鲁原先生求教。我认为,福柯哲学的原创性主要表现为以下几点:

一　对于启蒙"理性"的批判

启蒙运动自18世纪发生以来,奠定了欧洲各国的思想基石。在福柯看来,现代社会中的一切矛盾,都可以追根溯源到启蒙。要想进一步搞清楚我们目前所处的现实困境,找出解决问题的办法,就必须重新正视启蒙,对启蒙运动重新予以批判。

福柯主要从科学技术、革命运动以及殖民活动的历史过程三大方面,具体地说明了当代各种危机的发生与启蒙运动之间的内在关系。通过对于以上三者的细致探讨,福柯实际上对启蒙运动的历史结果作出了否定性的结论。应当说,福柯的这一结论是具有极大的原创性的。在这里,福柯主要是针对西方人自己的历史而发言的。对于东方人——尤其是其中的中国人的文化和历史,福柯由于目力所及,没有过多地涉及。就目前中国的社会现实而言,由陈独秀、胡适、鲁迅等整整一代"五四"新文化人所开创的启蒙运动,其历史任务还远未完成。鲁迅在上个世纪初留学日本时期所大声呼吁的具有尼采的"超人"理想的"精神界之战士",还远未出现。借用中山先生的话说,就是:启蒙尚未成功,同志仍需努力。在这种情况下,就我们自身而言,是无法展开对于启蒙的历史批判的。究其实,即是启蒙在当下中国还远未成为现实。但是,如福柯所言,启蒙本身又是矛盾的,也是富有吊诡性的,提前了解、预知启蒙运动的弊端,对于正在进行启蒙运动的我们,其参考价值和借鉴意义,也是显然的。他山之石,可以攻玉,或许我们可以因此而少走许多弯路。

与康德对启蒙运动中的"理性"原则过分强调截然不同,福柯更为看重的乃是一种同样植根于启蒙的哲学态度或气质,即"哲学的质疑",亦即"批判性质询"的品格。由是,本着批判与质询的原则,福柯对于启蒙运动中的"理性"原则进行了猛烈的批判。

福柯认为,西方现代科学技术,作为启蒙"理性"标准和典范的衍生物,已经从精神和肉体两个方面全面宰制了现代社会和现代人。"科学和技术的合理性"在当代生产力发展和政治决策的权力游戏中,扮演着越来越重要的角色。由启蒙运动所鼓吹的科学理性主义又总是为专制独裁政权所利用,在实际运作中已经演变为各类统治阶级进行权力斗争的工具。福柯尤其以斯大林的集权统治为典型,来说明启蒙运动的基本理念所产生的负面效应。继而,启蒙运动的影响扩大到整个世界以及各个民族的命运。在这个"后殖民"时代,人们有理由发问:西方的文化、科学、社会组织以及它们的理性本身,有什么权利要求取得在世界范围内的普遍有效性?

其实,福柯并不是完全无原则地反对理性,而主要是不满于理性的"专断"品质:"理性,犹如专断的光芒。"正是这种专断构成了对于其他话语的压抑。如鲁原先生所言,启蒙思想以公平、正义的"合理性"而确立为人的普遍准则,事实上,这种"普遍性"在相当大的程度上是建立在对其他思想的排斥和压抑的基础上的,从而构成一种话语霸权。

进而,这种话语霸权促成了"西方种族中心主义"或"白人中心主义"的形成。西方人(当然主要是白人)不仅骄傲于自身种族的优越性,而且将本种族语言所创造的文化体系视为"典范"。当他们向外扩张时,总是将他们的文化论述体系视为真理的标准,要求作为"他者"的异民族全盘接受,并以此"典范"贯彻于世界各民族的文化和生活中。西方的现代社会及其自由民主制度,也由此成为世界各国革命运动兴起的"正当性"依据。这一切的始作俑者均可以追根溯源到启蒙运动中的"理性"原则。

二　对于"权力"话语的发现及其广泛应用

通过对于启蒙理性的批判,福柯发现,我们所处的现代社会乃是一个以管制和控制为唯一目标的"规训"的社会,规训的结果是产生服从社会规范而又熟练的肉体,驯服的肉体。这种"驯服"是通过一种无所不在的"权力"实现的。

福柯的这一思想,和鲁迅关于细腰蜂的思考有异曲同工之妙。鲁迅在论述细腰蜂时,认为细腰蜂控制幼虫最好的效果就是使其不死不活,唯其不死才能继续为其效劳,唯其不活才能不至于产生反抗。这就是福柯所认为的最佳的驯服效果,而细腰蜂具有麻醉作用的毒针,即为福柯所说的权力。

福柯所谓的权力,并不仅仅指政治权力,而是一张广泛存在的、普遍地发挥着作用的关系之网。它们构成自己特定的"有机体",有着自己在斗争与对抗中所产生与变化的规律,有着自己赖以发挥作用的"战略"。"权力无所不在,并不是因为它包含一切,而是因为它来自一切方面。"它就像一张包罗万象的大网,任何人都无法逃脱它。在福柯的论述视域中,自我、性、知识、惩罚、规训等现象,都可以归结为权力运作的产物,而形形色色的社会控制和个人控制也都可以还原为权力的功能。

鲁原先生认为,福柯在《词与物》中倾全力致力于权力/知识的解构,从而得出了西方自文艺复兴来,那个抽象绝对的"人性"、那个至高无上的"人"倒塌了的结论。权力/知识命题正是福柯权力观的一个独创之处。具体到《词与物》中,福柯认为,在人文科学里,所有门类的知识的发展都与权力的实施密不可分,并且当社会变成科学研究的对象,人类行为变成供人分析和解决的问题时,这一切都与权力的机制有关,甚至人文科学在他看来也是伴随着权力的机制一道产生出来的。权力与知识这二者其实是一个整体,"权力的行使不断地创造知识,而反过来，知识也带来了权力"。按照这样的权力/知识观，现代规训制度充分利用了现代科学技术等知识，将权力的效用发挥到了极端，深入到了社会中的每一个边缘和每一个角落。

正是在这种情况下，福柯对地处社会边缘的监狱倾注了浓厚的研究兴趣，并将其权力话语与监狱研究紧密结合起来。在福柯看来，现代监狱的目的就是为了培训温驯顺从的个人。被关在监狱里面的尽管只是一些少数的犯罪分子，但是通过对于这些少数罪犯的监禁，却杀一儆百，达到了对于整个社会成员进行规训和警告的效果。因此，现代监狱就是整个现代社会的缩影。为了更加具体生动地表述自己的观点，福柯在他的监狱研究中特意描述了一种被称之为"全景敞视建筑"的监狱。在这种监狱里，监管人员在任何时间，都可以站在最有利的位置，任意和有效地对任何一个处于特定时空中的罪犯进行宏观的和微观的监视和控制。可以说，这种监狱集中体现了资本主义社会政治、经济和科学的最高成果。其建筑设计，从结构到功能无不体现了知识、技术和权力之间的关系。在福柯看来，这样的监狱正是现代社会的生动象征，一个被微缩了的严酷模型。它是一种"彻底的规训机构"，一种典型的监禁体系，体现了现代权力最为根本的规训特征。福柯继而认为，现代社会中的其他机构也都不过是以它为模式建立起来的，现代工厂、学校、军营、医院以及一切慈善机构（孤儿院、养老院、救济所等）莫不如是。整个社会就是一所大监狱。所有的人，只要生活在西方社会中，就必然生活于这样一所大监狱中。每个人就像监狱中的犯人一样，既受到严密的监禁和窥视，又受到无孔不入的规训和宰制。福柯把这种现代化的监视制度，称为"无处不可见"，或"无所不在的可见性"。由此，我们的整个社会就演变成了一个完整的监视网络系统。每个个体都处于这个无所不在的监视网络的统治之下，都以自身的行为有意无意地配合着规训标准的改造。

三　对于"主体"的消失和"人"的死亡的大声宣判

在《词与物》的最后章节,福柯得出了一个足以震撼整个人文社科界的结论:人的死亡。这是继尼采喊出"上帝死了"之后又一惊世骇俗之语。福柯从事人文科学考古学研究的真正目的,就是揭露近现代人文科学是如何同社会权力运作相互配合,从而设计出现代人的主体意识,并进而造成对于人性的扭曲的。

在《词与物》中,福柯着重论述了现代知识论述基本模式的革命过程及其所造成的知识断裂。他指出,现代知识论述结构原本由现代人所创构,但是在实际发展中却反客为主,规训、形构和宰制着现代人逐步地变成"说话的主体"、"劳动的主体"和"生活的主体"。也就是说,现代人开始通过对于知识论述的学习,将自身规训为符合现代资本主义社会的"标准"的"正常人",从而将自身也纳入到整个现代社会的规范和体制中,成为现代社会各种法律法规所约束的人。如此看来,现代人对于现代主体的追求,不仅没有形成一个自由和理性的人,反而导致了人的主体性的真正消失。所谓"主体化"和"主体性",并不是现代人本身的自然追求,而是现代社会在其标准化过程中的一个历史结果。在这一强制性的过程中,人文科学的论述策略起到了决定性的作用。由是,经由知识考古学批判,现代人的"说话主体"、"劳动主体"和"生活主体",已经随着现代知识论述结构的建构和散播,在知识、权力和道德的相互勾结中,变成"在沙滩上消失"的虚构的人。

与主体并非天然生成,而是被权力所造就的思想相联系,福柯同样对主体哲学的"人"的观念进行解构。在福柯看来,启蒙运动主体哲学中所谓"人"的观念,不过是欧洲近期的一个产物:"人是一个最近的发明"。在18世纪末以前,所谓的"人"是不存在的。在此之前的古典时期,人,作为一个最初的现实,作为独立自主的对象,并没有地位。"人"只是伴随着现代时期的生命科学、经济学和语言学的兴盛而产生的,同样,它也伴随着20世纪的精神分析理论、语言学和人类学等新学科的出现及其对"人"的新理解(人是欲望、无意识与语言的产物)而消亡。这意味着"人"与其他的认识概念一样,不过是在特定的时代与文化背景下所形成的观念。福柯甚至这样讲:"在'语言说话'的地方,人就不再存在。"这就把"人"完全视为受语言规则系统与知识话语所主宰、控制的产物。

《词与物》之后,福柯继而展开了对于人文主义的清算和批判,并集中暴露了人文主义的政治性质。这一次,福柯批判的矛头已经越出知识史的范围,也不再停留在历史的领域中,而是转向现实政治斗争中的人文主义意识形态。

值得注意的是,福柯对于人、人文主义、人的主体性的批判,并不是要否定人文科学本身。人文科学将会在另一个并非由人文主义所封闭或决定的视野之内发展。在哲学中,人仍然可以作为知识的对象而存在,但是作为人文主义的追求:成为那个自由的和生存的主体的理想将会消失。因为这种主体究其实只是19世纪的神在人文主义中的化身。而尼采却宣布神的死亡,并同时宣告了19世纪人们不停地幻想过的那种被神化的人的消亡。当尼采宣告"超人"的到来时,他所宣告的,实际上并不是一个更像神的人的到来,而是一个永远与上帝无关,也不再把神当成自身形象的真正的人的到来。而这正是福柯进行人文科学考古学批判的目标和理想,即使人本身成为他自己命运的真正主人。

"主体"的消失和"人"的死亡,无论福柯的这一观点乍听起来是多么的刺耳,然而仔细聆听、认真体悟之后,就会发现这一结论是具有极大的价值和意义的。如鲁原先生所言,"主体的死亡","人的终结",使启蒙时代以来以绝对理性和绝对人性为核心的整套知识体系发生动摇。这是思想界的一个重大发现,它引来了一个新的文化时代——后现代主义文化时代。这样一个思想将带动人类认知哲学的更新,也将带来人类知识体系的更新。它是否被新的时代所接受,还有待历史的证明,但它颠覆了以往的思想体系则是不容置疑的。思想家正是在对

旧的思想体系的质疑中显示他的价值的,福柯思想家的地位也是这样
被确定下来的。

四　对于考古学与谱系学研究方式与方法的情有独钟

在福柯的学术研究生涯中,福柯从来不像他的前辈哲学家如康德
那样喜欢做抽象的、整体性的思考,而只是关注一些更为具体的人和
事,如疯癫、监禁、知识、性等,以便从这些经验性、历史性等的有限事实
中获取关于人的真正认识。与之相应,福柯所采取的主要是一种考古
学与谱系学的研究方式与方法。

福柯指出,从根本上说,考古学与谱系学是一种"批判的机器"。批
判的特征,就其目的性而言,是谱系学的;就其方法而言,是考古学的。
考古学方法的特征在于:其一,它是历史的,设法得出的是使我们的所
思、所说、所做都作为"历史事件"来得到陈述的那些话语;其二,它是探
求规则的,以类似于康德(纯粹数学、自然科学何以可能等)的方式,旨
在探究知识得以可能的条件,即支配我们思想和话语实践的各种产生
和转换的法则是什么。在这方面,考古学的研究"并不设法得出整个认
识的或整个可能的道德行为的普遍结构",而是设法得出作为历史事件
而得到陈述的那些有关思想与行为的具体话语。

与考古学不同,谱系学的方法是一种"能够阐明知识、话语、客体领
域等事物之构成的一种历史形式,它无需参照某个主体,不管这个主体
超越了事件场,还是顶着空洞的自体贯穿于历史"。它着重于把握权力
与知识、主体、自我之间的关系,亦即权力运作系统对于知识、真理、主
体、自我等的支配与控制关系。而不是像启蒙时代的主体哲学那样,侧
重于先验主义和人本主义传统,往往首先确定一个先验的主体,然后以
之为参照系来把握知识、真理、主体等其他对象。

福柯本人在晚期总结考古学与谱系学的意义时指出:它们既是方
法,又是目的。在福柯的研究前期,考古学运用得较多,后来在研究知

识与权力的交错运用时,则是考古学与谱系学同时并用,再后期,则更多地以谱系学取代考古学。不论是考古学还是谱系学,都可以归结为一种态度:一种对于我们自身的现状的态度,对于现代社会制度的态度,对于批判自身的态度,对于我们自身能否超越现代社会的限制的态度。

从上述福柯对于考古学与谱系学的界定可以看出,福柯所使用的这种研究方式与方法所追求的目标完全是非形而上学的。福柯所持的主要是一种历史的、批判的态度,这种态度是属于实验性的,是需要通过现实来检验的。我们不能够设想福柯会像他的前辈哲学家那样,脱离开当代的现实而去构想、制订出有关某种社会、思想和文化的整体方案,因为这样做如福柯所说只能会重蹈覆辙。他之所以采取谱系学与考古学的研究方式与方法,是与他对当代社会的批判性态度密不可分的。

《词与物》其副标题即命名为"人文科学考古学",如同鲁原先生所指出的,这和他此后的《知识考古学》一脉相承,以知识的话语结构为逻辑起点,向传统的认知哲学和抽象的主体主义发动了攻击。通过对于人文社会科学的这种考古,福柯揭示了知识背后的无意识,即历史文化内容。这样,绝对理性被解构了,绝对人性也被解构了。人是被知识掌握的,被话语掌握的,绝对人性不过是一种历史话语。福柯强烈攻击人的"内在性的伟大神话",解构那种至上的、先于话语的人本主义特权。他在思想观念背后采取行动,发现作者背后还有一个"匿名的主体",即历史话语。也就是说,人的思想、观念,乃至行为模式,表面是主体的,实际是话语的,话语是真正的"署名",尽管它是"匿名的"。这个结论宣告了"主体的死亡","人的终结",使启蒙时代以来以绝对理性和绝对人性为核心的整套知识体系发生动摇。其所得出的结论是振聋发聩的,知识考古学方法的魅力由此可见一斑。

五　对于现存世界的永不停息的批判

鲁原先生认为,作家也应该是思想家,他们是无法与生活和解的,和解后的"无冲突论"便泯灭了作家、思想家的锋芒,也失去了作家、思想家的本色。无法与生活和解,意味着作家、思想家在面对生活时,所采取的必然是一种批判的立场和质疑的态度。考察福柯所有著作,几乎可以说都充溢着一种对于现代社会的批判精神。

如前所述,福柯在进行哲学表述时,不喜欢做单纯的抽象性的哲学思考,而总是将他对于知识与权力的批判,落实到各种具体的现代知识论述及其论述实践中来。福柯将这种批判称之为"权力的微观批判"。通过这种批判,福柯具体而深入地剖析了贯穿于西方社会的各种权力关系及其对于社会和个人的双重控制策略,全面地揭露了现代社会的社会制度、政治和文化的不合理性,揭示了作为现代社会核心的"主体性"问题的抽象性与虚幻性。正是这种通过将其批判的触角深入到权力的最末端和社会领域中最不为人所知之处的做法,呈现出权力运作最肮脏而又最厚颜无耻的特性。

如福柯对于疯癫与文明的考察,正如鲁原先生所言,疯癫不是自然现象,而是文明的产物,是精神压迫的结果,荒蛮时代不可能产生疯癫。福柯指出,精神病治疗学本身就是一种规训的权力。被传统理性主义和现代科学技术所认定、所排斥的"疯子"并不"异常",真正精神上有问题的,是那些动辄将别人斥责为疯子,并以种种理由虐待他们的人。这些人表面上以追求客观真理、探索客观规律为己任,其实恰恰充当了资产阶级在进行社会统治时的有效工具。福柯之所以会对精神病治疗学产生出浓厚的兴趣,主要是为了探讨:现代社会为什么以及怎样通过像精神病治疗学这样的"现代科学",将社会上的人分割成"正常"和"异常",实现医学之外的社会区分化功能;人们又是以什么样的社会文化条件和手段完成对各个社会成员的分割和统治,完成社会各个成员的主体化过程，以保证社会统治秩序的稳定确立。福柯在论及现代监狱时，尤其注意到现代监狱在利用技术方面的高效率性和高度理性化，针对现代监狱制度的辐射性影响和普泛性意义，甚至尖锐地指出"现代社会就是一所典型的大监狱"，工厂、医院、军队，甚至学校也无法从这种由权力编织起来的罗网逃脱出来，它们共同履行的正是现代监狱的监视职能。

福柯对于现代媒体及大众传播的批判也很值得一提。

福柯首先看到了现代媒体及大众传播系统与古典时期市民社会中的媒体及大众传播的根本差异。他指出现代社会已经不是古典的公民社会，曾经在古典社会中存在过并充当国家与公民社会之间的调解者和中介因素的媒体体系，已经随着现代资本主义的发展而发生了根本的变化。我们今天所说的媒体，主要是指电视、广告和电子网络。以它们为主的当代媒体系统，不论从结构和功能方面，还是从它们与国家与权力机构的关系而言，都已经不同于古典时期的媒体系统。

其次，福柯明确地将媒体与大众传播系统放置在当代权力关系网络之中，并从它们在社会权力网络中的地位及实际功能，分析和批判现代媒体的性质。认为现代媒体本身就是一种权力系统，并且与整个社会的权力网络保持不可分割的关系，已经成为整个社会权力关系网络的一个重要构成部分。所以，现代媒体的运作，既从属于权力网络的内在斗争逻辑，也从属于政治权力的斗争利益及其走向，而且，还直接为权力斗争的需要，特别是为政治、经济及各种垄断势力的利益服务。当代媒体和大众传播事业的性质转变，促使媒体成为统治阶级统治社会的象征性暴力的主要工具。福柯本人曾经在多次集会中，抗议过媒体的堕落和政府的暴力。

再次，福柯严厉批判了随着当代媒体的疯狂发展而产生的一种前所未有的"媒体文化"。福柯指出，这种媒体文化的产生，所改变的不仅是媒体自身的性质，而且也深刻改变了传统文学和艺术的性质，为政治和经济的权力关系网络对于媒体的全面控制和垄断提供了广阔的可能性。现代媒体文化已经远非昔日传统市民社会中的媒体,已经不能够不偏不倚地单纯传递信息,而越来越成为现代资产阶级统治社会的单向意识形态工具。福柯进一步指出,在现代社会中,随着科学技术的发展及其与权力之间的相互勾结,媒体文化以及文化创造本身全面实现了技术化、符码化、复制化和程序化。这种结果导致了整个媒体及文学艺术事业处于空前的亏空和危机状态,也使得整个社会生活丧失了活泼泼的自然生命,沦落和异化为技术及符码进行游戏活动的对象和工具。

随着数字化和网络化社会的加速来临,福柯对于现代媒体及大众传播的批判将会显示出愈来愈强大的现实批判意义。

附录 2：对话与交流
——鲁原先生《人生三角地》①阅读札记

一 在仕与不仕之间

有一天，鲁原先生跟我谈起，他退休以后，最想做的一件事情就是为苏轼写一部传记，借此对中国的传统文化和传统文人做一次清理性的思考。《读苏心解》可谓他多年来关于苏轼的一次思考结晶。

有关苏轼，可谈的方面实在太多。但鲁原先生能够抓住最为根本的一点"苏轼的仕与不仕"来立论，可谓慧眼独具，不同流俗。

中国传统知识分子和官场有着千丝万缕的联系。在中国，只要是稍有名气的知识分子，鲜有不参加科举考试，不入朝为官的。文名可以带来官名，官名同样可以强化文名。王维和杜甫堪称中国古代大文人、大知识分子，他们去世以后，其诗文集分别被称为《王右丞集》和《杜工部集》，即是借助其官名标榜其文名。

"学而优则仕"是对中国文人目标前途的一个集中概括。中国文人的理想大都在朝而不在野，都愿意入朝为官，实现其政治抱负，而不愿意隐居山林，单纯地追求个人闲适之趣味。只有在政治上严重失意之后，才转而致力于学术、文章或者教书育人。

于是，鲁原先生的议论开首便从"学而优则仕"谈起。他所讨论的问题是：士人——仕途是最好的选择吗？知识分子（士人）怎样才算最好地实现自己的价值呢？这个问题一语中的，可以说，解决好了这个问题，那么，始终困扰在中国传统文人——并不仅仅是苏轼——身上的一

① 鲁原：《人生三角地》，大众文艺出版社 2008 年版。

系列问题也就迎刃而解了。

　　然而,士人进入仕途,却并非想象的那样简单。任何一个中国文人,只要他一开始进入仕途,就会明显地感觉到士和仕之间的矛盾。士,作为中国传统知识分子,拥有在当时远远高于普通民众的道德和学识,对于万事万物的观察也远远走在同时代人的前列,他们就是所处时代的知识精英。但士人要想发挥出更大的作用,必须要在统治阶级的政治体制中占有一定的位置,继而拥有一定的话语权和决策权,然后才能实现自己的政治抱负。这样,士人就必须要入仕。但入仕就必须要取得统治阶级的认可和国家意识形态的检阅,八股取士就是其中一个极为重要的关卡。八股取士所取的未必都是有才之人,但肯定是合乎规范之人。蒲松龄纵然有绝世才华,但怎么也作不好严格规范的八股文,也就始终不能如与他同时代的王渔洋一样进入官场,发挥自己的政治才能。苏轼的情况要好一些,因为那时的取士制度还不像八股取士那样严格规范,皇帝也还较为看重才华。所以,苏轼较之蒲松龄,已经算是幸运的了。

　　但是这种幸运恰恰又是苏轼的不幸。因为从根本上说,才气和做官是相违的。如鲁迅所言,文艺和政治总是歧途的。文艺和政治不断地冲突,政治想维系现状使它统一,文艺催促社会进化使它渐渐分离。文艺既是政治家的眼中钉,那就不免被挤出去。士人入仕最终受损的是士人独立的品格。为了适应官场的游戏规则,士人必须学会溜须拍马、上下逢迎、阳奉阴违的一套,久之就会忘记自己作为一名知识分子的出身,忘记自己当初入仕之时的豪言壮语,在这一点上,中国人是很健忘的。在拥有了话语权和主导权的同时,他们悲哀地发现,依然说不出自己最想说的话。他们的发言与统治阶级的利益和意志无不相宜,这时候,他们已经搞不清楚,是他们在说话,还是话语控制了他们。

　　如果士人非要发出自己的声音,就像苏轼那样直言相谏呢？历史上像这样不顾利害的知识分子为数不少,苏轼即为其中之一。真的知识阶级是不顾利害的,这也正是知识分子的一项基本品格。但是一意孤行的后果很严重,所带来的必然是仕途受挫。以凡人的眼光来考察苏轼,你会觉得他是那样的不合时宜。当王安石在位的时候,苏轼发表议论攻击变法,"乌台诗案"之后惨遭入狱,其境虽惨,也还可以理解。但是后来司马光上台,王安石失势,按说苏轼这时该得志了吧?可谁又能想到,此时的苏轼却又和已经下野的王安石相互唱和,而且也对上任的旧党颇有微辞,这就走到了司马光的对立面,其结果只好自求外任。新党上台后,他又被流放,最后差点死在当时的荒蛮之地,现在的海南。其原因就在于,苏轼始终想保持一个知识分子的独立意见,所以就往往和当权者唱对台戏了。苏轼就像柔石《二月》里的萧涧秋,其实并不能成为一小齿轮,跟着大齿轮转动,他仅是外来的一粒石子,所以轧了几下,发几声响,便被挤出政坛了。苏轼的一生可以说正是中国古代清正有节之士惨遭遇的一个典型代表。

鲁迅将中国文学划分为廊庙文学和山林文学。前者是文人已经走入主人家,非帮主人的忙,就帮主人的闲;后者虽然暂时无忙可帮,无闲可帮,但身处山林之中,还可以"心存魏阙"。作为中国传统文人的一个典型代表,苏轼为皇帝写过许多诰书,终其一生都渴望得到帝王的信任,以施展其政治抱负。苏轼帮过闲,为朝廷写过许多粉饰太平的文章,正如古代任何一位读书人,都愿意把自己所处的时代想象成一个太平盛世。当然,苏轼的内心中更不缺乏归隐山林的意愿,当他遭遇打击的时候,更是如此。我们阅读苏轼的诗词往往对此有着强烈的感受。这表明苏轼并没有逃脱中国传统文人的藩篱。以现代人的眼光来审查苏轼,要求一位一千年前的中国文人,表现出独立特行的现代气质,显然是过于强求了。

但是,作为一名真正优秀的知识分子,苏轼还是在他力所能及的范围内,作出了属于他自己的思考的。这就是他在屡遭贬谪之后,已经极为清醒地认识到了自己作为一名知识分子应有的角色意识。这正是鲁原先生心解苏轼的一个大发现。

鲁原先生在对苏轼的一生进行详解之后,得出这样的结论:学而优则仕对于士人来说恐怕不能说是福祉,而是陷阱,因为仕限制了学。士人——知识分子角色定位,在于他的独立思想和批评职责,一旦入仕,这些自觉不自觉就受到限制。西方出现过许多特立独行的思想家、艺术家、科学家,中国则少有,这里边与中国人的思维方式、治学方式有关,更与学而优则仕思想传统和文化制度有关。士与仕不同。士,是社会中的独立角色,有独立的思想力批判力,他的存在价值是在与现存秩序保持一定张力的状态中推动社会进步;仕,是政治体制中的一名官员,他要以自己的有效服从保持整个政治机器的有效运作。士可以入仕,发挥知识分子的作用;士也可以不入仕,保持独立的创造能力。苏轼的仕与不仕就是一个启示,更难得的是他在仕途的坎坷中逐步建立起来的士人的角色意识。

这就将对于苏轼的认识提高到了一个新的境界。这在今天这样一个"官本位"思想依然极为浓重的社会里,对于现代知识分子能否构建独立话语的启发意义也是显然的。

二　一棵树·一口井·一个回忆

造化常为庸人设计。在凡庸的生活中沉积久了,便会感到生命的麻木和无奈。以我而论,读书、教学、科研,几乎已经成了日常生活的基本形态。起初,它们于我还是有着一种精神上的原动力的。可是,随着这样的日子越来越长,我正在逐渐失去对于鲜活生命的原初感受。读书、教学、科研,这原本不是目的,而是达至生命圆成的一种手段。手段不期然变成了目的,在我的日常生活中变成了第一位的东西,为读书而读书,为教学而教学,为科研而科研的状况时有发生。这样日复一日,年复一年地循环下去,生命终将变得日益苍白。这时候,有必要停顿一下、反思一下既往的生活,因为没有反思的生活是不值得过的。接下来,便会发出这样的疑问:过去的生命真的曾经存在过吗?假如曾经存在过,我们又应当如何追摄一个已经过去了的生命,如何复原一个已经逝去了的记忆？

　　加缪《局外人》中的莫尔索是一个真正的荒诞英雄，他在法庭上陈述自己为何杀人时，回答是因为太阳，由于太阳的炎热冲昏了他的理智，才激起了他杀人的冲动。答案是这样的匪夷所思，在法庭上引起一片哗然。然而对于莫尔索来说，他所说出的不过是一种他所认为的真实而已。有趣的是，另一位存在主义大师萨特在他的剧本《死无葬身之地》中也描写了一位女战士。她的内心中充满了革命的意志和必胜的信念，监狱里幽闭的环境和非人的折磨促使她决意去死，甚至拒绝了唯一生还的希望：诈降。但是当她刚刚走出监狱的大门步入刑场之时，她突然感到了不期而至的雨点，马上感到了肉体的振颤和生命的复原。正是这一瞬间的触觉改变了她必死的念头。有时候，人的所谓"求活"心理就是这样简单。在这两位存在主义大师所讲述的故事中，不论是太阳，还是雨点，都是具体可感的实物。正是由于它们的出现，生命得以存在，记忆得以打开。

　　《人生三角地》不乏回忆之作，甚至可以说这主要是一部对于生命的沉思之作。鲁原先生借助一个个的视觉意象打开了记忆的闸门。记忆的洪流一旦奔出，故乡、亲人、时代也就一并喷薄而出了。展现在我们眼前的是一个已经逝去了的世界，也是一个曾经存活过的生命。

　　《桑梓情深》描写了几棵树：柳树、枣树、榆树、槐树等。柳树给人一种安闲舒适的快乐。"夏天在地里干活，柳烟沁人心脾，不管天多热，它都给你一丝清凉和甜蜜。柳树下面就是井，一桶井拔凉水消暑解渴；柳树后边就是家，咕嗒咕嗒的风箱声中有一顿凉面条，一块贴饼子。大柳树几乎成了家的标志。"这让我想起韩少功在他的名作《马桥词典》里，也写到了两棵树：枫树。在韩少功的笔下，这两棵枫树高大粗壮，凡是到过马桥的人，都能远远地就看到它们的树冠，被它们的树尖撑开了的视野。韩少功继而说："没有大树的村寨就像一个家没有家长，或者一个脑袋没有眼睛，让人怎么也看不顺眼，总觉得少了一种中心。马桥的中心就是两棵枫树。"鲁原的桑梓就是这棵大柳树。

　　枣树、榆树、槐树,它们不仅姿态优美,而且还可以提供人们所需要的物质食粮,但凡是经过饥饿的人,无不对这几棵树有着一种特殊的感情。因树及人,由枣树作者写到了舅父舅母。假期回家,舅父舅母已经饿得奄奄一息了,但是还要拿出院里的青枣来请远在北京求学的心爱的外甥吃。这是作者一生最难下咽的东西,"一颗枣一滴眼泪:饿得气息奄奄的舅父舅母,我没有什么东西滋补他们的生命,他们却未忘用家园中最后一点可吃的东西招待我。"由榆树、槐树作者写到了自己的母亲。"此后儿女们在外,母亲就伺候着这两棵树过日子。暑假我回家,母亲指点着树们说,这榆树一掐粗了,快够个檩条子了,她忘不了没有房子的艰难。寒假我回家,槐树叶子落了,皮还泛着青绿,母亲说,你要是春天回来呀,给你做顿槐花饭吃。母亲守着这两棵树过日子,盼着树成长,盼着儿女们成长,有了树就有了家,有了希望。"情景是多么感人呵。

　　作者由树又及一个时代,写到了大跃进的荒唐和愚蠢,干尽了杀鸡取卵的勾当,最终酿成了饥饿流行的人间惨剧。"大跃进毁坏了树木,毁坏了庄稼,也就毁了人的生存依据。"由几棵树作者念想到了几个亲近的人,再联想到一个已经逝去了的年代。你能说这样的生活没有存在过?曾经过去了的生活就这样真切地展现在了眼前。

　　《乡井》则再一次触及记忆的深处。在作者眼里,这口井有着汲取不完的记忆。然而,当作者再次来到故乡,试图找寻昔日的乡井时,却发现已经找寻不到熟悉的景象。原来是村人早就用了自来水,这口井也就被抛弃了。但被遗弃的还有那熟悉而又温暖的记忆:"那清晨起来井台见面的一声招呼没有了,谁的桶掉在井里那争帮打捞的亲热没有了,那溅着水花通往每家灶头的小路没有了。胡同里家家关门闭户,已不再有与井台相连的呼吸和脉搏。他们拧开龙头,享受着自来水的方便,却失去了井台谈天说地的自然。井台的落日已成永远的过去,电视机无论晴天下雨一样地制造着绚丽的色彩,但制造不出井台落日的情境。往事沉埋在深深的井底,也许没有人去挖掘这些记忆,但往事中也有一些美好的东西。井口张大眼睛，不愿被人掩埋，它期待着作为一处风景被人记取。井底有一张张历史底片，希望被人打捞，作为进步了的现代文明的衬底。"

　　一个井台联系着一连串的记忆，印证着曾经过去了的生命。同时也为我们留下了一个时代的见证。

附录3：以人为本位的诗学表述
——评鲁原先生《人生元本一首诗》①

鲁原先生新著《人生元本一首诗》是一本别具一格的唐诗鉴赏和评论著作，如先生在序言中所言："这是一本关于诗的书，又是一本关于人的书，确切地说，是关于诗人的书。"我认为这里的诗人有两重含义：一是本书以评传的写作方法，对初唐至唐末50余位诗人的性格、心灵，呈现出作为中国现当代文学研究者的鲁原先生独到的透视角度和理论修养，一言以蔽之，这本书是先生以新的研究视角对于个人化的唐代诗人的再发现；二是鲁原先生作为当代一位极富情感、以捕捉诗歌精灵为己任的诗人学者，在呈现个人化的唐代诗人的同时，也以此书呈现了一个个人化的作者。本书之所以能完成双重含义的指向，源于鲁原先生以人为本位的诗学表述方式，源于他对人的生存意义的本体追问。

一 以人为本位的文化视角下的诗学发现

历来唐诗阐释著作汗牛充栋，鲁原先生的创新意义在于对于话语和语境的自觉意识，他认为"第一必须结合当代的文化语境作出新的阐释，第二必须结合今人的生活写出新的审美体验"。当代的文化是以人为本位的文化，这种"以人为本位"理论自觉使鲁原先生对诗作出了这样的定义："诗是人之诗，是生命的呼吸和呐喊，是人在特定情境下的情绪、感受、心理、人格的闪现，或者说，是人的灵魂的闪现。"②因此他把"人的情感和品格"视为诗歌最有价值最有活力的部分。同时，诗歌又

① 鲁原：《人生元本一首诗——唐诗故事》，东方出版中心2016年版。
② 鲁原：《缘起：读诗与读人》，鲁原：《人生元本一首诗——唐诗故事》，东方出版中心2016年版。

是诗人以自己的思想性格与社会历史碰撞的产物,通过唐诗走进诗人的文化心理、社会情境,实现对传统文化的继承和批判,这是当代文艺理论批评的文化视角透视专长,也是先生的创作目的。

在这本书中,鲁原先生抓住了50多位诗人的性格特点、生存状况、生存境遇对他们做出了独具特色的命名,如"气冲斗牛:王勃""才高运蹇:王昌龄"、"野渡横舟:韦应物"、"寄情山水:柳宗元"、"弱身蹇驴:李贺"等,极具传神写照的概括性和形象性。在本书开头唐初四杰的介绍中就写出了诗人以各自的性格和命运演述的诗歌形态,可以说性格即诗,命运即诗。先生在王勃的性格中提炼出了自信、生命的激情和人格的力量,王勃自幼即涵养豪气,未尝降身摧气,屡遭挫折,锐气不减,故而能当仁不让应时而出,借《滕王阁序》展现阔大胸怀和丰富学识,借景物倾泻激情、挥洒诗意,借怀才不遇的历史人物表达老当益壮、穷且益坚的倔强意志,"礼赞的是滕王阁,站起的是一个人"。鲁原先生的这种象征式解读赋予了散文以诗歌的神韵,空间成了人的自我表现方式,物成了自我象征。先生也在王勃未完成的生命中肯定了"以气冲斗牛的豪气写人生"的强力意志,视之为唐代的气象,生命的闪光。

初唐四杰的杨炯因骂朝官"麒麟楦"(披着麒麟的驴)被《太平广记》目为"轻薄",鲁原先生从人格面具理论肯定了杨炯"揭麒麟皮"的犀利和率真的诗人本色,肯定了他抨击虚伪、呼唤人的本真的合理的历史要求,同时也不避分析杨炯苛责、自负的人性弱点。卢照邻贫病一生,以失群孤雁自喻,自修墓穴"活进坟墓",先生对这位人生失意的诗人给予了理解的同情,从卢照邻的痛苦经历体味命运无常的人生悲剧性。骆宾王以《在狱咏蝉》为苦闷的象征,以《讨武后檄》为战斗的檄文,但是鲁原先生揭示了"骆宾王的旷世奇文没有搭上政治的列车,满腔的才情化为当政的笑谈"的悲剧,不失为文艺与政治的歧途的一个有力例证。

与骆宾王的死无葬身之地不同,王昌龄的命运多蹇、屡遭贬谪乃至被迫害致死的悲剧命运更普遍地揭示了"才高运蹇"的对照关系,是更为常态的封建时代诗人的生存状态,也因此引起孟浩然、常建、李白、杜

甫等诗人的共鸣。《唐才子传》赞叹诗人"奇句俊格,惊耳骇目",却惋惜
他"不矜小节,谤议腾沸",鲁原先生则认为正是王昌龄的独立个性、现
实批判精神使他难有归全之道。"诗人是富有思想、富有个性的一群,
他们越是成熟越是表现出对自己价值观念的执着",①王昌龄"一片冰心
在玉壶"的独标高格的坚持和守护,深化了我们对诗人与社会永恒冲突
命题的认识。

　　封建专制时代人与政权根本关系的性质是依附性的,这种依附以
及对依附的疏离、反抗成为制约影响诗人性格、命运的关键因素,决定
了诗风和诗品。沈佺期、宋之问是武则天时期的北门学士、应制诗人,
他们的仕途浮沉荣辱得失都系于权贵,鲁原先生通过对沈、宋这类宫廷
诗人的生存状态、文化心理的探究探索了文人对皇权依附的悲剧。而
随着唐朝的衰落、阶层的固化,诗歌已经不能成为诗人的进身之阶,初
唐王勃等的积极进取精神渐渐衰微;尤其是晚唐政权更替,专制控制严
厉,诗人的生存空间逼仄,命运更为凶险。皮日休因为文字罹祸,杜荀
鹤靠歌功颂德苟全性命,甚至借用权力打击异己,人格在权力高压下出
现异化扭曲。以人为本的诗学观念不仅照亮了诗作的深层内容,也照
亮了诗人的人性内容。鲁原先生关注诗人在专制权力下的生存和命
运,揭示了权力对于诗人的绑架利用和压抑摧残,显示出历史和哲学的
深刻性。

二　建立在生存困境上的诗学超越和拯救

　　以人为本位的诗学观念使鲁原先生能够从人与自然、人与社会、人
与人的冲突中体验诗人的感觉,展现诗歌的本质。这本书为我们贡献
出了另类的李白形象和李白诗歌的星光月华,边缘人的杜甫形象和杜
甫的博爱情怀,党争夹缝中的李商隐和他的爱情朝圣,以及把诗歌当成

---

① 鲁原:《人生元本一首诗——唐诗故事》,东方出版中心 2016 年版,第 53 页。

至高无上的生活追求的贾岛,诗人的独特困境及对困境突围的可能性探索成就了独特的美学风格、多元化的诗学价值,唐代诗歌的成就体现在对生存困境的诗学超越和拯救上。

鲁原先生用文化学的视角观照李白,发现他在中国诗歌史上是一个异类,并考证了这个异类的产生与李白出生、成长的文化背景、地域有关。李白飞腾于中国的儒、道文化土壤之上,以带着某些蛮夷色彩的人性张扬进入唐代诗坛,这使他的人生富有传奇色彩,也使他的诗歌富有浪漫色彩。可以说,李白是对儒家主流文化的一个逆袭,他的单纯的功名心、狂放不羁的个性造就了诗歌中的自由和现实中的行路难。因为蔑视权贵、践踏等级秩序,李白遭到了赐金放还的被逐命运;而功名心切、政治上站错队更是使李白卷进了权力斗争的漩涡,险遭灭顶之灾。结合李白的现实追求和理想追求,鲁原先生提出了人的三种生存态度:现实的、历史的、宇宙的,现实的尺度是利益得失,历史的尺度是理性批判,宇宙的尺度是意义追问;三种生存态度形成三种艺术形态,即社会的、历史的、审美的。先生认为:"李白从介入现实到超越现实,从拷问人生到向往星月,体现了对理想世界的追求,对审美境界的体悟。李白的诗是面向现实又是对现实的超越,是追求理想又有理想的困惑,进而深入到人的生存状态的思考和追问,更具纯诗的特质。在儒家诗教为正统的国度里,李白是一个'异类',但也是一个超越。"①也就是说,李白在现实世界是执着的,也是失败的,但是李白作为诗人在张扬个性、追求理想的诗歌和生命维度上是自我实现、自我完成的。

鲁原先生突出了杜甫处于权力阶层的边缘位置,既冷眼审视统治者的骄奢淫逸,又热情担当时代和平民的困厄,这是边缘人的杜甫介入和拥抱世界的方式。"此身饮罢无归处,独立苍茫自咏诗",是边缘人的清醒和坚持;"杜陵有布衣,老大意转拙",是边缘人的不合时宜的固执;"穷年忧黎元,叹息肠内热。取笑同学翁,浩歌弥激烈",是边缘人的选

---

① 鲁原:《人生元本一首诗——唐诗故事》,东方出版中心 2016 年版,第 143 页。

择和投入。杜甫在情感和人生价值立场的选择上,是向着底层民众敞开,分担着平民的苦难悲欢,锤炼着忧国忧民、愤世嫉俗的诗心。这位政治上的零余者,却是情感的博爱者;权力阶层的边缘人,却是历史的见证者和体现者。鲁原先生评价杜甫的诗歌是"以自己的生活经验书写着时代的巨大变化,诗中有'我',更有时代的影像,'事'与'史'结合,被诗情所融化,作品达到极高的境界"。[①] 杜甫的诗"是人生旅途的诗,人生境界的诗"。杜甫诗歌的史诗品格是杜甫雁过留声的生命要求和诗性拯救。

陷于党争夹缝和仕途泥泞的李商隐,把杜甫的博爱情怀做了一个向内转的转向,发展了杜甫晚年的生命反思精神,将个体的情感、生命作为沉吟的对象,诗歌中饱含浓重的悲剧意识。当下的生命即是李商隐无限的乡愁,爱情即是李商隐诗歌建构的神性宗庙。而当仕途向贾岛、李贺关闭了大门,两位诗人却将艺术奉为生命价值的寄托,贾岛除夕祭拜自己的苦心之作;李贺蹇驴寻诗,呕心沥血,这些被现实诅咒的诗人把诗歌当成对自己的祝福,使诗歌创作超越任何功利目的获得体现人的美感、想象能力的本质意义。

无论李白的高标理想、杜甫的博爱情怀、李商隐的爱情朝圣、王维贯通自然的生机、贾岛和李贺艺术至上的追求,都是鲁原先生在当下以人为本的诗学观念和文化多元价值观念下对诗人的生存困境和诗意追求深刻理解的产物。这些深刻的理解和感受,无疑会拉近古人今人的距离,把这些诗人作为现代人理解世界、人生的通道和窗口,实现以诗歌塑造人的情感和品格、以诗歌沟通人的心灵的写作目的。

三　主体性的投入和诗化表达

鲁原先生是一位诗人,他教授文学从来都是包含着情感,从来不会

---

① 鲁原:《人生元本一首诗——唐诗故事》,东方出版中心 2016 年版,第 185 页。

把文学当作身外之物来谈论。在这本书的文字里,我感受到他洋溢的诗情,诗化思维和语言表达,赋予了这部学术著作美文的品格、诗歌的灵魂。表现为:

一是叙述上的第一人称代入。学术文字往往是第三人称,与研究对象保持着理性的距离。鲁原先生的行文却经常出现第一人称的代入,比如介绍杜甫参加乐游原盛会的感慨:"杜甫作为诗人,不止一次参加乐游原盛会,年年大醉,这次却格外清醒,大杯罚酒使他麻木,王公贵族骄奢淫逸使他悲怆不已,自己已经头发斑白,再添几根白发又算什么,多喝几杯又有什么!朝廷已经知道我是个'贱士',不会给他们增光添彩,但作为诗人,我难以忘却诗人的天职。"介绍杜甫的绝命诗《九日》:"青绿的竹叶已经与我无缘,菊花也不必为我再开,我就要离开人世了,只能抱病登台,浑酒独酌,祭奠这个世界,也祭奠自己。"[①]在这本书中频频出现的这些第三人称向第一人称的过渡是鲁原先生创作中的主体性投入,把叙述语言由旁白变成了独白,是写作者与研究对象源于内心、灵魂的深度对话和情感、人格的高度融合。鲁原先生对诗人原诗的阐发渗透着研究者自身的生活阅历、存在感受、价值立场,成为批评者富于情感感染力、艺术穿透力、审美判断力和理论建构力的创造性表述,是先生个人化的叙述语言,也建构起鲁原特色的杜甫形象、李白形象等。

二是逸闻轶事、民间传说的点染。这本著作是建立在严格的史料基础上的,采用了《唐书》、《唐才子传》及傅璇琮先生编纂的《唐才子传校笺》等。在史料运用上,鲁原先生力求贴切、传神,用逸闻轶事刻画人物性格,表现人物气质,我们从中可以看到唐代的富有质地的生活细节,有助于还原时代氛围。如"旗亭画壁"歌女对王之涣、王昌龄、高适诗歌的演唱,是唐代对诗歌艺术欣赏推崇的时代氛围的体现;贾岛、温庭筠扰乱考场是怀才不遇者的叛逆反抗,在这些逸闻轶事的点染上可

---

① 鲁原:《人生元本一首诗——唐诗故事》,东方出版中心 2016 年版,第 173、192 页。

以看到"《世说新语》"式的灵动和隽永。本书还采用了很多民间传说，比如骆宾王的结局有伏诛、逃亡、投水三说，鲁原先生从读者期待美学上分析"逃亡说"所反映出的人们爱才、惜才的心理。李白之死，据郭沫若考证死于腐胁疾，即慢性脓胸穿孔，但鲁原先生更倾向于李白投水捉月而死的民间传说，因为这种传说是民间对李白艺术和生命的诗意理解。对这些逸闻轶事、民间传说的爱好是鲁原先生对诗人与世人之间互动关系的重视，反映出他的文化人类学、读者接受美学的学术视野和天真烂漫的诗心。

　　三是象征思维的贯穿。先生在评述唐代诗人及其诗歌作品时，着眼于他们所反映的普遍生存困境和表达出的普遍生存困惑，每个个体的存在超越个人的生活指向人类的生存体验，个体诗人是人类的象征。这种象征思维体现为象征意象的营造，如杜甫的"白鸥"意象，从壮年长安求仕《奉赠韦左丞丈二十二韵》"白鸥没浩荡，万里谁能驯"，到晚年《旅夜抒怀》"飘飘何所似，天地一沙鸥"，《去蜀》"万事已黄发，残生随白鸥"，"白鸥"的形象象征着诗人不羁的野性。杜甫如一生漂泊的"孤雁"，以自己的不平之鸣为时代和人间的痛苦留声。再如李商隐的"锦瑟"，弹奏的是人生的哀歌，表述的是人类的生命体验，"悲剧还不在于爱情没有实现，事业没有成功，悲剧更在于往事历历在目，却已无法追回，想咀嚼那些悲剧都难以回到以往，只能萦绕于怀，肝肠寸断。"①这种情感和情绪的深刻把握是诗化的。象征思维也体现在对人生对生存本质的追问，无论陈子昂的前不见古人、后不见来者的困惑孤独，李白的问月，张若虚"江畔何人初见月、江月何年初照人"的宇宙问题，都把人的存在虚化为对于无限的象征。鲁原先生把这种象征思维贯穿于对诗人的评述中，借唐代诗人发出对生命、生存的终极追问。

　　先生的象征思维在贺知章的《回乡偶书》的解读上有独特出色的发现。《回乡偶书》是表达乡情的经典之作，而先生从哲学层面、历史层面

---

① 鲁原：《人生元本一首诗——唐诗故事》，东方出版中心 2016 年版，第 356 页。

解读这首诗，认为"这首诗画出了人生的圆圈、历史的圆圈"。他从贺知章的生活轨迹看到了人类复归自然的历史要求，剖析了社会异化和人追求生命自由的矛盾，贺知章的回乡就有了回归自然、回归人类精神家园的原型意义。鲁原先生幽默地表示《回乡偶书》是"偶然地"画出了离乡—回乡的人生圆圈，而这个圆圈的领悟却是鲁原先生以诗人为人类生命象征的思维方式的必然。

在这本书里，鲁原先生通过一首首唐诗，遇见了一个个诗人，而我们通过这本书，不仅遇见了唐代诗人，也遇见了当下的作者。鲁原先生一直是文学艺术和文学批评园地里辛勤、热情的耕耘者，他的发现和创造诗意的激情、爱智者的求知欲使他不断吸收融汇新知，探索人性和存在的未知，贡献出了《捕捉精灵》、《当代小说美学》、《文学批评学》、《中国近百年文学体式流变史（诗歌卷）》、《中国当代文学史纲》（主编）、《中国当代影视文学》（主编）等理论研究和文学史著作，并出版了《蒲公英》、《人生三角地》等文学著作。这次鲁原先生用他的丰厚理论和批评素养延伸到古典文学，挖掘古典文学的当下意义，是知识上、生命上的一次融会贯通，是学术生命追寻青春的一次闪光的历程。我们感谢这丰厚礼物的馈赠，吮吸其中的精神营养，并期待着鲁原先生对宋词解读著作的问世。

附录4：为历史存真

——读《2002年鲁迅研究年鉴》

鲁迅研究发展到今天，已经形成了一门专门的学问——鲁迅学，每年都有数以千计的论文和相当数量的专著出现。多年来，鲁研界一直企盼着能够再次出现一本类似鲁迅研究年刊或年鉴的刊物，由郑欣淼、孙郁、刘增人主编的《2002年鲁迅研究年鉴》（人民文学出版社2004年版）恰恰适应了这种需求。

这是一本厚重的大书，共分两大部分：鲁迅研究综述和鲁迅研究论文选粹。前者着眼于面的涵盖，后者立足于点的彰显。点面结合，互不偏倚，形成共容互动格局。一年来鲁迅研究的基本状况已经呈现在这里了。

一本好的年鉴应当做到烛幽索隐、物无遁形。然而这并不是一件容易的事。难就难在如何才能使这种现象学还原式的如实描写、并无讳饰成为可能。这也正是这本《年鉴》的最大特色，即为客观存在的历史存真。

鲁迅是一个巨大的历史存在，对之必须做全方位、多层次的理解，方能触摸到其某一方面的灵魂。年鉴亦复如是，不同的编排方法，造成的效果面目纯然不同。多维视野是这本《年鉴》的一大特色。在研究综述中，《关于鲁迅的几本书》（孙郁），意在对本年度出现的几本专著进行点评，从中亦凸显出作者的学术眼光。如其评价严家炎先生，便说"面对历史时，不可放肆乱说，倘不入乎其里，便难出乎其外，史料与细读，乃思想增长的基点，进到这扇大门，须有毅力和勇气的。"其他如刘丽华关于鲁迅研究热点问题综述，张杰关于鲁迅学术工作和学术成果研究述评，李林荣关于鲁迅研究界新进作者群动向回眸，李春林关于鲁迅与外国文化比较研究述评，黄乔生关于国外鲁迅研究述略等，均从不同路径、不同视野出发对一年来的鲁迅研究进行了最大限度的描述。这多个角度汇合起来共同构成了一个网状结构，从而使一个立体的复杂的鲁迅研究面貌准确呈现在了读者面前。值得注意的是，有关撰写人员在相关领域已经耕耘多年，这正体现了编辑者的用人眼光。

一本好的年鉴自然还应当编选出最有代表性的论文。这些论文应当具有强烈的问题意识，致力于发现问题，并继而解决问题。在论文选粹中，王富仁自觉站在学术界、思想界的最前沿，其《由法布尔的〈昆虫记〉引发的一些思考》，用意并不仅仅在于强调鲁迅对于《昆虫记》的喜爱，而在于由此生发，关注它对于中国当代知识分子的启示。字里行间，他对于自然科学、社会科学、文学艺术之间的三位一体的思索，流露出一股深深的忧虑和殷切的希望。李林荣的《一个文学史意象的产生：鲁迅杂文及其历史景深》，立足于上下文及特定生成语境的整体把握，考索的问题是：作为《狂人日记》作者的"鲁迅"，是为什么和怎样经《新青年》"随感录"的作者"唐俟"，而终于走向作为"杂文家"的鲁迅的。杨联芬的《〈域外小说集〉与周氏兄弟的新文学理念》，则令人信服地论证了晚清时期《域外小说集》作为"潜文本"的价值，孕育了十年后震动文坛的《人的文学》与《狂人日记》。

鲁迅是一个立足于现实，执著于现在的人。鲁迅研究也应当不仅仅限于学术领域，而应当放眼于整个广阔的、丰富而生动的现实生活。《年鉴》在两大部分中均流淌着浓郁的当代气息。《鲁迅：对于当代中国的意义》（彭定安），《鲁迅精神资源的确认》（朱寿桐），《鲁迅研究中的"亚文化"现象》（郭志刚），《东西方现代化的不同模式和鲁迅思想的超越》（严家炎）等皆强调了鲁迅与当下生活的密切精神联系。《论鲁迅"激进"》（支克坚），《鲁迅与现代评论派的论战》（钱理群）等也意在回答鲁迅研究中的诸多质疑。而从葛涛关于网络鲁迅研究综述当中，我们更感受到一股青春气息。鲁迅在网上仍然被激烈争论的事实，再次证明了鲁迅仍然活在我们当代人的心中。

我们期待着《2003年鲁迅研究年鉴》出现更多的热点、亮点。

参考文献

著　述

北京鲁迅博物馆编:《鲁迅年谱》,人民文学出版社 2000 年版。

曹聚仁:《鲁迅评传》,复旦大学出版社 2006 年版。

崔云伟、刘增人:《2001—2010:鲁迅研究述评》,中国社会科学出版社 2014
　　年版。

陈嘉映:《海德格尔哲学概论》,生活·读书·新知三联书店 1995 年版。

陈子善编:《私语张爱玲》,浙江文艺出版社 1995 年版。

陈子善编:《作别张爱玲》,文汇出版社 1996 年版。

陈顺馨:《中国当代文学的叙事与性别》(增订版),北京大学出版社 2007 年版。

冯光廉、刘增人、谭桂林主编:《多维视野中的鲁迅》,山东教育出版社 2002
　　年版。

冯祖贻:《张爱玲》,河北教育出版社 1999 年版。

高宣扬:《福柯的生存美学》,中国人民大学出版社 2005 年版。

韩少功:《马桥词典》,山东文艺出版社 2016 年版。

洪子诚:《1956:百花时代》,山东教育出版社 1998 年版。

洪子诚:《中国当代文学史》,北京大学出版社 1999 年版。

洪子诚:《问题与方法——中国当代文学史研究讲稿》,生活·读书·新知三联
　　书店 2002 年版。

胡经之主编:《西方文艺理论名著教程》,北京大学出版社 1989 年版。

金宏达、于青编:《张爱玲文集》,安徽文艺出版社 1992 年版。

鲁迅:《鲁迅全集》,人民文学出版社 1981 年版、2005 年版。

鲁迅:《鲁迅译文全集》,福建教育出版社 2008 年版。

鲁原:《文学批评学》,山东文艺出版社 2002 年版。

鲁原:《人生三角地》,大众文艺出版社 2008 年版。

鲁原:《人生元本一首诗》,东方出版中心 2016 年版。

鲁原：《捕捉精灵》，中国文联出版社 1999 年版。

蓝棣之：《现代文学经典：症候式分析》，人民文学出版社 2006 年版。

罗钢：《叙事学导论》，云南人民出版社 1994 年版。

孟悦、戴锦华著：《浮出历史地表》，北京大学出版社 2018 年版。

聂绀弩：《聂绀弩全集》，武汉出版社 2004 年版。

彭小燕：《存在主义视野下的鲁迅》，北京大学出版社 2007 年版。

钱理群：《1948：天地玄黄》，山东教育出版社 1998 年版。

钱理群：《学魂重铸》，文汇出版社 1999 年版。

钱理群：《走进当代的鲁迅》，北京大学出版社 1999 年版。

钱理群：《周作人传》，华文出版社 2013 年版。

钱理群：《周作人散文精编》，浙江文艺出版社 1994 年版。

钱理群：《鲁迅作品十五讲》，北京大学出版社 2003 年版。

施蛰存：《施蛰存短篇小说集》，湖南文艺出版社 1998 年版。

宋明炜：《浮世的悲哀——张爱玲传》，上海文艺出版社 1998 年版。

唐小兵编：《再解读：大众文艺与意识形态》（增订版），北京大学出版社 2007
　　年版。

王富仁：《中国文化的守夜人——鲁迅》，人民文学出版社 2002 年版。

王富仁：《中国鲁迅研究的历史与现状》，福建教育出版社 2006 年版。

王晓明主编：《批评空间的开创》，东方出版中心 1998 年版。

王晓明主编：《二十世纪中国文学史论》，东方出版中心 1997 年版。

汪晖：《反抗绝望——鲁迅及其文学世界》，河北教育出版社 2000 年版。

汪卫东：《探寻"诗心"：〈野草〉整体研究》，北京大学出版社 2014 年版。

吴晓东：《象征主义与中国现代文学》，安徽教育出版社 2000 年版。

叶舒宪选编：《神话—原型批评》，陕西师范大学出版社 1987 年版。

袁良骏编：《丁玲研究资料》，天津人民出版社 1982 年版。

魏韶华：《中国现当代文学史论》，社会科学文献出版社 2007 年版。

魏韶华：《"林中路"上的精神相遇——鲁迅与克尔凯郭尔比较研究》，中国社会
　　科学出版社 2004 年版。

解志熙：《生的执著——存在主义与中国现代文学》，人民文学出版社 1999

年版。

谢冕主编:《百年中国文学总系》,山东教育出版社 1998 年版。

徐志摩:《志摩的诗》,作家出版社 2000 年版。

尤凤伟:《中国一九五七》,上海文艺出版社 2001 年版。

尤凤伟:《生存》,中国戏剧出版社 2002 年版。

尤凤伟:《石门夜话》,作家出版社 1997 年版。

尤凤伟:《五月乡战》,作家出版社 1997 年版。

于青编著:《寻找张爱玲》,中国友谊出版公司 1995 年版。

余彬:《张爱玲传》,海南出版社 1993 年版。

朱正:《一个人的呐喊:鲁迅 1881—1936》,十月文艺出版社 2007 年版。

朱立元:《当代西方文艺理论》(第 2 版,增补版),华东师范大学出版社 2005
    年版。

张毓茂、阎志宏编:《萧红文集》,安徽文艺出版社 1997 年版。

[奥]弗洛伊德:《弗洛伊德文集》,长春出版社 1998 年版。

[丹]勃兰兑斯:《十九世纪文学主流》,张道真、刘半九、徐式谷、江枫、张自谋、李
    宗杰、高中甫译,人民文学出版社 1997 年版。

[德]海德格尔:《存在与时间》,陈嘉映、王庆节合译,生活·读书·新知三联书
    店 1999 年版。

[德]海德格尔:《诗·语言·思》,彭富春译,戴晖校,文化艺术出版社 1991
    年版。

[德]马丁·布伯:《我与你》,陈维纲译,生活·读书·新知三联书店 2002 年版。

[法]古斯塔夫·勒庞:《乌合之众:大众心理研究》,冯克利译,中央编译出版社
    2014 年版。

[法]罗兰·巴特:《S/Z》,屠友祥译,上海人民出版社 2000 年版。

[法]罗兰·巴特:《神话——大众文化诠释》,许蔷蔷、许绮玲译,上海人民出版
    社 1999 年版。

[法]罗兰·巴尔特:《符号帝国》,孙乃修译,商务印书馆 1996 年版。

[法]米歇尔·福柯:《词与物——人文科学考古学》,莫伟民译,上海三联书店
    2002 年版。

[法]米歇尔·福柯：《疯癫与文明》，刘北成、杨远婴译，生活·读书·新知三联
　　书店 2004 年版。

[法]米歇尔·福柯：《规训与惩罚》，刘北成、杨远婴译，生活·读书·新知三联
　　书店 2007 年版。

[法]米歇尔·福柯：《知识考古学》，谢强、马月译，生活·读书·新知三联书店
　　2007 年版。

[法]萨特：《存在与虚无》，陈良宣等译，生活·读书·新知三联书店 1987 年版。

[荷]拂来特力克·望·霭覃：《小约翰》，鲁迅译，译林出版社 2016 年版。

[美]埃理克松：《童年与社会》，罗一静等编译，学林出版社 1992 年版。

[美]爱德华·W.萨义德：《知识分子论》，单德兴译，陆建德校，生活·读书·新
　　知三联书店 2002 年版。

[美]李欧梵：《铁屋中的呐喊——鲁迅研究》，尹慧珉译，岳麓书社 1999 年出版。

[美]李欧梵：《徘徊在现代和后现代之间》，上海三联书店 2000 年版。

[美]李欧梵：《上海摩登——一种新都市文化在中国 1930—1945》，毛尖译，北
　　京大学出版社 2001 年版。

[美]马尔库塞：《爱欲与文明——对弗洛依德思想的哲学探讨》，黄勇、薛民译，
　　上海译文出版社 1987 年版。

论　文

毕苑：《读萧军〈延安日记〉》，《炎黄春秋》2014 年第 4 期。

蔡长青：《周作人日本民俗研究管窥》，《合肥师范学院学报》2010 年第 4 期。

常楠：《聂绀弩书赠胡风的一幅杜诗手卷》，《鲁迅研究月刊》2013 年第 11 期。

陈夫龙：《民族复仇精神和反抗意志的抒写者——萧军与侠文化精神》，《山东师
　　范大学学报》2011 年第 1 期。

陈嘉明：《福柯：规训的现代社会及其主体》，收《现代性与后现代性十五讲》，北
　　京大学出版社 2006 年版。

陈娟：《萧军的小说与侠文化精神》，《北京大学学报》2005 年第 4 期。

陈漱渝：《我读许广平〈鲁迅回忆录〉》（手稿本），《上海鲁迅研究》2011 年夏
　　季号。

陈漱渝：《丁玲与萧军——丁玲研究的一个生长点》，《新文学史料》2011 年第
　　3 期。

陈文辉：《文人传统与周作人抗战前后的思想和文章》，《现代中文学刊》2012 年
　　第 3 期。

陈亚丽：《论萧军散文中的文艺思想和文化人格》，《中国现代文学研究丛刊》
　　2007 年第 6 期。

陈章：《聂绀弩与李慎之的一段诗缘》，《博览群书》2003 年第 11 期。

程义伟：《东北土匪文化与现代作家萧军的文学创作》，《小说评论》2007 年第
　　1 期。

董诗顶：《周作人：在陀思妥也夫斯基的话语活动中》，《徐州师范大学学报》
　　2002 年第 1 期。

杜心源：《文化利用与"国民意识"的文化重构——对周作人的古希腊文学研究
　　的再探讨》，《华东师范大学学报》2007 年第 2 期。

朵渔：《在阶级的边境线上——从萧军的经历看〈在延安文艺座谈会上的讲
　　话〉》，《名作欣赏》2012 年第 16 期。

范庆超：《抗战时期萧军小说创作略论》，《临沂大学学报》2012 年第 2 期。

符杰祥：《成也气节，败也气节？——周作人救亡时期的气节思想与失节问题辨
　　正》，《同济大学学报》2010 年第 5 期。

范历：《新与旧的矛盾和冲突——周作人儒家入世哲学在现实中的尴尬和悲
　　剧》，《鲁迅研究月刊》2006 年第 4 期。

方长安：《形成、调整与质变——周作人"人的文学"观与日本文学的关系》，《文
　　学评论》2004 年第 3 期。

方朔：《萧军入党的前前后后》，《炎黄春秋》2007 年第 6 期。

冯尚：《周作人的神话意识与对现代性建构的自省》，《文学评论》2006 年第 3 期。

高传华、许海丽：《周氏兄弟的担当和逃离——从隐逸看鲁迅与周作人的人生和
　　创作道路》，《江汉大学学报》2014 年第 3 期。

高恒文：《南朝人物晚唐诗——论周作人和废名对"六朝文章"、"晚唐诗"的特殊
　　情怀》，《汉语言文学研究》2013 年第 1 期。

高俊林、王卫平：《"在荒野上叫喊"——论周作人的文化思想与魏晋六朝文化之

因缘》,《陕西教育学院学报》2007 年第 1 期。

葛涛:《萧军给胡乔木的三封信》,《粤海风》2008 年第 2 期。

葛涛:《布道者萧军:萧军在延安传播鲁迅的活动考——以萧军编辑的〈鲁迅先生纪念史料辑存选录〉为中心》,《文艺争鸣》2014 年第 12 期。

葛献挺:《萧军的戏研所岁月——我同萧军交往的经过》,《新文学史料》2012 年第 2 期。

耿传明:《周作人与古希腊、罗马文学》,《书屋》2006 年第 7 期。

顾琅川:《向历史寻求理论支撑点——30 年代周作人推重明末公安派性灵小品原因考察及其他》,《绍兴文理学院学报》2002 年第 3 期。

顾琅川:《周作人文化性格的佛学底蕴》,《绍兴文理学院学报》2003 年第 5 期。

顾琅川:《生命苦谛的慧悟与反抗——周作人"苦质情结"的佛学底蕴》,《绍兴文理学院学报》2004 年第 1 期。

郭力:《聂绀弩之死》,《武汉文史资料》2006 年第 3 期。

哈迎飞:《论周作人对中国民众宗教意识的考察——周作人的宗教思想研究之一》,《鲁迅研究月刊》2005 年第 3 期。

哈迎飞:《"爱的福音"与"暴力的迷信"——周作人与基督教文化关系论之一》,《福建师范大学学报》2006 年第 5 期。

哈迎飞:《基督教文化对周作人文学观的影响》,《武汉理工大学学报》2007 年第 1 期。

哈迎飞:《周作人对法家暴力文化的批判》,《福建论坛》2007 年第 12 期。

哈迎飞:《论陀思妥耶夫斯基"非暴力"思想对周作人的影响》,《南京师范大学文学院学报》2008 年第 1 期。

哈迎飞:《罗素对周作人"非宗教"思想的影响》,《广东社会科学》2008 年第 1 期。

哈迎飞:《论周作人的道家立场》,《贵州社会科学》2008 年第 7 期。

郝庆军:《在生存需求与浪漫爱情之间——对萧红与萧军及端木蕻良关系的几点考证》,《甘肃社会科学》2005 年第 5 期。

韩靖:《周作人"道义之事功化"思想探析》,《绍兴文理院学报》2008 年第 5 期。

何满子:《聂绀弩一百岁琐忆》,《文学自由谈》2003 年第 2 期。

何方:《萧军在延安》,《炎黄春秋》2015 年第 1 期。

黄晓华：《躯体的解控与去魅——周氏兄弟关于"人的解放"的一个重要视角》，《鲁迅研究月刊》2003 年第 12 期。

黄科安：《"成就人间一鬼才"——试论聂绀弩杂文创作的诡异思维特征》，《泉州师范学院学报》2009 年第 3 期。

胡绍华：《聂绀弩大众小说创作新论》，《三峡大学学报》2004 年第 1 期。

胡辉杰：《贵族与平民——周作人中庸范畴论之一》，《鲁迅研究月刊》2008 年第 4 期。

胡辉杰：《载道与言志——周作人中庸范畴论之二》，《鲁迅研究月刊》2009 年第 1 期。

胡辉杰：《人情与物理——周作人中庸范畴论之三》，《鲁迅研究月刊》2009 年第 2 期。

季堂：《聂绀弩的旧体诗是心灵的咏叹调》，《武汉文史资料》2011 年第 8 期。

贾小瑞：《书生本色：聂绀弩的精神立场》，《文艺争鸣》2011 年第 18 期。

贾小瑞：《自由的行旅——聂绀弩的精神个性与无政府主义》，《烟台师范学院学报》2006 年第 1 期。

蒋保：《周作人之古希腊文化观》，《社会科学评论》2004 年第 3 期。

姜翼飞：《一场战争两刃伤——萧军〈八月的乡村〉中的生存意识与复仇意识》，《名作欣赏》2015 年第 22 期。

江少英、陈致烽：《略论鲁迅、毛泽东、萧红对萧军人格的影响》，《福建师范大学福清分校学报》2005 年第 4 期。

李怡：《1907：周作人"协和"体验及与鲁迅的异同——论 1907 年的鲁迅兄弟与现代中国文学之生成》，《贵州社会科学》2005 年第 4 期。

李国宁：《论日本文学对中国文学的影响——俳句与周作人》，《日本问题研究》2006 年第 3 期。

李哲、徐彦利：《负手旁立心有骛 槛内观花在家人——周作人与佛教文化》，《江淮论坛》2004 年第 6 期。

李雅娟：《周作人与"人情美"的日本文化像》，《鲁迅研究月刊》2012 年第 5 期。

黎虹：《也谈胡乔木为聂绀弩〈散宜生诗〉作序》，《新文学史料》2004 年第 3 期。

黎杨全：《解读周作人的希腊神话情结》，《海南大学学报》2005 年第 4 期。

黎杨全：《论厨川白村对周作人文学观的影响》，《南京师范大学文学院学报》2005 年第 1 期。

黎杨全：《文化复兴与国民性重建——论周作人对古希腊文化的误读》，《江西社会科学》2007 年第 9 期。

黎杨全：《论斯威夫特对周作人散文创作的影响》，《孝感学院学报》2006 年第 1 期。

李遇春：《阿 Q·屈原·江湖——论聂绀弩旧体诗的精神特征》，《福建论坛》2008 年第 3 期。

李遇春：《聂绀弩诗的江湖气》，《名作欣赏》2009 年第 1 期。

李遇春、魏耀武：《萧军 1950—1970 年代旧体诗中的自我修辞》，《江汉论坛》2014 年第 9 期。

梁京河：《〈八月的乡村〉版本初探》，《中国现代文学研究丛刊》2015 年第 11 期。

梁庆标：《权力·人性·人格：萧军〈延安日记〉解读》，《粤海风》2014 年第 3 期。

林分份：《知识者"爱智之道"的背后——一九三〇、一九四〇年代周作人对儒家的论述》，《文学评论》2013 年第 2 期。

刘少才：《萧军：文坛拼命三郎的烽火人生》，《党史纵横》2008 年第 9 期。

刘伟：《周作人"生活之艺术"思想与日本文化》，《沈阳师范大学学报》2011 年第 2 期。

刘伟、柴红梅：《日本文化情结与周作人的附逆》，《东岳论丛》2004 年第 6 期。

刘全福：《"主美"与"移情"：周作人古希腊文学接受与译介思想述评》，《解放军外国语学院学报》2006 年第 4 期。

刘旭彩：《萧军历史剧本创作的得与失》，《求索》2013 年第 4 期。

刘一力：《萧军："辽西凌水一匹夫"》，《文史精华》2004 年第 3 期。

刘友竹：《属对律切　沾丐后人——论聂绀弩对杜甫对仗技巧的传承》，《成都大学学报》2003 年第 1 期。

刘忠：《精神界的流浪汉——延安时期的萧军》，《中国现代文学研究丛刊》2007 年第 6 期。

刘忠：《"胡子"行状与"流浪汉"身份认同——萧军的精神肖像》，《中州大学学报》2015 年第 6 期。

卢毅：《章门弟子与"五四"思想革命》，《广东社会科学》2007年第2期。

罗爱玲：《萧军杂文批判反思》，《福建师范大学福清分校学报》2005年第4期。

吕黎：《求同去异之旅——萧军长篇小说〈八月的乡村〉的英译》，《解放军外国语学院学报》2011年第5期。

吕家乡：《再论近人旧体诗不宜纳入现代诗歌史——以聂绀弩的旧体诗为例》，《齐鲁学刊》2009年第5期。

马登春：《背离？还是回归？——周作人与中国文人传统》，《长春理工大学学报》2014年第3期。

马海娟、冉思尧：《试论鲁迅对萧军小说创作的影响——以〈第三代〉为例》，《延安大学学报》2012年第4期。

毛大风、王存诚：《聂绀弩先生年谱（1903—1986）》，《新文学史料》2003年第3期。

孟东：《萧军在东北解放区的遭遇》，《文史精华》2004年第11期。

倪文尖：《张爱玲的"背后"》，《中国现代文学研究丛刊》1998年第1期。

潘磊：《延安文艺整风中萧军精神历程考察》，《枣庄学院学报》2009年第3期。

彭春凌：《中国近代批儒思潮的跨文化性：从章太炎到周氏兄弟》，《鲁迅研究月刊》2011年第10期。

平保兴：《周作人与俄罗斯文学的译介》，《俄罗斯文艺》2001年第4期。

秦林芳：《从"同路"到"分道"——延安时期的丁玲与萧军》，《海南师范大学学报》2013年第6期。

秋石：《关于萧军第一次抵达延安的一些情况——对〈南方周末〉所刊〈〈延安日记〉里的萧军与毛泽东〉一文之质疑》，《鲁迅研究月刊》2014年第12期。

冉思尧：《萧军在延安时期的坚守与改造》，《齐齐哈尔大学学报》2011年第3期。

冉思尧：《萧军与王实味"交往"始末》，《江淮文史》2014第3期。

沈治钧：《"聂绀弩赠诗"发疑》，《红楼梦学刊》2009年第6期。

盛禹九：《萧军的"毛泽东情结"》，《同舟共进》2008年第7期。

史珍：《延安时期的丁玲与萧军》，《同舟共进》2008年第11期。

石圆圆：《"风物"的怀念和演绎：论周作人对日本地方文学的寄情书写》，《中国比较文学》2010年第4期。

束景南、姚诚：《激烈的"猛士"与冲淡的"名士"——鲁迅与周作人对吴越文化精神的不同承传》，《文学评论》2004 年第 3 期。

舒芜：《聂绀弩晚年想些什么》，《新文学史料》2003 年第 3 期。

宋喜坤：《萧军在〈文化报〉上的文学创作》，《语文教学通讯》2014 年第 8 期。

宋喜坤：《萧军新英雄主义构建过程评析》，《学术交流》2011 年第 8 期。

宋喜坤：《新英雄主义与萧军文学创作》，《北方论丛》2011 年第 6 期。

宋喜坤：《启蒙和救亡的和谐共存——论〈文化报〉双轨道启蒙文学实践》，《文艺争鸣》2012 年第 12 期。

宋喜坤、张丽娟：《〈文化报〉研究资料考辨》，《中国现代文学研究丛刊》2012 年第 12 期。

孙郁：《周氏兄弟笔下的北京》，《北京师范大学学报》2009 年第 3 期。

孙宜学：《泰戈尔与周作人》，《南亚研究》2013 年第 1 期。

陶丽萍：《周作人思想与散文创作的现代源流》，《兰州学刊》2006 年第 8 期。

万杰：《解读二十世纪三十年代周作人的遗民话语》，《社会科学论坛》2012 年第 8 期。

王存诚：《"我诗非马亦非牛"——聂绀弩〈马山集〉评析》，《新文学史料》2010 年第 3 期。

王存诚：《聂绀弩生平数事考和旧体诗编年》，《新文学史料》2003 年第 3 期。

王德威：《"世纪末"的福音——张爱玲与现代性》，陈子善编：《作别张爱玲》，文汇出版社 1996 年版。

王富仁：《时间·空间·人（一）》，《鲁迅研究月刊》2000 年第 1 期。

王富仁：《时间·空间·人（二）》，《鲁迅研究月刊》2000 年第 2 期。

王锦厚：《田军和郭沫若——关于鲁迅死因的一次争论》，《郭沫若学刊》2006 年第 1 期。

王俊：《革命、知识分子与个人主义的魅影——解读延安时期的萧军》，《中国文学研究》2014 年第 3 期。

王科：《引领跋涉者在暗夜中前行——关于〈鲁迅日记〉中的萧军书写》，《文艺理论与批评》2004 年第 3 期。

王蒙：《〈聂绀弩旧体诗全编〉序》，《书屋》2010 年第 2 期。

王培元：《聂绀弩的"独立王国"》，《书城》2010 年第 4 期。

王尚文：《聂绀弩及其〈北荒草〉——"后唐宋体"诗话·之六》，《名作欣赏》2011
年第 7、10、13 期。

王升远：《从本体趣味到习得训诫：周作人之日语观试论》，《鲁迅研究月刊》
2009 年第 7 期。

王文军：《报告文学创作如何规避法律风险——〈聂绀弩刑事档案〉写作的启
示》，《广播电视大学学报》2012 年第 3 期。

王学泰：《聂绀弩诗与旧体诗的命运》，《读书》2010 年第 6 期。

汪注：《周作人对日态度的转变——兼谈周氏对日本文化的偏执化认同》，《江西
广播电视大学学报》2010 年第 4 期。

汪注：《周作人对日本文化的偏爱及其检讨》，《楚雄师范学院学报》2011 年第
2 期。

武守志：《聂绀弩与中国旧体诗的命运》，《兰州教育学院学报》2005 年第 2 期。

吴敏：《台静农、周作人笔下的韩人形象》，《当代韩国》2008 年夏季号。

吴永平：《聂绀弩的〈论申公豹〉和〈再论申公豹〉及其他》，《重庆师范大学学报》
2012 年第 3 期。

吴永平：《聂组弩与〈七月〉杂志的终刊》，《新文学史料》2007 年第 3 期。

吴中杰：《晚年聂绀弩》，《粤海风》2011 年第 1 期。

席建彬：《"隐逸"的一种限度——试论 20 世纪 20—30 年代周作人的"隐逸"转
向》，《连云港师范高等专科学校学报》2007 年第 1 期。

夏中义：《"紫色俳谐"与知识界精神之困——聂绀弩旧体诗论》，《上海交通大学
学报》2013 年第 1 期。

夏中义：《中国当代旧体诗如何"入史"——以陈寅恪、聂绀弩、王辛笛的作品为
中心》，《河北学刊》2013 年第 6 期。

肖剑南：《周作人与夏目漱石"余裕"论》，《宁波大学学报》2011 年第 3 期。

萧耘、王建中、萧玉：《关于〈萧军日记〉》，《现代中文学刊》2011 年第 1 期。

萧耘：《父亲给予我们的……》，《新文学史料》2007 年第 3 期。

谢刚：《关于聂绀弩与〈七月〉杂志的终刊——与吴永平先生商榷》，《粤海风》
2011 年第 1 期。

解玺璋：《聂绀弩的诗与侯井天的注》，《群言》2010 年第 2 期。

谢友祥：《传统话语下的林语堂和周作人》，《嘉应大学学报》2003 年第 2 期。

胥惠民：《"周汝昌根本不懂〈红楼梦〉!"——诠释聂绀弩先生对周汝昌〈红楼梦〉研究的经典评价》，《广西师范学院学报》2011 年第 2 期。

许建平、李留分：《李贽思想在周作人接受过程的近代演进》，《河北学刊》2009第 2 期。

许宪国：《论周作人日本认识的局限性》，《商丘职业技术学院学报》2008 年第 3 期。

许子东：《一个故事的三种讲法——重读〈日出〉、〈啼笑因缘〉和〈第一炉香〉》，王晓明主编：《二十世纪中国文学史论》（第 2 卷），东方出版中心 1997 年版。

许海丽：《论周作人的隐逸倾向及其影响》，《泰山学院学报》2010 年第 5 期。

徐翔：《"隐喻模式"及其潜在阙失——"地域文化与周氏兄弟"维度考量》，《社会科学论坛》2010 年第 9 期。

徐玉松：《论萧军"新英雄主义"的内涵及其形成背景》，《淮北师范大学学报》2012 年第 3 期。

阎伟：《人格三元结构、生性和文学场——1942 年萧军的文学处境分析》，《中国文学研究》2014 年第 2 期。

杨建民：《沈从文评议鲁迅与聂绀弩的辩驳》，《博览群书》2008 年第 8 期。

杨静涛：《鲁迅与毛泽东——萧军的两个精神镜像》，《濮阳职业技术学院学报》2011 年第 2 期。

杨秀明：《论延安时期萧军的个性化回族叙事——基于萧军日记和创作笔记》，《延安大学学报》2015 年第 1 期。

杨永磊：《萧军旧体诗的价值及其地位》，《宁夏大学学报》2014 年第 4 期。

姚斌：《浅论聂绀弩杂文创作中的自由精神》，《学海》2008 年第 5 期。

姚锡佩：《聂绀弩识知冯雪峰》，《炎黄春秋》2003 年第 6 期。

姚锡佩：《读〈聂绀弩旧体诗全编注释集评〉》，《炎黄春秋》2010 年第 2 期。

叶德浴：《萧军之于王实味》，《粤海风》2012 年第 6 期。

叶君：《萧军日记里的二萧》，《天津师范大学学报》2014 年第 2 期。

游云琳：《异质的生存尴尬——试论作家萧军与解放区主流话语之关系》，《福建师范大学福清分校学报》2011 年第 4 期。

余文博:《周作人与吉田兼好比较论》,《哈尔滨学院学报》2006 年第 11 期。

于宁志:《亮节清风铁骨坚——萧军的品格及其文化心理成因》,《新余高专学
报》2004 年第 4 期。

于宁志:《侠文化与萧军》,《太原师范学院学报》2007 年第 6 期。

于小植:《重菊轻剑:谈周作人对日本文化的挚爱以及批判意识的缺失》,《鲁迅
研究月刊》2009 年第 6 期。

于小植:《文化挪移、心性体验与精神重构——周作人与古希腊文化的精神逻
辑》,《文艺争鸣》2012 年第 9 期。

寓真:《聂绀弩出狱之谜及其轶诗》,《新文学史料》2003 年第 3 期。

寓真:《聂绀弩为何焚诗》,《文学自由谈》2007 年第 1 期。

寓真:《被举报的材料:聂绀弩关于"写中间人物"的一些言论》,《新文学史料》
2007 年第 3 期。

寓真:《绀弩气节,与诗长存》,《同舟共进》2009 年第 7 期。

袁启君:《沈从文与萧军、谢冰莹军旅创作之比较》,《牡丹江大学学报》2008 年
第 5 期。

曾锋:《周作人与尼采》,《中国现代文学研究丛刊》2003 年第 1 期。

曾涛:《滑稽与恐怖——论周作人思想的一个独特侧面,兼及其文化精神》,《江
淮论坛》2008 年第 4 期。

张波:《周作人视域中的陆游及其他——从 1937 年的〈老学庵笔记〉谈起》,《宜
宾学院学报》2011 年第 2 期。

张根柱:《论萧军延安时期的创作对鲁迅文艺思想的继承》,《齐鲁学刊》2005 年
第 1 期。

张积文:《论周作人与古希腊文学》,《哈尔滨学院学报》2004 年第 12 期。

张静:《"无抵抗的反抗主义"与"最希腊的英诗人"——周作人眼中的雪莱》,《中
国比较文学》2013 年第 2 期。

张丽娟、宋喜坤:《民间立场的文化突围——〈文化报〉新启蒙文学的生成与传
播》,《文艺争鸣》2013 年第 8 期。

张毓茂:《萧军与"文化报事件"》,《新文学史料》2007 年第 3 期。

张毓茂：《萧军与毛泽东》，《炎黄春秋》2007 年第 9 期。

彭无忌：《萧军百年祭》，《文史精华》2006 年第 10 期、11 期、12 期。

彭无忌：《萧军萧红在上海的日子》，《文史精华》2012 年第 10 期。

章诒和：《斯人寂寞——聂绀弩晚年片断》，《新文学史料》2003 年第 3 期。

赵春秋：《周作人与永井荷风——美与趣味的契合》，《日本研究》2001 年第 1 期。

赵京华：《周作人与柳田国男》，《鲁迅研究月刊》2002 年第 9 期。

赵园：《读聂绀弩的"运动档案"》，《书城》2015 年第 3 期。

翟瑞青：《长子文化背景下的鲁迅和周作人》，《河北大学学报》2010 年第 2 期。

止庵：《记新发现的周作人〈希腊神话〉译稿》，《现代中文学刊》2012 年第 6 期。

周荷初：《周作人与晚明文学思潮》，《鲁迅研究月刊》2002 年第 6 期。

周健强：《〈运动档案〉彰显什么？——谈〈聂绀弩全集〉第十卷》，《全国新书目》
    2004 年第 8 期。

周允中：《聂绀弩与我父亲的交往》，《钟山风雨》2006 年第 3 期。

朱献贞：《鲁迅给萧军、萧红信件总数统计考》，《东岳论丛》2014 年第 1 期。

庄浩然：《周作人译述古希腊戏剧的文化策略》，《福建师范大学学报》2003 年第
    4 期。

庄萱：《周作人借鉴西方 Essai 的考古探源与历史审度》，《福建师范大学学报》
    2008 年第 5 期。

［日］木山英雄：《周作人与日本》，刘军译，《鲁迅研究月刊》2003 年第 9 期。

［日］鸟谷真由美：《周作人与日本文化——以饮食文化为中心》，《鲁迅研究月
    刊》2005 年第 12 期。

［日］丸川哲史：《日中战争的文化空间——周作人与竹内好》，《开放时代》2006
    年第 1 期。

代后记：鲁迅故居独访

出了北京南站，乘坐地铁，直奔鲁迅博物馆——这是我一个人的朝圣。

通往阜成门的道路两侧多种着槐树，鲁迅故居在一个巷子的尽头。

故居是个四合院，黑门，泥金边，跨进门槛，迎面是素白的照壁。举步之间，想到，鲁迅，以及很多的人曾经跨过这个门槛，有些惶然——毕竟主人不在家。

在鲁迅故居的基础上建立的博物馆，其陈列室以空间形式展现了一个人一生的历程。从侧门进入院子，前面是待客室兼藏书室，左右各为厨房和女工居室，正面是鲁迅的母亲、妻子的起居室。

院子里种着两株丁香，枝叶扶疏，荫庇天井和房顶，十分清凉。房屋的台基是高的，为了防止北京的苦雨登堂入室。房顶灰瓦的凹槽很深，可以想见大雨如注的时候，万壑竞流的壮观景象。

透过起居室的玻璃窗窥视内景，两个卧室各有一张大床，简单的衣柜、桌椅，都是素朴、拙笨的木器。鲁迅的书房兼卧室却是两块木板拼成的小床，书桌上陈设着笔架、煤油灯等什物。这些都是人最简单的生活设施，日用而相忘的，其实人的一生所周旋的也就是这方寸之地，几件必须的用具。但是，对于鲁迅，他的世界不只是这些看得见的，还有那些看不见的，他所关心的无限的远方，无数的人们。

书房的木窗板打开着，正对着后院。鲁迅常常坐在那里著书，对于他一个休息就是看看后院，那里种着一株榆叶梅，勇猛茁壮。枣树也在，在这个夏季，椭圆的枣子和叶子一样碧绿。

这是一个孤独的思想者的故居。在这寂静的时刻，可以聆听鲁迅的反抗窒息的呐喊，徘徊独步的彷徨，可以感到颓败线的颤动，祝福和诅咒的复杂纠缠。正是这些永不停息的思想行走把这个个人空间拓展成一个宇宙的中枢,传统和现代的中转站,中国和世界的交汇点。鲁迅的人格光辉、文化贡献使得这素朴的四合院具有了独一无二的历史意义,使之能够暂时地不随同大化消散于虚无。

同时我又想到,这个故居也是鲁迅身边的两位女性的故居。她们用川流不息的做饭、打扫维持着呵护着四合院的生命,这些工作如流水,磨蚀着也成就着普通人的一生,留不下什么痕迹,却也是历史的底子。虽然是单调的重复性的劳动,不能带来精神的提升飞扬,我却不能不敬重她们的日常生活的信仰。这日复一日的劳作,平凡的悲欢,简单生活里亦有种种丰富的色彩。假如说她们的工作人人可以替代,那么也同样可以说,她们各自的生命也是独一无二的,每个人的生存本身都是不可替代的——她们也是孤独的。

我从山东的村庄出发,经历了乡镇、县城、都市的辗转迁徙,穿越了从20世纪70年代到21世纪初年的数十个年头,如今以一己之身,访问这个历史和文化的空间站,遥想当年的思想者如何如野草一般吸食光,吸食露,吸食陈死人的血和肉,又如何如牛一样挤出奶,如何像一匹受伤的狼,发出嗥叫,惨伤里夹杂着愤怒和悲哀——这与我有关,因为我与鲁迅生活在同一块土地上,在进化的车轮上,领受着基因的遗传和变异。我来到这里,是为了索取,当我离开,我不会说我两手空空。

2020. 5. 10

图书在版编目(CIP)数据

中国现当代文学史论/魏丽著. —上海：上海三联书店，2020.9
ISBN 978－7－5426－7102－8

Ⅰ.①中…　Ⅱ.①魏…　Ⅲ.①中国文学－现代文学－文学史
研究②中国文学－当代文学－文学史研究　Ⅳ.①I209.6

中国版本图书馆 CIP 数据核字(2020)第 122395 号

中国现当代文学史论

著　　者／魏　丽

责任编辑／张大伟
装帧设计／徐　徐
监　　制／姚　军
责任校对／朱倩倩

出版发行／上海三联书店

　　　　　(200030)中国上海市漕溪北路 331 号 A 座 6 楼
邮购电话／021－22895540
印　　刷／上海惠敦印务科技有限公司

版　　次／2020 年 9 月第 1 版
印　　次／2020 年 9 月第 1 次印刷
开　　本／640×960　1/16
字　　数／200 千字
印　　张／14.75
书　　号／ISBN 978－7－5426－7102－8/I·1644
定　　价／56.00 元

敬启读者，如发现本书有印装质量问题，请与印刷厂联系 021－63779028